人民共和國文化與文學叢書

四編　中國人民大學特輯

程光煒　李怡　主編

第 7 冊

歌劇《白毛女》研究

孟　遠　著

花木蘭文化出版社

國家圖書館出版品預行編目資料

歌劇《白毛女》研究／孟遠 著 — 初版 — 新北市：花木蘭文化出版社，2016〔民 105〕
目 2+176 面；19×26 公分
（人民共和國文化與文學叢書 四編；第 7 冊）
ISBN 978-986-404-642-3（精裝）
1. 歌劇 2. 劇評
820.8   105012592

特邀編委（以姓氏筆畫為序）：

ISBN-978-986-404-642-3

9 789864 046423

吳義勤　孟繁華　張　檸
張志忠　張清華　陳思和
陳曉明　程光煒　劉福春
（臺灣）宋如珊
（日本）岩佐昌暐
（新西蘭）王一燕
（澳大利亞）鄭　怡

人民共和國文化與文學叢書

四 編 第 七 冊　　　　　　　ISBN：978-986-404-642-3

歌劇《白毛女》研究

作　　者	孟　遠
主　　編	程光煒　李怡
企　　劃	北京師範大學民國歷史文化與文學研究中心 四川大學現代中國文化與文學研究中心
總 編 輯	杜潔祥
副總編輯	楊嘉樂
編　　輯	許郁翎、王筑　美術編輯　陳逸婷
印　　刷	普羅文化出版廣告事業
出　　版	花木蘭文化出版社
社　　長	高小娟
聯絡地址	235 新北市中和區中安街七二號十三樓 電話：02-2923-1455／傳眞：02-2923-1452
網　　址	http://www.huamulan.tw 信箱 hml810518@gmail.com
初　　版	2016 年 9 月
全書字數	155322 字
定　　價	四編 11 冊（精裝）台幣 20,000 元

作者簡介

孟遠，中國人民大學文學博士，北京化工大學副教授，主要研究方向為中國現當代文學與中國文化。代表文章有《多重文化力量的融合與交鋒——歌劇〈白毛女〉誕生的文化語境》、《對話與較量——歌劇〈白毛女〉敘事變遷史》、《形式的意識形態意義》、《六十年來歌劇〈白毛女〉評價模式的變遷》、《歌劇〈白毛女〉的生產過程》、《延安文藝的現代性選擇》、《權力與文化運作》、《中國現當代文學發展的轉折與重構》《歌劇〈白毛女〉的生產方式》等。

提　　要

　　《白毛女》無疑是 20 世紀後半葉上演場數最多、感動人數最多、影響最大的歌劇。它是延安文藝的代表作。本文試圖通過研究歌劇《白毛女》的生產與傳播過程——具體地說，即通過追溯「民族新歌劇」的誕生過程，呈現「白毛女」革命敘事的改編經過和修改曆程，跟蹤其傳播路線，透視其經典化過程——以探究革命文藝的複雜構成。也就是說，本文試圖接近「歷史文本」的原貌，尋找「文本歷史」的變遷蹤跡，在「歷史文本」和「文本歷史」的結合處，闡釋《白毛女》為何出現，怎樣出現，又如何被建構為革命經典，從而將延安文藝放在一個盡可能開闊的視野內，突破先前政治化研究模式的局限。

　　研究《白毛女》的生產過程，首先要描述它所由誕生的藝術情境——秧歌運動。因為它為「民族新歌劇」的出現提供了土壤、資源和方向。延安通過清理文化資源，確認了所要延續的傳統，尤其是發現了民間文化不可替代的重要作用。於是，延安新文化秩序以民間文化為重心，融合其它「合法」資源，向著而民族而現代的方向聚攏。《講話》以後，延安新文化由構想落為實踐，發起轟轟烈烈的「秧歌運動」。由於歌舞劇在民間深遠的影響與意識形態話語的敘事渴求相契合，秧歌劇改造受到格外重視。新秧歌在保留民間秧歌美學情趣的基礎上，以革命話語成功地置換了民間秧歌的世俗和色情的內容，並融入話劇等現代戲劇手法，提高了秧歌劇的敘事能力。當秧歌劇臻於成熟時，延安渴望創造更新的民族歌舞劇。就在這個時候，「白毛仙姑」的傳說進入了延安。

　　可以說，「白毛仙姑」傳說在延安的遭遇，就是被「民族新歌劇」所選擇的過程，就是被「革命敘事」所改編的過程。然而，這過程卻不是平靜的。一面是「創新」的壓力，面對「民族新歌劇」這個陌生之物，創作集體展開了一場藝術探險活動。一面是「集體創作」形成的交往空間，由於不同文化力量對延安新文化秩序的不同理解，造成了「民族新歌劇」歷史性出場的諸多延宕，形成「革命敘事」的複調性特徵。

　　儘管「白毛仙姑」傳說潛在的社會訴求使文化人與延安之間形成相當的默契，但是，他們在對延安新文化秩序的理解上卻出現了分歧。一方面，是「西戰團」文人與延安的隔膜，近 6 年的前線生活使得他們游離於延安的文化環境，對延安正在構建的新文化秩序，尤其是對秧歌劇幾乎一無所知，因此，無論劇本體裁還是情節安排遠不能適應意識形態話語和民眾的要求與期待。另一方面，是延安本土文化人與意識形態訴求之間的錯位，雖然他們親身參與了新文化的構建，並將現代藝術形式帶給了民間秧歌，然而，這些文化人並沒有仔細領會延安新文化秩序的真實指向，在強制性文藝政策的壓力下，急於「改造思想」，耽溺於模仿民間藝術，忽視了新文化「現代」而「民族」的追求。因此，第一次創作完全失敗了。

劇組帶著巨大的創新壓力開始了第二次的創作。首先是重新調整了劇組成員：一面是延安本土文化力量取得上風，「秧歌運動」中脫穎而出的新秀賀敬之取代西戰團的老詩人邵子南成為劇本執筆者；一面又充實了導演力量，對斯坦尼斯拉夫體系有深厚造詣的舒強加盟進來，他與「秧歌運動」中的「明星」王大化聯袂出擊，共同打造前所未有的「民族新歌劇」。這是一次艱難的藝術探險過程。其間的種種迂迴曲折體現了延安文藝在民族化與現代化之間的徘徊與惶惑，體現了文化人與意識形態話語訴求、民間審美趣味之間的矛盾和糾葛，體現了西方文化、「五四」文化與傳統文化、民間文化之間的磨合與交融。

　　實際上，《白毛女》誕生時的陣痛也是歷史的。因為「民族新歌劇」不僅是延安新文藝的目標之一，它還包含在「五四」以來戲劇現代化演變的進程中。《白毛女》是「五四」以來戲劇工作者不斷小心翼翼實驗的「明日新歌劇」的繼續，是知識分子在文藝現代化追求當中對文學資源選擇與拒絕、調整與確認的繼續。因此，儘管《白毛女》是想像先於實踐的冒險，卻並非孤獨的嘗試，而是「五四」以來文藝現代化進程中的一個階段。

　　可以說，《白毛女》誕生時的種種延宕和交鋒都是圍繞著傳統與現代、民間與革命的矛盾而產生的。這一切所以可能，與「集體創作」的生產方式密不可分。因為它敞開了一個較為民主的交往空間，使得不同話語在其中碰撞交流，形成一個強大的話語場，既想像了「民族新歌劇」的形式，也作用了敘事的意義。這種較量一直延續到離開延安以後的歷次修改中，從而形成《白毛女》文本的複雜內涵。

　　延安時期，圍繞著歌劇主題、喜兒形象、貧苦階級的成長過程以及歌劇結局等問題，精英話語、民間話語與政治話語之間展開對話。他們既對抗又妥協，既共謀又齟齬，既追隨又游離，最終各自以不同的方式沉入文本。但「集體創作」導致的話語民主不是無邊的，延安只是有限度地、有選擇地開放了這個民主空間。《解放日報》「書面座談」發起的「爭鳴」最後不了了之，就體現了這種尷尬。在離開延安以後的多次修改中，意識形態話語顯示出它的擴張之勢。喜兒逐漸由女兒、女性、母親成長為一個階級主體；同時，翻身也成為民眾自覺的渴望和追求。值得注意的是，政治話語的限度也同樣明顯，其它話語在與其交往中表現了頑強的韌性，以至政治話語甚至不得不策略性地借助於它們，才能夠達到敘事目的。正是這種多義結構，使《白毛女》獲得最大的解讀和闡釋空間，不同文化背景的觀眾都能夠在其中找到自己的情感契合點，從而接受意識形態話語的「詢喚」，認同新社會及其領導者的合法性。這正是《白毛女》廣為流傳並被激賞的原因之一。可以說，由「集體創作」形成的多話語之間的張力關係是《白毛女》成為革命經典的內在動因。

　　事實上，除了文本內部的作用力，《白毛女》的經典化更依賴於話語建構行為。在奪取全國政權以前，《白毛女》作為「政治教材」，被納入到有組織、有秩序的傳播體系中，以至於關於它的演出和評論甚至成為一項政治任務和一種政治表態。與此同時，它還得到多方面的策應：文化精英的權威評述和文藝團體自發的演出，尤其是在特殊地區的上演等等，都使其迅速走紅。取得全國政權以後，《白毛女》漸漸被「歷史化」，進入了文學史，沉澱為一種文化象徵。有關它的宣傳、演出和評價處於意識形態國家機器的控制中，在一系列累積性因素——文學史寫作、大學教育、專業評獎、出版發行、廣告宣傳、學術批評、演出活動以及文化交流等——作用下，《白毛女》最終被建構為「革命經典」。

　　然而，正當這種經典「造勢」如火如荼地進行時，卻戛然而止。歌劇《白毛女》一夜間成為被批判的對象。從 1965 到 1967，從歌劇到舞劇，從「典範」到「批判對象」，經典的建構性和操作性暴露無餘。舞劇《白毛女》的改編本來是一個在肯定歌劇前提下，試圖超越歌劇的地方文化事件，但隨後卻演變為一場權力鬥爭，直到歌劇作為「文藝黑線」的代表作被全面批判。權力話語內部的分裂，構造出歌劇與舞劇的對立；權力話語內部的勝負，導致了歌劇《白毛女》

人民共和國文化與文學叢書
中國人民大學特輯　總序

程光煒　李怡

　　2005 年，中國人民大學文學院的中國當代文學史專業方面，將重點轉向了以「重返八十年代」為主題的當代文學史研究，這當然是中國大陸視野裏的「當代文學」。博士生課程採用課堂討論的方式，事先定下九個討論題目，分配給大家，然後老師和學生到圖書館查資料，自己設計問題，寫成文章後，分別在課堂多媒體上發表，接著大家討論。所謂討論，主要是找寫文章人的毛病，包括他撰寫文章的論文結構、分析框架、問題、材料運用，自然，他們最為關心的是，這篇論文究竟對當前的當代文學史研究有無新的發現和推動，至少有無提出有價值的質疑意見。因此，每學期總共十八週授課時間，安排一次課堂發表文章，另一次是課堂討論，這樣交錯有序進行。竟未想到，這種開放式的博士生研究課堂，到今年已進行了十一年，湧現了一批有價值有亮點的博士論文，湧現了若干個被大陸當代文學史研究界矚目的青年學者。據稱是大陸中國現當代文學研究界，為獎勵 45 歲以下青年學者而設置的具有很高學術聲譽的「唐弢青年文學獎」，最近連續三年，都有這個課堂上走出去的青年學者獲得。僅此就可以知道，雖然中間的過程困難重重，也有很多不必要的重複和彎路，仍然可以證明，通過課堂討論、大家集中研究中國當代文學史這種方式，事實上有一定的效果。

　　其實，在 2005 年以前，我們這個學術團隊中已有博士生在做《紅岩》、《白毛女》的研究，取得引人注意的成果。而以「重返八十年代」為主題的當代文學史研究，目的是以中國現代文學史自五四之後，八十年代這個又一個「黃

金年代」為文學高地，在這個歷史制高點上，縱觀 60 年的中國當代文學史，並以這個制高點，把這 60 年文學拾起來，做一個較為總體的評價和分析，建立這個歷史時段的整體性。今天看來，這個目的初步達到了。這套學術叢書，關涉到中國當代文學史的諸多領域，例如文學思想、思潮、流派、現象、紛爭、雜誌、社團等等，雖不能說每個題目都深耕細作，但確實有一些深入，某些方面，還有較深入的開掘，這是被學術同行所認可的。例如，《紅岩》研究、《白毛女》研究、「重寫文學史思潮」研究、「李澤厚與八十年代文學」研究、「現代派文學」研究等。另外賈平凹小說、路遙與柳青傳統、七十年代小說的整理、上海與新潮小說的興起、八十年代文學史撰寫中的意識形態調整、十七年文學等等，也都在這套叢書中有所反映。

　　毫無疑問，中國大陸的中國當代文學史研究，離不開「當代史」這個潛在的認識性裝置。一定程度上，文學史與當代史的表面和諧關係，實際也暗藏著某種緊張狀態。作為歷史研究者，每個人都離不開、跳不出自己生長的歷史環境。但是，所有有識的歷史研究者都意識到，所謂學術研究即包含著對自身歷史狀態的超越。他們所關心和研究的問題，事實上是以他自己的問題為起點的；也就是說，他們研究的學術問題，實際上就是他們自己所困惑的歷史問題。我們想這種現象，又不僅僅是我們的。借這套叢書在臺灣出版的機會，我們想表達的是：學術著作的出版，是一次展示自己學術見解，並與廣大學界同行進行交流切磋的極好機會。因此，十分期望能得到讀者懇切的批評和意見。

2016.2.22 於北京

導　論 ·· 1

第 1 章　秧歌運動和《白毛女》 ················ 17

　1.1　文化資源的重組 ··························· 18

　1.2　秧歌劇的「現代化」 ···················· 23

第 2 章　《白毛女》的生產經過 ··············· 29

　2.1　「白毛仙姑」傳說進入延安 ············ 29

　2.2　初次創作的失敗 ··························· 35

　2.3　曲折中的探索 ····························· 44

　2.4　民族而現代的歷史糾葛 ················· 57

第 3 章　「集體創作」中的革命敘事 ········· 69

　3.1　「集體創作」選擇《白毛女》 ········· 70

　3.2　創作時的「交鋒」 ······················ 73

　3.3　「爭鳴」中的尷尬 ······················ 85

　3.4　「轉移」後的修改 ······················ 94

第 4 章　《白毛女》的傳播和經典化 ········· 101

　4.1　從邊區政府到全國政權 ················· 101

　4.2　在意識形態國家機器的運轉中 ········· 114

　4.3　「解經典」：舞劇取代歌劇 ············ 124

餘　論 ·· 133

主要參考文獻 ·· 141

附　錄 ·· 145

　附錄 1：歌劇《白毛女》的部分版本 ········ 147

　附錄 2：西戰團和歌劇《白毛女》──訪原西戰
　　　　　團主任周巍峙先生 ·················· 149

　附錄 3：歌劇《白毛女》與電影《白毛女》──
　　　　　訪電影編劇之一楊潤身先生 ········ 159

　附錄 4：歌劇《白毛女》部分研究資料索引 ··· 165

　附錄 5：「毛女」傳說 ······················· 169

導　論

　　《白毛女》無疑是 20 世紀後半葉中國大陸上演場數最多、感動人數最多、影響最大的歌劇之一。它是延安文藝的代表之作。據統計，1945 年間，僅膠東一帶，在一萬個能起作用的劇團中，演出過《白毛女》的就有五千左右〔註1〕。自其誕生以來，伴隨著文化遷徙的行程和戰略轉移的路線，伴隨著延安從邊區政府成長為全國政權的過程，《白毛女》得到有力的推廣，演遍了大江南北，成為知名度最高的一部革命經典。本文試圖回到歷史的生動處，通過追溯「民族新歌劇」的誕生過程，呈現「白毛女」革命敘事的改編經過和修改歷程，跟蹤《白毛女》的傳播路線，透視其經典化過程，從而探究延安文藝的複雜構成。換言之，本文試圖接近「歷史文本」的原貌，尋找「文本歷史」的變遷蹤跡，在「歷史文本」和「文本歷史」的結合處，闡釋《白毛女》為何出現，怎樣出現，又如何被建構為革命經典，從而將延安文藝放在一個盡可能開闊的視野內，突破先前政治化研究模式的局限。當然，本文的思路離不開已有研究的啓發，正是在這些成果——尤其是在 20 世紀 90 年代以來的研究成果——的基礎之上，筆者找到了本文的出發點和旨歸。

一、研究歷史與現狀

　　關於歌劇《白毛女》的研究呈現出時代的不對稱性。以 20 世紀 90 年代為界限，從其誕生到 80 年代這漫長的 40 年間，《白毛女》研究基本上被意識形態話語所收編；90 年代以後，意識形態話語的生效機制以及文本內部的複雜構成受到關注，研究取得各種各樣的突破。

〔註 1〕劉綬松：《中國新文學史初稿》（下），北京：人民文學出版社，1979 年 11 月新 1 版，第 541 頁。

（一）研究歷史

　　1945 年 7 月 17 日，《解放日報》開闢「書面座談」欄目，相繼發表了一系列評論文章。以此爲開端〔註2〕，直到 1964 年，關於歌劇《白毛女》的研究大多圍繞著首演後中共中央的三條意見〔註3〕，從主題意義、人物形象、音樂形式和現實意義等方面做了進一步的闡發。比如，《晉察冀日報》1946 年 1 月 3 日發表的《〈白毛女〉觀後感》，1946 年 1 月 10 日刊載的聯星的《〈白毛女〉觀後記》、浩成的《〈白毛女〉觀後》、思三的《〈白毛女〉的演出教育了我們一些什麼》，《人民日報》（晉冀魯豫版）1946 年 9 月 22 日發表的劉備耕的《〈白毛女〉劇作和演出》等。在《白毛女》誕生初期，這些評論多以觀後感的形式最直接、最迅速地呼應了中共中央的意見。

　　從 1949 年到 1960 年代中期，以及 1970 年代後期到 1980 年代這兩個時間段，關於歌劇《白毛女》的研究也基本上延續了這個思路。主要文章有：王淑明的《〈白毛女〉奠定了中國新歌劇的基礎》（《文藝報》，1952 年第 11、12 號），林誌浩的《批判「四人幫」發動的圍攻歌劇〈白毛女〉的謬論》（《文學評論》，1978 年第 2 期），嚴恩圖的《人民的藝術人民愛——歌劇〈白毛女〉學習札記》（《安徽師範大學學報》，1977 年第 4 期），張庚的《歷史就是見證》（《人民日報》，1977 年 3 月 13 日），張九意的《我國新歌劇的里程碑》（《內蒙古大學學報》，1987 年第 2 期），何鵬程《歌劇〈白毛女〉三論》（《貴州大學學報》，1987 年第 2 期）等。

　　這個時期研究的典型話語規則是「復述」。各種文章通過對政治話語的「復述」，不斷鋪陳人物性格、主題思想和意義，集中回答「這是一個什麼樣的革命故事」的問題，從而豐富和補充著意識形態話語，構建出「革命經典」。這種研究的理論前提是總體性原則，文本中細微的、邊緣的、差異的成分被忽略。因此，所謂闡釋只是在意識形態話語這個圓心的外圍畫出循環往復的同

〔註2〕1945 年 7 月 21 日，《解放日報》發表季純《〈白毛女〉的時代性》一文是個例外。關於這一點，本文將在第三章中詳細論述。

〔註3〕第一，這個戲非常適合時宜；第二，黃世仁應當槍斃；第三，藝術上成功的。傳達者解釋了這些意見說：農民是中國最大多數，所謂農民問題，就是農民反對地主階級剝削的問題。這個戲反映了這種矛盾。在抗日戰爭勝利後，這種階級鬥爭必然尖銳起來，這個戲既反映了這種現實，一定會廣泛地流行起來。不過黃世仁如此作惡多端，還不槍斃他，是不恰當的，廣大群眾一定不會答應的。（張庚：《歌劇〈白毛女〉在延安的創作演出》，《新文化史料》，1995 年第 2 期）

心圓，形成一層又一層的保護膜，維護著總體性原則。

　　而且，在意識形態國家機器的成功規訓、監控下——比如學校教育、新聞輿論、文學史寫作——「復述」變得自然化。甚至這種「復述」方式本身也成爲意識形態國家機器的一個部件，以至於關於歌劇《白毛女》的研究取向變成一種政治表態。所以，這個時期的研究者還不能夠在一個有距離的空間內，較爲獨立地審視歌劇《白毛女》的生成過程、變遷原因、敘事策略以及如何成爲經典等學術問題。

（二）研究現狀

　　進入 20 世紀 90 年代，《白毛女》研究取得了突破性進展。研究者警覺到「復述」模式的遮蔽性，不再停留於歌劇《白毛女》「是什麼」的回答上，而是開始追問「怎樣如此」、「爲什麼如此」等問題。由於提問方式的不同，每一次位移，都敞開了新的可見性內容，豐富著人們對《白毛女》的認識，開掘出歷史複雜性的一面。

　　1991 年，香港《二十一世紀》第 4 期發表了孟悅的《性別表象與民族神話》一文，這是較早從「復述」中突圍的一次嘗試。這篇文章「反思」了以往的提問方式，將問題焦點集中於革命敘事「怎樣」可能上。於是，意識形態話語的生效機制受到追問。作者在《白毛女》中第一次看出了「性別」及其位置，看出了「性別」與「階級」的矛盾關係。更重要的是，研究者發現了歌劇處理二者關係的方式——這本是一個可以被處理爲包含著與性或性別相關的矛盾衝突的故事，而實際上，使喜兒獲取同情的並不是她的性別處境，而是她所代表的受壓迫階級的處境。作者認爲《白毛女》之所以擯除與性別相關的其它敘事可能性，正是爲了將整個敘述完全納入「階級鬥爭」的發展線索，將階級的衝突直接引入敘事。這樣，階級話語通過對「性別」的置換，「以一個傳統性別角色模式中的人物功能、以性別個體之間的對立關係，承載了『階級』關係和等級，以喜兒被壓迫的女性表象填充、支撐了與地主殊死對立的『貧苦農民』」〔註 4〕，完成了《白毛女》的革命敘事。

　　然而，不久，孟悅就意識到這種研究所存在的局限性——「如果把這個過程僅僅看作一個從始至終非常合目的性的話語專制運作程序，就會簡化過程的歷史性，忽略其中可能存在的各種複雜話語關係」〔註 5〕。於是，兩年後，

〔註 4〕孟悅：《性別表象與民族神話》，《二十一世紀》，1991 年 4 期。
〔註 5〕孟悅：《〈白毛女〉演變的啓示》，王曉明《二十世紀中國文學史論》（第 3 卷），

她在題爲《〈白毛女〉與延安文藝的歷史複雜性》的一文中修正和補充了先前的論述〔註6〕。該文從對政治話語運作方式的專注中走出，注意到意識形態話語的「存在狀況」，發現了政治話語的有限性。孟悅指出《白毛女》並不完全被意識形態所左右，甚至是「以一個民間日常倫理秩序的道德邏輯作爲情節的結構原則」〔註7〕，「政治運作是通過非政治運作而在歌劇劇情中獲得合法性的」〔註8〕。文章指出，「除夕」這場戲和「王大春」這個人物的加入，使得普通社會長期以來形成的倫理原則、審美原則與政治原則一道共同主宰著歌劇的生產過程：「民間倫理秩序的穩定是政治話語合法性的前提」，「只有作爲民間倫理秩序的敵人，黃世仁才能進而成爲政治的敵人」〔註9〕。也就是說，政治話語是通過和其它話語的交往、對話，才最終實現了自己。雖然孟悅的本意並不在於將政治話語的強制機制輕描淡寫，但是她對於《白毛女》文本複雜性的發現，對於各種文化傳統間的摩擦和滲透的分析，對於政治話語在其中所受到的各種限制的描述，無疑都將《白毛女》研究引入了一個更加多元的學術視閾內。

1993年，時代文藝出版社出版了李楊的博士論文《抗爭宿命之路——「社會主義現實主義」（1942～1976）研究》。在這裏，歌劇《白毛女》並不是一個獨立分析對象，而是作爲中國當代文學歷史鏈條上的一環得到研究。作者將1942～1976年間的「社會主義現實主義」的發展區分爲敘事、抒情和象徵三個時期，追問的是：爲什麼「歌劇」《白毛女》會走紅於敘事時期，爲什麼「芭蕾舞劇」《白毛女》在文革中成爲「樣板」，它們「是在什麼樣的歷史文化情境中成爲可能的，它與權力構成一種什麼樣的聯繫」等問題〔註10〕。作者認爲，歷史只有講述進一個有頭有尾的、向著未來發展的、情節統一的大

上海：東方中心出版社，2003年，第190頁。

〔註6〕這篇文章發表在1993年《今天》第1期，後相繼收入唐小兵主編的《再解讀——大眾文藝與意識形態》和王曉明主編的《二十世紀中國文學史論》（第3卷），並更名爲《〈白毛女〉演變的啟示》。

〔註7〕孟悅：《〈白毛女〉演變的啟示》，王曉明《二十世紀中國文學史論》（第3卷），上海：東方中心出版社，2003年，第191頁。

〔註8〕孟悅：《〈白毛女〉演變的啟示》，王曉明《二十世紀中國文學史論》（第3卷），上海：東方中心出版社，2003年，第194頁。

〔註9〕孟悅：《〈白毛女〉演變的啟示》，王曉明《二十世紀中國文學史論》（第3卷），上海：東方中心出版社，2003年，第193頁。

〔註10〕李楊：《抗爭宿命之路》，長春：時代文藝出版社，1993年，第7頁。

故事裏，才能被意識到。《白毛女》之所以以「歌劇」的形式出現在 40 年代，是因爲旨在通過敍述一個在時間流中曲折發展的故事，揭示「舊社會把人變成鬼，新社會把鬼變成人」的主題，從而爲組建一個現代民族國家尋求歷史的合法性。因此，歌劇中的人物形象是隨著敍事時間的流動逐漸成長起來的，有動搖、有幻想、有怯懦的自殺，而不是像舞劇中那樣從一開始就是具有本質的階級形象。李楊認爲《白毛女》所以能夠產生巨大的現實政治意義，正是由於它表達了人們對民族國家的渴望。於是，「被感動與組織的，不僅僅是《白毛女》的觀眾，而是生活在『敍事』時期的所有中國人」〔註 11〕。

　　時隔 10 年後，李楊以新的研究思路再次解讀了《白毛女》。如果說，《抗爭宿命之路》通過俯瞰宏觀歷史，進而發現了歌劇的歷史位置和價值的話，那麼，這一次則試圖進入微觀歷史情景，「探究不同的歷史中不同的意識形態意義所決定的審美方式」〔註 12〕，將延安文藝放在「文化革命」的視野中進行觀照和研究。於是，不僅《白毛女》的生產過程得到一定程度的關注和重視，其敍事策略也得到新的闡釋。「呈現在歌劇《白毛女》中的民間傳統其實只是對『民間』和『傳統』的借用，不是在『一個按照非政治的邏輯發展開來的故事最後被加上一個政治化的結局』（孟悅語——筆者注），而是政治的道德化，或者這是現代政治創造的『民間』」〔註 13〕。也就是說，《白毛女》借用傳統資源塑造了民眾對於「民族國家」、「階級」的共同想像和集體認同，將現代政治內化爲人們的心理結構、心性結構和情感結構。所以，與孟悅的分析不同，李楊以現代性的名義將「民間」與「政治」的緊張關係縫合起來。

　　更重要的一個轉變是，研究者開始關注「戲劇」如何以其美學形式成功地講述了現代民族國家的歷史，回答了先前令人生惑的疑問——在「敍事」時期爲什麼不用小說、敍事詩、報告文學等藝術樣式，而偏偏選擇了「戲劇」來承載這個革命傳說——進而發現了延安文藝具有「文化革命」的意義，並將其與現代性關聯起來。李楊指出「通過這一方式（即戲劇——筆者注），落後、分散的根據地農村就注入了類現代的民族國家意識，逐漸建立起對共產

〔註 11〕李楊：《抗爭宿命之路》，長春：時代文藝出版社，1993 年，第 281 頁。
〔註 12〕李楊：《50～70 年代中國文學經典再解讀》，濟南：山東教育出版社，2003 年，第 268 頁。
〔註 13〕李楊：《50～70 年代中國文學經典再解讀》，濟南：山東教育出版社，2003 年，第 287～288 頁。

黨政權的『階級』認同，為未來更加激烈的現代性革命打下了比政治基礎更
為重要的文化基礎」〔註14〕。於是，傳統形式與現代革命的關係、延安文藝
與「五四」文藝、文革文藝的關係也漸漸浮現出來。遺憾的是，這些有意義
的問題只是被作者一筆帶過，沒有繼續展開。

　　20世紀90年代以來關於歌劇《白毛女》的研究取得了非常重要的突破，
為進一步研究延安文藝或革命經典提供了富有啓發性的思路。這些研究表現
出從靜態文本分析到動態歷史解析的興趣。然而這僅僅是個趨勢。孟悅在《〈白
毛女〉與延安文藝的歷史複雜性》一文中更具實踐意義的仍舊是關於文本的
靜態分析，即對歌劇內部兩種運作程序的精彩闡釋。而她試圖將歷史複雜化
的願望，試圖理清延安文藝與「五四」新文化的歷史關聯的渴求，試圖考察
現代與傳統關係的衝動，試圖清理歌劇《白毛女》「複雜的歷史和文化的上下
文」的希求〔註15〕，試圖發現延安文藝多重構成──比如農村口頭流傳的史
前史、「白毛仙姑」信仰、大眾文藝運動、西方文化和「五四」文化、政治文
化等等──及其關係的好奇，試圖尋找各種文化力量──新文化與老文化、
洋文化與土文化、城市文化與鄉村文化──相互作用的努力等等，由於「材
料和知識積累方面的限制」，都無法涉及，「只能把考察的對象限定在文本的
範圍內」〔註16〕。因此，她也坦言「怎樣來看待和研究『革命文學』這個字
眼所能包含的歷史現象？到此為止，我仍是只有問題而沒有答案」〔註17〕。

　　相比較而言，李楊在知識考古學和譜系學的啓發下，從靜態文本分析中
走出，表現出對「歷史文本」的關注，一定程度上回應了孟悅的問題。然而，
也僅僅是淺嘗輒止。《再解讀》一書雖然注意到《白毛女》的「文本生產過程」，
注意到文本歷史的動態變遷，注意到形式的意識形態意義，並因此試圖將延
安文藝放在「文化革命」的視野內加以考察，但是，一方面由於對生產過程
的勾勒過於粗疏而簡化了革命敘事的改編過程，一方面則在為「戲劇」尋找
動因的同時忽略了「民族新歌劇」的意義，因而使得關於延安文藝與現代性

〔註14〕 李楊：《50～70年代中國文學經典再解讀》，濟南：山東教育出版社，2003年，
　　　　第304頁。
〔註15〕 孟悅：《〈白毛女〉演變的啓示》，王曉明《二十世紀中國文學史論》（第3卷），
　　　　上海：東方出版中心，2003年，第184頁。
〔註16〕 孟悅：《〈白毛女〉演變的啓示》，王曉明《二十世紀中國文學史論》（第3卷），
　　　　上海：東方出版中心，2003年，第188頁。
〔註17〕 孟悅：《〈白毛女〉演變的啓示》，王曉明《二十世紀中國文學史論》（第3卷），
　　　　上海：東方出版中心，2003年，第202頁。

關聯的探索仍舊帶有更多的想像色彩。

　　總之，這些研究大多淡化了「歷史的文本」，剪輯了「文本的歷史」，忽略了歷史的生動處。因而，關於延安文化與「五四」新文化關係的解讀，關於延安文藝豐富性和現代性的探幽，關於革命經典形成過程的剖析就只剩下了期待和許諾。

二、研究意圖與視野

　　本文從這些學人所提供的啓發和限度出發，試圖回到歷史的生動處，將「民族新歌劇」《白毛女》重新投入到「那一個」歷史時刻，「看」其怎樣發生、怎樣生長、怎樣傳播、怎樣成爲經典。通過對《白毛女》生產和傳播過程的描述，呈現其誕生時分的陣痛與欣喜，展現它怎樣帶著這些矛盾進入傳播過程，進而解剖延安文藝的複雜性，刺穿所謂革命經典的建構性和話語性。

　　儘管李歐梵曾經指出，「現代性從未在中國文學史上眞正勝利過」〔註18〕，「而且 1937 年後這種現代性就中斷了」〔註19〕。但是，「現代性」是一個非常含混的，有著複雜結構的概念。正如卡林內斯庫所指出的，19 世紀以來，「在作爲西方文明史一個階段的現代性同作爲美學概念的現代性之間發生了無法彌合的分裂」〔註20〕。前者，即資產階級的現代性概念，是從對進步的渴望，對時間的關切，對理性的崇拜，對自由的嚮往等方面而言的，是科學技術進步、工業革命和資本主義帶來的全面經濟社會變化的產物；而後者是「將導致先鋒派產生的現代性」〔註21〕，傾向於激進的反資產階級態度。李歐梵的斷言顯然主要就藝術價值和資產階級某些價值關懷而言的，他認爲整風運動否定了「五四」文學的兩個標記——個人主義和主觀主義，將創造性文學的價值降到政治的附庸地位。「現代追求中的藝術性方面被政治的緊迫需要所排擠」，「因此，當中國現代文學進入到當代階段以後，不論是在西方的含義中，還是在中國的含義中，現代性這一概念都不再是中國共產黨文學的一個中心

〔註18〕 李歐梵：《現代性的追求》，北京：三聯書店，2000 年 12 月，第 240 頁。
〔註19〕 李歐梵：《徘徊在現代和後現代之間》，上海：上海三聯書店，2000 年 3 月，第 8 頁。
〔註20〕 （美）馬泰・卡林內斯庫：《現代性的五副面孔》，北京：商務印書館，2002 年 5 月，第 48 頁。
〔註21〕 （美）馬泰・卡林內斯庫：《現代性的五副面孔》，北京：商務印書館，2002 年 5 月，第 48 頁。

特點了」〔註22〕。

　　然而，實際上，從第一種現代性意義上說，中國文學自發生現代轉型以來，就被捲入現代性的宿命當中，難以擺脫它的影響。延安文藝作為現代文學史上的一環，也不可避免其現代性命運。但是，如同「當五四作家在某種程度上與西方美學中的現代主義那種藝術上的反抗意識聲氣相通的時候，他們並沒有拋棄自己對科學、理性和進步的信仰」〔註23〕的悖論一樣，延安文藝在現代性的追求中也存在其悖論。

（一）「創新」的歷史衝動

　　「現代」所以可能，最初即源於時間意識的覺醒，源於對「當下」和「現時」的關注，源於對傳統的超越、對進步的信念，源於對「新」的追求。也就是說，「只有在一種特定時間意識，即線性不可逆的、無法阻止地流逝的歷史性時間意識的框架中，現代性這個概念才能被構想出來」〔註24〕。所以，「『現代』主要指的是『新』，更重要的是，它指的是『求新意志』──基於對傳統的徹底批判來進行革新和提高的計劃，以及以一種較過去更嚴格更有效的方式來滿足審美需求的雄心」〔註25〕。中國現代文學自發生以來，就不可遏止其「創新」衝動。從晚清時的維新運動到梁啓超的「新小說」理論，從文言到白話，從文學革命到革命文學，從為人生、為藝術到為階級、為宣傳，從「五四」文學到左翼文學，每一個階段都確立起嶄新的文學方向，甚至新的政治方向，提出新的理論構架，引導和規範文學創作。「『新』這個詞幾乎伴隨著旨在使中國擺脫以往的鐐銬，成為一個『現代』的自由民族而發動的每一場社會和知識運動」〔註26〕。於是，文學的發展被納入進化的鏈條當中：新形式肯定是對舊形式的一種改進，新觀念肯定是對舊觀念的一種超越。某種意義上，甚至可以說，成為「現代的」意味著無可質疑的「新穎性」。無論是「五四」的新小說，還是普羅文學，都曾經是當時的一種文學「時尚」。

　　延安時期是「中國共產主義運動最開放、最富有創造性」的一個時期

〔註22〕 李歐梵：《現代性的追求》，北京：三聯書店，2000年12月，第240頁。

〔註23〕 李歐梵：《現代性的追求》，北京：三聯書店，2000年12月，第236頁。

〔註24〕 （美）馬泰·卡林內斯庫：《現代性的五副面孔》，北京：商務印書館，2002年5月，第18頁。

〔註25〕 （美）馬泰·卡林內斯庫：《現代性的五副面孔·中譯本序言》，北京：商務印書館，2002年5月，第2頁。

〔註26〕 李歐梵：《現代性的追求》，北京：三聯書店，2000年12月，第236頁。

〔註27〕，在政治、經濟、軍事、教育等各方面都取得了開創性的成果，文化自然也不會例外。就其對時間的關切和對創新的渴望上而言，延安文藝無疑是追求現代性的結果。一方面，延安決心創造「內容和形式上都代表與20年代和30年代徹底決裂的新文學」〔註28〕，「建立中華民族的新文化」〔註29〕。一方面，通過清理與評價「新文化」的歷史，認同西方民族、民主、自由、平等等價值觀，從理論上將自己位列於「現代」之中。

　　有意思的是，延安在重新梳理新文化發展歷程時，將時間與階級融合在一起。也就是說，新文化的發展、成敗與無產階級參與的程度直接相關〔註30〕。其最典型的體現莫過於將「五四」無產階級化的策略，指認「五四」運動是當時無產階級世界革命的一部分」〔註31〕。於是，以「五四」爲分水嶺，新文化發生了質變：「在『五四』以前，中國的新文化，是舊民主主義性質的文化，屬於世界資產階級的資本主義的文化革命的一部分。在『五四』以後，中國的新文化，卻是新民主主義性質的文化，屬於世界無產階級的社會主義的文化革命的一部分」〔註32〕。通過這種方式，意識形態話語將自己表述爲「進步的」、「現代的」，延安的新文化建設自然就成爲「五四」新文化的繼續，被納入到現代性的進程中。因此，所謂「新文化」在不同階段的不同內涵，由於將階級觀念引入時間範疇內而被統一起來。

　　延安關於新文化歷史的描述充滿著二元對立的色彩：即所謂「封建的」／「反封建的」、「帝國主義的」／「反帝國主義的」、「落後的」／「進步的」、「反革命的」／「革命的」、「舊的」／「新的」、「傳統的」／「現代的」等等，並將後者作爲追求的目標。「現代性多數時候是被放在發展語彙中加以理

〔註27〕（美）馬克‧賽爾登：《革命中的中國：延安道路》，北京：社會科學文獻出版社，2002年3月，第304頁。
〔註28〕李歐梵：《現代性的追求》，北京：三聯書店，2000年12月，第216頁。
〔註29〕洛甫：《抗戰以來中華民族的新文化運動與今後任務》，《中國文化》，第1卷第2期。
〔註30〕這一點，從洛甫和毛澤東關於新文化發展時期的描述，即1940年1月二人在陝甘寧邊區文化協會第一次代表大會上的講演中即可看出。洛甫的報告題爲《抗戰以來中華民族的新文化運動與今後任務》，毛澤東的講演則以《新民主主義的政治與新民主主義的文化》爲題。
〔註31〕毛澤東：《新民主主義論》，《毛澤東選集》（第2卷），北京：人民出版社，1991年6月，第2版，第699頁。
〔註32〕毛澤東：《新民主主義論》，《毛澤東選集》（第2卷），北京：人民出版社，1991年6月，第2版，第698頁。

論化的（循著啓蒙的那些進步意識形態的思路），這意味著它較過去的歷史『階段』更『進步』」〔註33〕。所以，延安提出要建設「新民主主義的文化」，進一步肯定和鞏固了民族、民主、科學、理性等「現代的」價值標準。

具體在文藝上，則突出表現爲對「新形式」的強烈渴望——「新文化的新內容應該有新形式，新文化的新內容正在創造中，新形式也在創造中」〔註34〕。因此，《白毛女》生產過程中的延宕曲折尤其體現在關於「民族新歌劇」的艱難探索上。「白毛仙姑」傳說進入延安時，秧歌劇已經臻於成熟，爲什麼棄之不用，而非要冒險去實驗完全陌生的「民族新歌劇」？這恐怕只有放在「創新」的歷史衝動，放在現代性的追求中方才可以理解。「變得現代是一種選擇，而且是一種英勇的選擇，因爲現代性的道路充滿艱險」〔註35〕。所以，本文試圖回到歷史現場，通過呈現「民族新歌劇」艱難的探索過程，以剖析延安文藝與現代性的關聯，體味它在追求現代性過程中的陣痛和歡欣。

（二）延安文藝現代性的複雜構成

然而，正如「現代性」這個概念本身所具有的多層結構一樣，「在重構現代性歷史的過程中，有趣的是探討那些對立面之間無窮無盡的平行對應關係——新／舊，更新／革新，模仿／創造，連續／斷裂，進化／革命，等等」〔註36〕。延安文藝在與時間結盟，接受理性、進步、民主等名詞，追求「新穎」的同時，也表現出其複雜的一面。關於這一點，本文將通過以下幾組對立矛盾範疇來予以揭示，它們分別是：集體／個體（民主／霸權）、傳統／現代（斷裂／延續）、藝術／功用（自律／他律）等。

1、集體／個體（民主／霸權）和藝術／功用（自律／他律）

延安在創建民族新形式的衝動以外，還試圖革新文化生產方式。它從左翼文人的都市實驗中受到啓發和鼓舞，將「集體創作」作爲文化革命的重要目標。而且，「集體創作」也確實成爲延安文化製造的一個獨特景觀。但與左

〔註33〕（美）馬泰·卡林內斯庫：《現代性的五副面孔》，北京：商務印書館，2002年5月，第18頁。

〔註34〕洛甫：《抗戰以來中華民族的新文化運動與今後任務》，《中國文化》，第1卷第2期。

〔註35〕（美）馬泰·卡林內斯庫：《現代性的五副面孔》，北京：商務印書館，2002年5月，第57頁。

〔註36〕（美）馬泰·卡林內斯庫：《現代性的五副面孔·中譯本序》，北京：商務印書館，2002年5月，第2頁。

翼文人的實驗不同，延安「集體創作」在實踐上有效地實現了藝術大眾化的願望。因此，某種意義上延安文藝也是充分實現了的「大眾文藝」，既是「五四」以來文藝大眾化的繼續，也是對它的昇華和超越。「是一場轟轟烈烈的文化革命運動，含有深刻必然性和久遠的烏托邦衝動」〔註37〕。因爲它徹底改寫了藝術生產者和接受者的關係，消解了文化精英的優越意識。

職業作家是社會分工的結果，是現代社會的產物。進入資本主義社會，傳統文學發生了深刻變化，即所謂「文學的現代性」轉變。「作家」成爲謀生的職業，「寫作」變爲了一種有利可圖的活動，「作品」成了凝結著特定社會勞動時間的等待交換的商品，「讀者」閱讀則成爲了一種市場消費方式。總之，文藝生產一方面表現爲個體行爲，藝術被精英化；一方面體現了市場交換價值，藝術被商品化。然而，「集體創作」卻反動了這種現代性，「擯棄現代主義的個人化政治」〔註38〕，嚮往一種集體狂歡體驗。在「集體創作」中，藝術生產和消費的界限模糊化了，人人都既是創作者也是消費者。其最典型的體現莫過於延安街頭喧囂熱烈的秧歌演出。秧歌創作本是群體作業，由一群人集體討論完成創作；走向街頭後，更多的觀眾甚至直接參與到表演中。當廣場中央的演員唱到「豬呀，羊呀，送到哪裏去」時，周圍的觀眾就會齊聲應和「送給那親人八路軍」。於是，戲劇與生活一體化了，生活被藝術化，藝術被生活化。所謂藝術創作直接指向了某種行動取向。藝術的最大價值表現在對於現實行動的效果、獲得大眾認同的程度上，而不是其市場價值或通過市場表現出的美學價值。換句話說，藝術自律性被他律性所遮蔽，「反映出現代政治方式對人類象徵行爲、藝術活動的『功利主義』式的重視和利用」〔註39〕。就此而言，延安文藝是一種先鋒派的文藝，以集體生產和行動指向爲其想像邏輯，實現了對文化精英和個體創作的反叛。

另一方面，「集體創作」又引申出民主和霸權的矛盾。由於民眾的加入，延安形成最充分的「集體創作」，也在最大程度上實現了話語民主——各種意願通過「集體創作」的空間尋找到了表達的機會。但是，與左翼文人的實驗

〔註37〕 唐小兵：《我們怎樣想像歷史》，《再解讀——大眾文藝與意識形態》，香港：
　　　　 牛津大學出版社，1993年，第16頁。
〔註38〕 唐小兵：《我們怎樣想像歷史》，《再解讀——大眾文藝與意識形態》，香港：
　　　　 牛津大學出版社，1993年，第22頁。
〔註39〕 唐小兵：《我們怎樣想像歷史》，《再解讀——大眾文藝與意識形態》，香港：
　　　　 牛津大學出版社，1993年，第16頁。

－11－

不同，延安「集體創作」不僅是組織文學的方式，也是通過大眾自我教育組織政治秩序的一個手段。因而，它所體現的話語民主就不可能是無邊的，而是受到意識形態話語的規範和指導。但是，「集體創作」既然敞開了交往的空間，各種話語就不可避免地或彰顯或隱蔽的方式表達自己的意願，與政治話語構成緊張而相互依存的張力關係，從而形成話語民主和霸權的悖論。

歌劇《白毛女》由於實現了最廣泛的參與，成為延安「集體創作」的「集大成」之作。現代性認定「歷史有一個特定的方向，它所表現的不是一個超驗的、先定的模式，而是內在的各種力之間必然的相互作用」〔註 40〕。本文試圖通過追溯「集體創作」的由來，呈現《白毛女》在「集體創作」中的情態，描述在形式與敘事的探索上，各種話語發生了怎樣的關係：是共識還是衝突？共識如何形成？衝突怎樣解決？是韌性的對抗還是無奈的妥協？對抗如何平息？是來自權力的強制還是輿論的壓力？或者衝突從來就沒有真正化解，而是以各種形式潛伏下來，直至在後來的歷次修改中，仍舊相互較量，最終形成新的力量組合。

另一方面，正是「集體創作」的民主氛圍所形成的《白毛女》內部多話語交織的複雜形態，使不同文化背景的觀眾在劇中找到了自己的情感契合點，以不同的方式理解、闡釋這個翻身故事，從不同的角度進入政治話語的期待視野，進而捲入到洶湧澎湃的階級鬥爭中，捲入到熱切的現代民族國家的創建中。與此同時，加之以政治權力有秩序、有組織的密集型演出和宣傳活動，以及民主人士和非解放區文藝團體的文化策應，使得《白毛女》迅速流傳開來，成為革命敘事的典範作品。

2、傳統／現代（斷裂／延續）

延安文藝現代性的複雜性還表現為對待傳統的態度上。現代所以可能和被追求，首先在於對過去的認識，對傳統的決裂，對現代的信心。文藝復興顛覆了此前對於傳統的崇敬態度，從對經院主義和古典的專制與崇拜中解放出來，要求擺脫所有的理智權威，認識到「歷史不再是一個連續統，而是一些迥異的時代前後相繼，有黑的時代與白的時代，黑暗的時代與光明的時代」〔註 41〕。於是，科學上的進步觀念也被引入藝術領域，「使他們認為能夠將自

〔註40〕 （美）馬泰·卡林內斯庫：《現代性的五副面孔》，北京：商務印書館，2002
年5月，第27頁。

〔註41〕 （美）馬泰·卡林內斯庫：《現代性的五副面孔》，北京：商務印書館，2002

己在科學上相對於古代人所具有的優勢轉變爲一種藝術上的優勢」〔註42〕。正因爲現代與過去有實質性的不同，所以「創新」才成爲現代的起點；正因爲「往昔的傑作如果被當成範本，只會妨礙對現代性的想像性追尋」〔註43〕，所以藝術才成爲了一種脫離傳統的冒險遊戲。

中國文學在現代性轉型過程中，顯然是以西方的時間哲學、現代理念和文學觀念爲標準的。「中國新文學運動是因爲接受西洋的學術思想而起來的，新文學的倡始者們幾乎都受過西歐文化的薰陶。他們主張歐化，反對國粹，要以民主和科學救治中國」〔註44〕。在某種層面上，所謂「現代的」也就是「西方的」。因此，「五四」時期文學革命的任務集中在對傳統的反叛上，首先是文字的、文學形式的和文體上的變革，然後則發展到提倡新思想和新精神。具體在戲劇形式上，「五四」時期表現出對戲曲或「舊歌劇」的強烈抵制和厭倦，同時，竭力讚賞並移植西方現代話劇到中國舞臺上。於是，「五四」新文化就體現出這樣一個尷尬：「爲了建立一個既是『現代』的，又是『中國』的新文化，它既要排斥『本土資源』又要吸引『本土大衆』」〔註45〕。雖然二、三十年代一些民俗學知識分子注意到了民間歌舞傳統可能有的意義〔註46〕，但是由於時機並不成熟，這種努力多少有些孤軍奮戰，力不從心的味道。

延安文藝一方面捲入到現代性的宿命之中，追求進步、革命和光明，受著創新衝動的不斷追逐；另一方面也修正著傳統與現代的關係，重新認識了斷裂和延續的意義。對於傳統，延安文藝是既斷裂又延續的：從時間和階級價值觀的融合出發，與所謂「封建文藝」、「帝國主義文藝」和「資產階級文藝」劃清界限。因爲「不把這種東西打倒，什麼新文化都是建立不起來的。不破不立，不塞不流，不止不行，它們之間的鬥爭是生死鬥爭」〔註47〕。另

年 5 月，第 26～27 頁。

〔註42〕　（美）馬泰・卡林內斯庫：《現代性的五副面孔》，北京：商務印書館，2002年 5 月，第 33 頁。

〔註43〕　（美）馬泰・卡林內斯庫：《現代性的五副面孔》，北京：商務印書館，2002年 5 月，第 56 頁。

〔註44〕　周揚：《從民族解放運動中來看新文學的發展》，《文藝戰線》，第 1 卷第 2 號。

〔註45〕　孟悅：《〈白毛女〉演變的啓示》，王曉明主編《二十世紀中國文學史論》（第 3卷），上海：東方出版中心，2003 年，第 183 頁。

〔註46〕　比如，20 世紀 30 年代初期，中華平民教育促進會發起的以「除文盲作新民」爲宗旨的大型調查，發現了定縣秧歌在移風易俗、塑造新民方面的作用和魅力。

〔註47〕　毛澤東：《新民主主義論》，《毛澤東選集》（第 2 卷），北京：人民出版社，1991

一方面，以特定的階級價值爲標準重新清理傳統，將傳統區分爲革命／反革命、進步／落後、民主／專制、新／舊、科學／迷信等，主張「對於中國和外國過去時代所遺留下來的豐富的文學藝術遺產和優良的文學藝術傳統，我們是要繼承的」〔註48〕。此外，民間文化不僅以它與民眾的親切關係，不僅以普及的功利主義需求而被關注，而且還因爲在其原始生命的斑駁狀態中潛伏著滋長新生命的巨大能量而被激賞，被認爲是「最新鮮活潑的東西」，是「一切文藝創作的取之不盡用之不竭的寶藏」〔註49〕。這樣，經過民間文化的再發現，「五四」文化的再闡釋，古代文化的再利用，西方文化的再借鑒，延安文藝在與傳統的斷裂中也延續了傳統，重新分配了傳統與現代、民族與世界、民間與革命等資源在延安新文化中的地位和作用。

　　具體到戲劇來說，歌舞劇就從過去被壓抑和被批判的狀態中解放出來了，不但舊歌劇改造後得到新生（如改良平劇《逼上梁山》），而且民間秧歌也被重新發現和重視。秧歌運動可以看作是延安文藝對戲劇傳統既斷裂又延續的實驗之舉。因爲既然是「民間秧歌」的改造，自然就接通了民間文藝以及歌舞劇的傳統。同時，民間秧歌又必須經過現代化「改造」，必須與民間傳統有所斷裂，才能夠進入新文化的秩序。於是，話劇的手法和理念，具有現代意義的革命敘事等等，都被輸入到民間秧歌形式中去。

　　　　對於過去時代的文藝形式，我們也並不拒絕利用，但這些舊形
　　式到了我們手裏，給了改造，加進了新內容，也就變成革命的爲人
　　民服務的東西了。〔註50〕

三、基本框架

　　本文以延安文藝的現代性及其複雜構成爲問題意識，以革命經典如何形成爲內在理路，穿梭於「歷史的文本」和「文本的歷史」之間，分爲三大部分。

　　第一部分（即第一章），追溯《白毛女》所由誕生的藝術情境——秧歌運動。因爲正是秧歌運動孕育了「民族新歌劇」所有的可能性，包括興趣、資

　　年6月第2版，第695頁。
〔註48〕毛澤東：《在延安文藝座談會上的講話》，《毛澤東選集》（第3卷），北京：人民出版社，1991年6月第2版，第855頁。
〔註49〕張庚：《介紹秧歌劇》，《遼東日報》，1947年10月7日。
〔註50〕毛澤東：《在延安文藝座談會上的講話》，《毛澤東選集》（第3卷），北京：人民出版社，1991年6月第2版，第855頁。

源、氛圍、觀眾和方向等。它以民間秧歌爲基礎，將民間形式與革命話語、現代藝術與傳統形式結合起來，向著現代而革命的方向聚攏，展現了延安文藝現代性追求的起點、目標、動因和矛盾。而且，由於歌舞劇在民間的深遠影響與意識形態話語的敘事渴求相契合，秧歌劇成爲延安最受青睞的戲劇樣式。當秧歌劇臻於成熟時，在創新衝動的驅使下，延安渴望超越秧歌劇，創造更新的民族歌舞劇。就在這個時候，「白毛仙姑」的傳說進入了延安。因此，與其說《白毛女》選擇了「民族新歌劇」，不如說「民族新歌劇」選擇了《白毛女》。

第二部分（即第二章和第三章），呈現《白毛女》的生產過程。歷史是生動的，它很難在言語流中依次來過。所以，筆者只能將整一的生產過程分解開來，從「民族新歌劇」形式和「革命敘事」內容兩個方面分別加以描述，從而呈現延安文藝現代性追求過程中的困惑、矛盾以及《白毛女》成爲經典的內在原由。

第二章，追溯「白毛仙姑」的流傳過程和《白毛女》的創作經過，描述傳說怎樣來到延安，爲什麼會傳入延安以及此後的遭遇，揭示民間話語、文人話語和政治話語發生了怎樣的默契與錯位。這一章主要著眼於「民族新歌劇」的探索過程，展現其中的曲折和波動、揣測與對抗。回溯「歌舞劇」在民族化與現代化之間的歷史糾葛，指出「民族新歌劇」不僅是延安新文藝的目標之一，它還包含在「五四」以來戲劇現代化演變的進程中。它是「五四」以來戲劇工作者不斷小心翼翼實驗的「明日新歌劇」的繼續，是知識分子在文藝現代化追求當中對文學資源選擇與拒絕、調整與確認的繼續。

第三章，呈現《白毛女》敘事的改編過程。著重講述《白毛女》敘事的變遷歷程，展現精英話語、民間話語與政治話語之間既對抗又妥協、既共謀又齟齬、既追隨又游離的複雜狀態。指出《白毛女》的敘事並不完全被政治話語所壟斷，而是民間傳說、日常倫理、情愛原則與政治話語相互對話交往的結果。正是這種多義結構，使《白毛女》獲得最大的解讀和闡釋空間，以至於不同文化背景的觀眾都能夠在其中找到自己的情感契合點，從而接受意識形態話語的「詢喚」，認同新社會及其領導者的合法性。可以說，這種多話語之間的張力關係在很大程度上造就了《白毛女》的經典地位。

第三部分（即第四章），繪製《白毛女》的傳播路線，解剖它的經典化過程。這一章以奪取全國政權爲界限，分析《白毛女》在此前後不同的傳播途

徑和策略；以 1964 年爲分水嶺，通過描述歌劇的戲劇性遭遇，揭示經典的話語建構性。延安奪取全國政權以前，《白毛女》是在多種文化力量的共同作用下才流傳開來，被廣爲知曉的。而此後，有關它的宣傳、演出和評價處於意識形態國家機器的控制中，在一系列累積性因素——文學史寫作、大學教育、專業評獎、出版發行、廣告宣傳、學術批評、演出活動以及文化交流等——的作用下，《白毛女》最終被建構爲「革命經典」。

第 1 章　秧歌運動和《白毛女》

　　《白毛女》被譽爲中國民族新歌劇的里程碑，是革命歌劇的經典之作。然而，爲什麼「白毛仙姑」的傳說會引起延安的興趣，並被講述爲一個革命敘事？爲什麼這個敘事又偏偏被寫入「歌劇」形式當中？「民族新歌劇」的藝術冒險如何成爲必然？回答這些問題就不得不回到《白毛女》誕生的文化語境當中，尤其是追溯到秧歌運動那裏。因爲正是新秧歌爲「民族新歌劇」提供了土壤、資源和營養：「《白毛女》是在秧歌基礎上，創造新型歌劇的一個最初嘗試」〔註1〕。秧歌運動中所表現出的創新衝動和現代性追求促生了歌劇《白毛女》。換句話說，秧歌運動溝通了民間形式與革命敘事，傳統與現代之間的關係，從而使得延安文藝的現代性追求落到實處，並形成自己的特色。如果沒有意識形態話語對「秧歌運動」的首肯和推動，如果沒有文化人在戰亂中對民間文藝的接近和體認，如果沒有民眾對新秧歌的認可，「白毛仙姑」的傳說是無論如何也不可能被創造爲「民族新歌劇」《白毛女》的。

　　首先，「秧歌運動」中組織「敘事」的努力和熱情，使得「秧歌劇」成爲闡釋新社會合法性的得力工具，而「白毛仙姑」的民間傳說恰恰提供了一個最符合時代需要、最切合意識形態話語意志的「敘事」由頭。於是，以「歌舞劇」的形式完成這個革命敘事就是順理成章的事了。

　　第二，從「秧歌劇」到「民族新歌劇」是一個一脈相承的自然過程。它們都是延安文藝創新衝動的產物。由舊秧歌到新秧歌，是在「創新」的驅動下進行的；由新秧歌劇到「民族新歌劇」則是「創新」欲望的進一步發展。

〔註 1〕周揚：《新的人民的文藝》，《中國解放區文學書系・文學運動》（一），重慶：重慶出版社，1992 年 3 月，第 860 頁。

因為即將到來的新生的現代民族國家需要一種更新的藝術表現形式作為進入歷史的入場券，而延安則需要一枚象徵文化領導權的印章，以取得合法地位。於是，「白毛仙姑」傳說被改編為「民族新歌劇」就是理所當然的了。

第三，新秧歌之為「新」，是在「五四」新文化傳統、民間傳統、意識形態話語等多種文化資源的合力作用下形成的。這種不同文化資源交融、對話、對抗的狀態在歌劇《白毛女》的創作中充分展開，達到極至。可以說，《白毛女》生產過程中所呈現的現代而民族的嚮往、困惑、矛盾等在秧歌的運動中已經顯現端倪。

1.1 文化資源的重組

延安在確立一種新的文化形態上的自覺相對於政治、軍事和經濟是比較晚的。直到 1940 年才有理論上的探討。「對於文化問題，我是門外漢，想研究一下，也方在開始。好在延安許多同志已有詳盡的文章，我的粗枝大葉的東西，就當作一番開臺鑼鼓好了」〔註2〕。這開臺鑼鼓就是毛澤東 1940 年 1 月 9 日在陝甘寧邊區文化協會第一次代表大會上所做的報告《新民主主義的政治與新民主主義的文化》〔註3〕。這篇講演不僅確認了中共文化現代轉型繼承者和領導者的地位，而且通過鑒別、選擇，指明了所要斷裂和延續的各種傳統，重新規劃文化秩序，進而實現「民族的科學的大眾的」新文化願景。

1942 年 5 月，毛澤東《在延安文藝座談會上的講話》從「普及」和「提高」的現實需求出發，特別將民間文藝納入到新文藝的視野內，使民間文化繼 20 年代左翼文人的大眾化討論後真正而有效地作為一種資源被整合到新文化中，與其它「合法」傳統共同構成延安新文化的生長點。在政治權力的推動下，民間文藝與現代革命的關係被空前的突顯出來，1943～1944 年間轟轟烈烈的秧歌運動就是重組文化秩序的初次嘗試。因此，可以說所謂延安新文化秩序，是以民間文藝為出發點，融合其它「合法」文化資源，向著現代而革命的方向聚攏的等級序列。

為什麼延安給予了民間文化特殊的重視和利用？為什麼首先選擇民間秧

〔註 2〕毛澤東：《新民主主義論》，《毛澤東選集》（第 2 卷），北京：人民出版社，1991 年 6 月第 2 版，第 662 頁。

〔註 3〕1940 年 2 月 20 日，在延安出版的《解放》第 98、99 期合刊登載時，改為《新民主主義論》。

歌與革命結盟？這是與延安當時的社會條件和文化基礎密不可分的。1935 年
10 月，毛澤東帶領長征隊伍到達陝北的時候，面對的是一片文化貧瘠的黃土
地。這裏地處偏遠，資源貧乏，盜匪猖獗，社會環境極其惡劣。自 19 世紀中
葉以來，一直處於地方武裝衝突中。辛亥革命以後，又成為軍閥混戰之地，
哥老會、皖系軍閥和直隸軍閥相繼控制了陝西。在中共到來以前，陝北一直
是井毓秀的基地。「他之所以能夠生存，就是因為小軍閥不斷從效忠這一軍閥
轉到那一軍閥，這是支撐整個這一結構的重要活動方式」〔註 4〕。因此，中國
文化的現代化進程對這裏的影響極其有限，不要說「五四」新文化和西方文
化，就是所謂傳統儒家文化也不曾在這裏紮根。「在這樣的民眾中間，是幾乎
說不上什麼文化生活的，愚昧、迷信、墮落（鴉片、賭博）、不衛生（疾病、
死亡）等文化上的落後現象，是這種政治經濟賜予民眾的一切」〔註 5〕。邊遠
一些的地方，四五百人中還難找到一個識字的，而受過中學教育的人整個縣
內也只有一兩個人。在這樣一種文化土壤上構建新民主主義文化，繼續中國
文化的現代化追求，在這樣一種社會基礎上灌輸意識形態話語的訴求，推行
新的政治、經濟和文化理念，將是一件十分棘手的事情。因此，對於中共來
說，必須尋找一個突破口，以取得民眾心理上、文化上的認同。於是，延安
終於從陝北農村中發現了一大塊綠地，即土生土長、粗野豪放的民間文化，
發現了民間秧歌在組織農民精神生活和社會秩序上的不可替代的作用。

　　所謂民間秧歌，從其藝術形態上來說，其內部包含了各種具體形式，有
歌、有舞、有劇，也有歌舞劇三位一體的「小戲」。從美學風格上說，一般是
男女對扭，男扮女裝，嬉笑怒罵，無所拘束，多表現男女調情之態，呈現出
一種喜劇情調，紅火熱鬧。從社會價值上說，秧歌以其一定的宗教色彩表達
了他們對世界、對社會、對自然的願望，「含有令人神往而又有危險性的思想、
願望、性衝動、道德懷疑和造反空想，以及諸如此類的顛覆、或者威脅鄉村
社區的意念等」〔註 6〕。

　　30 年代末舒湮參觀延安時，親眼目睹了上元節時候民眾對秧歌的期盼和
渴望：

〔註 4〕華安德：《〈毛澤東和邊區的政治經濟〉導論》，《延安民主模式研究資料選編》，
　　　　西安：西北大學出版社，2004 年 10 月，第 338 頁。
〔註 5〕艾思奇：《抗戰中的陝甘寧邊區文化運動》，《中國文化》，第 1 卷第 2 期。
〔註 6〕歐達偉：《中國民眾思想史論：20 世紀初期～1949 年華北地區的民間文獻及
　　　　其思想研究》，北京：中央民族大學出版社，1995 年，第 2～3 頁。

　　那天晚上，延安大街上兩旁店舖都在廊簷下紮綵張燈，過了酉刻，索性連門也掩上，在門口列著幾排長登，留作觀燈的坐席。我們從城外回到旅店，正想走出去吃飯，招呼店夥替我們鎖門，誰知他們也都去看熱鬧了。飯館灶上封著火，滿街全是看燈的人。我們既無處找飯館果腹，只好也跟隨眾人後面，忽南忽北，恭候花燈行列的過市。〔註7〕

　　一時間，花燈、雜耍、絲竹管絃、高蹺、舞獅等等，齊向街頭湧來。「幾個壯漢所扮的鄉下婆娘的扭捏模樣，臉上打滿厚厚的白粉，學著三寸小腳的蓮步」，滿口調情的俚詞，引得人「笑得合不攏嘴」。那高蹺尤其引人注目，「蹺棒約有七八尺長，踩蹺的孩子走路快的時候，連我們兩條腿也追不及」〔註8〕。無論是秧歌演員還是觀眾，個個都沉浸在這「活躍而狂縱」的夜晚〔註9〕，「三百多天積壓的苦悶，都在一個晚上發洩盡」〔註10〕。秧歌成為鄉民灰色生命的不可缺少的調劑，那是一種外來者所不能體悟的狂歡性體驗。然而，等到夜闌人靜，大街上便又恢復往時的岑寂，只剩下清涼山上那一輪孤獨淒清的月，照著古老的城堞。

　　可以說，秧歌以其躁動、狂熱、放縱的表現形式，成為鄉民體驗生活的一種親切形式，是農民與周遭世界關係的一種描摹，「是它容許農民參與一種戲劇式的遊戲」〔註11〕。它不僅折射出民眾千百年來被壓抑的渴望，而且也沉澱著農民執著的藝術情趣──那些沐浴著山風和稻香的農人，在秧歌中寄託了他們原始而質樸的美學關懷。秧歌伴隨著農民度過每一個歲末與春始。

　　正是因為民間秧歌與農民精神和社會生活有如此緊密和親切的關聯，延安要在這塊與都市文化、西方文明隔離的黃土地上，構建「民族的科學的大眾的新文化」，實現意識形態話語的願望，除了借助於民間文化以外，恐怕沒

〔註7〕舒湮：《戰鬥中的陝北》，《民國叢書》第5編，第79冊，上海：上海書店，根據文緣出版社1939年影印，第27頁。

〔註8〕舒湮：《戰鬥中的陝北》，《民國叢書》第5編，第79冊，上海：上海書店，根據文緣出版社1939年影印，第27頁。

〔註9〕舒湮：《戰鬥中的陝北》，《民國叢書》第5編，第79冊，上海：上海書店，根據文緣出版社1939年影印，第28頁。

〔註10〕舒湮：《戰鬥中的陝北》，《民國叢書》第5編，第79冊，上海：上海書店，根據文緣出版社1939年影印，第28頁。

〔註11〕歐達偉：《中國民眾思想史論：20世紀初期～1949年華北地區的民間文獻及其思想研究》，北京：中央民族大學出版社，1995年，第2頁。

有別的更合適和有效的途徑了。因此，當它試圖通過清理文化資源，區分可繼承的傳統，重新組合各種資源，以建立新文化秩序時，民間文化尤其是民間秧歌就被凸顯出來，成爲延安新文化秩序的重要的基礎和生長點之一。而且，在意識形態話語的提倡和推動下，學習、利用民間文化甚至成爲了一種政治表態。否則，就被指責爲「他們的靈魂深處還是一個小資產階級知識分子的王國」〔註12〕。

值得注意的是，對於民間秧歌的注目和借用不只是延安單方面的意願，知識分子在更早的時候就已經關注過這種民間藝術形式〔註13〕。到了 30 年代

〔註12〕 毛澤東：《在延安文藝座談會上的講話》，《毛澤東選集》（第 3 卷），北京：人民出版社，1991 年 6 月第 2 版，第 857 頁。

〔註13〕 「五四」時期，一批知識分子已經開始注意到「民間」的價值，掀起了民俗學運動。在中華平民教育促進會發起的以「除文盲作新民」爲宗旨的大型調查中，發現定縣「農民無論男女老幼，最嗜好的娛樂，是秧歌。他們對於秧歌的興趣比現在城市內摩登青年對於電影或跳舞的興趣還要濃厚得多。他們不但要在新年、節日及各廟會時去看秧歌，並且在田間工作時，行路時，歇息時，不發聲音則已，一發聲音就是大唱秧歌」。（見李景漢、張世文：《定縣秧歌選·序言》第 2 頁，中華民國教育促進會發行，民國 22 年 4 月初版）知識分子以拯救者和覺悟者的角色深入到民間，尋找「中國的愚貧弱私的四大病源，實施文藝，生計，衛生，公民四大教育，以培養知識力，增進生產力，發育強健力，訓練團結力」。（見李景漢、張世文：《定縣秧歌選·序言》第 1 頁，中華民國教育促進會發行，民國 22 年 4 月初版）他們寄希望於通過調查民間，研究民間，以此來改造民間，塑造新民形象。調查發現，秧歌不僅是定縣農民最喜好的娛樂，而且還影響著農民的思想、觀念、行爲等。因此，爲了實現移風易俗的計劃，從改造秧歌這種民間藝術形式入手就是非常自然的選擇。

這些調查者一方面讚賞定縣秧歌表演簡單樸實，演唱清晰動人，詞句流暢，結構合理，感受到了民間秧歌的強大魅力。另一方面，也發現了秧歌的落後之處，但其目光卻沒有停留在這些不良影響上，而是「不主張根本打倒秧歌，並且也不容易打倒，而是想要將已有的秧歌加以改良，保存它的優點，再進一步編寫新的秧歌，輸入新的理想，來漸漸替代舊的秧歌」。（見李景漢、張世文：《定縣秧歌選·序言》第 3 頁，中華民國教育促進會發行，民國 22 年 4 月初版）這樣，通過改造舊秧歌，既可以不使農村失去習以爲常的娛樂，也可以實現社會教育的目的。

這個時期，知識分子對於民間的發現和青睞，對於秧歌的熱情和愛好，可以說是「五四」新文化與民間文化的第一次接觸和交鋒，也是民間文化第一次面對現代化改造的挑戰。而事實上，這一次的秧歌改造僅僅限定在理論設想和初步調查研究的興趣上，更多地帶有學術研究的色彩，不要說造成大規模的運動，就是具體的改良措施也沒有實踐的條件。但是，「五四」知識分子的努力至少表明了以下三點：一是發現了民間文化內部種種「好」與「不好」，感受到民間文化在民眾中間的強大力量，認識到改良民間文化的重大意義；一是以「五

末 40 年代初期，戰爭最直接地改變了文化的發展方向，鄉村文化、民間文化取代都市文化、精英文化成為時代的主旋律。伴隨著知識分子由都市向鄉村的遷徙，文化中心由東向西南的撤退，「到民間去」的口號成為知識分子的生存狀態了，他們在理論上的認識完全被血肉的體驗所取代。因為「從前的基本觀眾是都市裏的知識分子、小市民，而今天的基本觀眾，卻是廣大鄉村中廣大的士兵、農民」〔註14〕。所以，知識分子不得不暫時擱置先前所接受的都市文化，不得不重視民間文化在農村的巨大影響力：「要反映老百姓的生活，是應當以民間的戲劇音樂作基礎的」〔註15〕，從而投身於「民間」，借用大眾所喜聞樂見的民間藝術形式，喚起民眾的覺醒，組織民眾加入到民族國家的創建中。正是在這樣一種情形之下，秧歌又一次走入了知識分子的視野。與「五四」時期不同，此時知識分子最迫切的願望是如何改造秧歌，使其服務於抗戰的現實，「成為抗戰的一種宣傳工具」〔註16〕。也就是說，學術研究的願望終於在戰爭的催發下化為了實踐的力量。

然而，無論是延安有意識的資源重組，還是知識分子自發的文化轉向，都沒有停留在民間秧歌的原始形態，而是以他們已經浸染或嚮往的現代意識改造著民間秧歌〔註17〕，使其向著現代形式轉變，甚至希望由此出發創造一種新的「民族形式」：「秧歌舞，必須改造，必須發展，進而製造新的民族形式的歌舞劇」〔註18〕。否則，「『秧歌舞』將停留在低級的地步，永不會達到高級的，真成為一種革命武器的階段」〔註19〕。於是，民間秧歌逐漸演變為

四」新文化的現代意識重新審視民間文化，為民間文化的現代化開啓了一種思路；三是將舊秧歌的改造看作社會教育的一種手段，嘗試對民間文化進行功利主義的利用。因此，為延安「秧歌運動」提供了文化和歷史的合法性基礎。

〔註14〕 張庚：《話劇民族化與舊劇現代化》，《張庚自選集》，第 29 頁，中國戲劇出版社，2004 年 3 月第 1 版。

〔註15〕 張庚：《介紹秧歌劇》，《張庚自選集》，北京：中國戲劇出版社，2004 年 3 月第 1 版，第 120 頁。

〔註16〕 任鈞超：《關於〈關於秧歌舞種種〉》，《晉察冀日報》，1941 年 4 月 3 日，第 4 版。

〔註17〕 比如，演員上，突破了性別的禁忌，使女性走向了廣場；內容上，植入抗日、反漢奸等戰鬥主題，輸入新的敘事元素；音樂上，在民間小調中加了新的抗戰歌曲，「它不僅是幾個『觀念的』不相連續的歌子的湊合了，而且也有了簡單的故事的聯結；舞步上，也不僅是「『進一步退兩步』的『扭一扭』，而且也有了簡單的場面的穿插了」。（林采：《從「秧歌舞」談舊形式》，《晉察冀日報》，1941 年 3 月 29 日，第 4 版）

〔註18〕 馮宿海：《關於「秧歌舞」種種》，《晉察冀日報》，1941 年 3 月 15 日。

〔註19〕 馮宿海：《關於「秧歌舞」種種》，《晉察冀日報》，1941 年 3 月 15 日。

表現現代生活的一種載體，以其原始的樸素的藝術形式承載了現時代的要求，從而使民間與革命、現代與傳統初步關聯起來。當民間秧歌被現代化、革命化和政治化以後，它終於從民間的、邊緣的、弱勢的位置移居到意識形態主流文化中，進入了歷史的視野。「民族新歌劇」《白毛女》正是重組延安文化資源後，在民族化與現代化之間尋求平衡的產物。

1.2 秧歌劇的「現代化」

自秧歌作爲一種文化資源被納入到延安新文化構建中以後，「延安文藝界幾乎是集中一切來幹秧歌了」〔註 20〕。其中改造最成功、創作最多、最受重視的還是秧歌劇。「每個延安人都很自負的談起秧歌的成功。你要是和他們談到文藝，他總要問你：『看見秧歌劇沒有？』彷彿未見秧歌劇就不配談邊區文藝似的」〔註 21〕。秧歌劇中孕育著的創新渴望、現代追求將民間語法與革命語法，現代話語與傳統話語融合在一起，並最終發展爲成熟的大型秧歌劇。然而，秧歌劇的繁盛恰恰暴露出延安更急切的創新衝動，它已經不滿足於已有的成就，從秧歌劇創造一種更新的民族歌舞劇成爲其新的目標。可以說，秧歌劇的「現代化」是歌劇《白毛女》的先聲，它從敘事和形式上直接啓發和誘導了《白毛女》的藝術選擇。

1.2.1 歌舞劇·《白毛女》

爲什麼「這次各項宣傳工作中（即 1943 年的秧歌運動——筆者注），最好的要算秧歌劇」〔註 22〕？這是因爲延安充分認識到了「戲劇」在民眾中巨大的影響力的緣故。農民喜歡看一個有頭有尾的故事，因爲事件只有講入一個連續的故事，才容易被理解；而且民眾也習慣於歌舞劇的表演形式，因爲「歌舞劇，在我們中國是一個傳統」〔註 23〕，「農民渴望戲曲的程度，簡直是其它文藝種類無法代替的」〔註 24〕。延安人「一聽到說演戲，或只要在街上

〔註 20〕 趙超構：《延安一月》，上海：上海書店出版社，1992 年 11 月，第 109 頁。

〔註 21〕 趙超構：《延安一月》，上海：上海書店出版社，1992 年 11 月，第 103 頁。

〔註 22〕 蓬飛：《漫談春節宣傳工作》，《解放日報》，1943 年 4 月 9 日。

〔註 23〕 張庚：《秧歌與新歌劇》，《張庚自選集》，北京：中國戲劇出版社，2004 年 3 月，第 88 頁。

〔註 24〕 歐達偉：《中國民眾思想史論：20 世紀初期～1949 年華北地區的民間文獻及其思想觀念研究》，北京：中央民族大學出版社，1995 年，第 2 頁。

貼一兩張廣告，就會使得全城都騷動了似的。女的男的，老的少的，人山人海地堆滿在露天的舞臺前面，伸長了頭頸等待著。他們渴望著觀看〔註25〕。而戲劇在滿足觀眾欣賞期待的同時，也承載了意識形態話語的訴求。因為不同於其它藝術樣式的接受過程，看戲時「集合在一個集體中的所有的人，他們的情緒和思想都是一致的，並朝著同一個方向，而他們的個人意識消失了」〔註26〕。所以，戲劇可以「使在宗廟之內，君臣同聽之，則莫不和敬；在鄉里之內，長幼同聽之，則莫不和順；在閨門之內，父子同聽之，則莫不和親」〔註27〕。正是在這種意義上，「戲劇」這一藝術樣式成為將革命話語植入民眾意識和情感結構的最有效的敘事載體。

同時，延安為了喚起民眾的情感認同，也十分看中敘事的意義，毫不掩飾它對敘事的強烈渴望，周揚就明確表示：「我是主張秧歌有故事的。故事可以是實事，也可以是虛構」〔註28〕。於是，延安給戲劇這個最有效的敘事載體以最充分的信任。

　　就宣傳的觀點說，延安對於戲劇的需要比其它文藝更為迫切；
　　就普及的觀點說，戲劇是直接和群眾感官相通的娛樂，也比其它文
　　藝容易深入民間〔註29〕。

延安「在各種戲劇中，又以秧歌運動幹得最出色」〔註30〕。1944年，趙超構參觀延安時，看到當地大小書店的「文藝書籍中，印得最多，或者銷得最好的，是秧歌」〔註31〕。這一切歸結起來，皆是由於秧歌劇自身的美學形態和它在民間的習俗力量使得其比別的藝術形式更易於實現意識形態話語內在化的目的。

因此，當「白毛仙姑」的傳說流入延安時，賦予其戲劇的形式，具體地說賦予其「歌舞劇」的形式就是再自然不過的選擇了。然而，取得「歌舞劇」的形態並不是其真實目的，創造一種「民族新歌劇」才是延安的歷史期望。

〔註25〕雷鐵鳴：《戲劇運動在陝北》，《解放》，第1卷第8期，1937年6月28日。

〔註26〕古斯塔夫·列·邦：《人群：對民眾心理之研究》，轉引自（美）威爾遜：《論觀眾》，北京：文化藝術出版社，1986年，第10頁。

〔註27〕《隋書》卷七十五，轉引自傅謹：《中國戲劇藝術論》，太原：山西教育出版社，2000年8月，第292頁。

〔註28〕周揚：《表現新的群眾的時代》，《解放日報》，1944年3月21日。

〔註29〕趙超構：《延安一月》，上海：上海書店出版社，1992年11月，第121頁。

〔註30〕趙超構：《延安一月》，上海：上海書店出版社，1992年11月，第121頁。

〔註31〕趙超構：《延安一月》，上海：上海書店出版社，1992年11月，第121頁。

秧歌劇「現代化」改造中流露的創新衝動和現代意識爲「民族新歌劇」的歷史性出場奠定了基礎。

1.2.2 秧歌劇的「現代化」

所謂秧歌劇的改造，實際就是一個使民間秧歌現代而革命的過程。秧歌小戲一般通過兩三個人的對話、問答、唱和來表現劇情，「所述的故事，自然以調情的爲最多；其次則是諷刺的，譬如形容一個縣官怎樣糊塗，或者敘述一個士紳老爺的醜行」〔註32〕。如《鋸大缸》、《小放牛》、《瞎子算命》、《禿子尿床》、《大小老婆》等劇目式描述了鄉村的倫理關係、男女情愛以及日常生活，其中的色情表演，十分大膽細膩。

對延安來說，如何借用秧歌劇的民間趣味和敘事結構表現革命話語，如何將意識形態敘事寫入秧歌劇，怎樣處理民間傳統形式與現代革命的關係，等等，直接關係到秧歌劇改造的成敗。

延安一面通過借用秧歌劇的結構，以階級話語、革命話語成功地置換了民間世俗性的、充滿色情意味的內容，在其中講入新社會的政治內容、道德秩序，以歌舞劇的形式喚起民眾對新政治、新文化的認同，從而將民眾有目的地組織到歷史變革當中。一面又將現代戲劇——主要指話劇——手法輸入其中，甚至加入西方音樂元素，將傳統與現代融合於一體，並最終使秧歌劇進入主流文化當中。

對於前者而言，最典型的代表莫過於「新秧歌劇」的首創之作——《兄妹開荒》。這個小型秧歌劇不但借用了民間「小場子」一男一女的形式，而且完整地保留了民間秧歌的逗趣、活潑的喜劇色彩。「調皮的哥哥，天眞的妹妹，也極富鄉村的情調」〔註33〕。但與此同時，卻又以兄妹兩個生產積極分子之間的誤會代替了舊秧歌的男女調情，從而近乎完美地把民間文化與政治話語結合了起來，「可以說是百看不厭」〔註34〕。魯藝戲音系主任張庚曾經詳細地道破民間秧歌政治化的改造策略：

> 《兄妹開荒》，首先是學了民間秧歌一男一女的形式，而這一男
> 一女必須鬧些糾葛，有些逗趣的事情。但是，這中間有幾點是和舊

〔註32〕趙超構：《延安一月》，上海：上海書店出版社，1992年11月，第109頁。

〔註33〕趙超構：《延安一月》，上海：上海書店出版社，1992年11月，第108頁。

〔註34〕趙超構：《延安一月》，上海：上海書店出版社，1992年11月，第108頁。

秧歌基本不同的。舊秧歌是寫舊社會、舊人物，這是寫新社會、新
人物；舊秧歌是色情氣氛很重的，這裏卻是不能有的；舊秧歌是單
純娛樂的，這裏必須有教育意義。也有幾個共同點：兩者都是要求
活潑愉快的氣氛；都要求短小單純，在短時間內解決問題。於是，
為了去掉色情成分，就把容易產生色情因素的夫妻關係，變成了絕
不能引起色情感覺的兄妹關係。再就是，如果要引起糾葛，最好是
二人中一個進步一個落後的對比。但是，為了要表現新社會新人物，
如果在這短短的一個戲裏僅有的兩個人物中間就有一個是落後的，
那豈不是很難說明陝甘寧邊區農民的真實情況了嗎？但如果兩個都
是正面人物，糾紛又如何引起呢？結果就想起了故意開玩笑的辦
法，這樣反襯出兩個人的積極性來。〔註35〕

　　從這裏可以看出，意識形態話語怎樣巧妙地通過改變民間秧歌中的人物
關係、角色身份、戲劇主題與衝突等來過濾掉其中的色情成分與不合規範的
因素，又怎樣費盡心機地把政治話語鑲嵌到民間秧歌的結構中，在滿足民眾
審美期待的同時，將革命話語潛移默化地植入他們的情感世界。

　　隨著秧歌改造的深入，舊秧歌劇的主題完全被革命話語、政治話語所取
代。秧歌劇成為規範延安政治、社會生活的一種重要的載體。所謂「中國戲
劇最有啟發意義的地方就在於，可以將這種戲劇當作一種生活理論的導引」
並非虛妄之語〔註36〕。延安組建新社會過程中的所有主題，幾乎都曾經被改
編為秧歌劇。以 1944 年春節期間的秧歌演出為例，在 56 個秧歌劇中，描寫
生產勞動（包括變工、二流子轉變、部隊生產、工廠生產等）的有 26 篇；刻
畫軍民關係（包括歸隊、憂抗、勞軍、愛民）的有 17 篇；自衛防奸的 10 篇；
敵後鬥爭的 2 篇；減租減息的 1 篇〔註37〕。這些題材基本上反映了當時延安
的主要建設目標。通過這些新秧歌劇的演出，「觀眾對於新的社會的政治力量
的認識，已完全和自己的思想、情感、倫理觀念相一致了」〔註38〕。

　　如果說，關於秧歌劇敘事內容的改變更多地體現了意識形態話語和民間

〔註35〕張庚：《秧歌與新歌劇》，《張庚自選集》，北京：中國戲劇出版社，2004 年 3
　　　　月，第 66 頁。

〔註36〕明恩博：《中國鄉村生活》，北京：時事出版社，1998 年 1 月，第 66 頁。

〔註37〕周揚：《表現新的群眾的時代》，《解放日報》，1944 年 3 月 21 日。

〔註38〕艾青：《論秧歌劇的形式》，《艾青全集》，石家莊：花山文藝出版社，1994 年
　　　　7 月第 2 次印刷，第 421 頁。

話語的交鋒的話，那麼秧歌在形式上的「現代化」則是精英文化與民間文化的一次對話或融合。民間秧歌劇有歌有舞，紅火熱鬧，活潑輕鬆，但是卻往往「拖拖拉拉，不乾淨，不集中」，是「很粗糙的、輪廓的」〔註39〕，在很大程度上妨礙了敘事效果。而從事秧歌改造的知識分子卻大多是話劇出身，他們賦予話劇以「進步」的意義：認爲它「是最現代的進步的戲劇形式」，「從它開始出現的一天起，一直就是站在進步的、反帝反封建立場上的，它已經鍛鍊成爲一個暴露與反映現實的利器了」〔註40〕，「代表了一種階級的意識形態，是中國社會上一個客觀的存在」〔註41〕。所以，當知識分子尋找民間文藝現代化的途徑，以探索民間文化與現代革命的關聯時，竭力主張「必須有話劇的相互扶助來完成這任務」〔註42〕，因爲「若不互相配合著，……是不能進一步達到一個新形式創造的階段的」〔註43〕。關於話劇在秧歌劇現代化中的作用，作爲延安文藝政策的執行者和闡釋者，周揚曾明確肯定，沒有「五四」新文藝形式的加盟，「新秧歌的創造是不可能想像的」〔註44〕。儘管《講話》以後，延安話劇創作過於沉寂，但這「不是放棄而是分解」〔註45〕：

> 他們把話劇的化妝手法加入各種舊形式的戲劇中去。像秧歌，就可以説是已經話劇化。在編劇和演劇的技術上，他們也不斷的利用話劇的經驗來提高舊的。既然話劇的優點可以移到舊劇中去，自然沒有專重話劇的必要了。〔註46〕

而實際上，「到秧歌和話劇結合之後，能夠更豐富地來表現人民的鬥爭生活，這就展開了它廣闊的前途」〔註47〕：由最初的小型劇如《兄妹開荒》、《夫

〔註39〕 張庚：《秧歌與新歌劇》，《張庚自選集》，北京：中國戲劇出版社，2004 年 3 月，第 64 頁。

〔註40〕 張庚：《話劇民族化與舊劇現代化》，《張庚自選集》，北京：中國戲劇出版社，2004 年 3 月，第 38 頁。

〔註41〕 張庚：《話劇民族化與舊劇現代化》，《張庚自選集》，北京：中國戲劇出版社，2004 年 3 月，第 38 頁。

〔註42〕 張庚：《話劇民族化與舊劇現代化》，《張庚自選集》，北京：中國戲劇出版社，2004 年 3 月，第 38 頁。

〔註43〕 張庚：《話劇民族化與舊劇現代化》，《張庚自選集》，北京：中國戲劇出版社，2004 年 3 月，第 34 頁。

〔註44〕 周揚：《表現新的群眾的時代》，《解放日報》，1944 年 3 月 21 日。

〔註45〕 趙超構：《延安一月》，上海：上海書店出版社，1992 年 11 月，第 127 頁。

〔註46〕 趙超構：《延安一月》，上海：上海書店出版社，1992 年 11 月，第 127 頁。

〔註47〕 周而復：《秧歌劇發展的道路》，《新的起點》，上海：新文藝出版社，1952 年，

妻識字》等逐漸向情節更曲折、視角更廣闊的大中型秧歌劇發展，出現了《牛永貴受傷》、《趙富貴自新》等多幕多場劇，到 1944 年的《慣匪周子山》時，「新型的歌舞劇便粗具規模了」〔註 48〕，標誌著秧歌劇的成熟。因爲它說明秧歌劇不僅可以闡述延安新社會正在建設的各種主題，而且隨著敘事手段的豐富和增強，已經可以用來組織革命歷史的敘事了。因此，《周子山》被認爲是「延安戲劇運動的重要收穫之一」〔註 49〕，「奠定了新型歌舞劇的基礎」〔註 50〕。

「秧歌運動」從 1943 年發起，中經 1944 年的高潮，至 1945 年時已經進入了尾聲，至少從延安的宣傳導向上可以這麼認爲〔註 51〕。其因由當然與新秧歌劇已經獲得民眾的認同有關，但更重要的是，「創新」衝動催促著延安文化實踐不可有片刻的停留。秧歌劇無論在敘事上、音樂上、表演上，都遠遠不能滿足延安對於更新的歌舞劇的渴望。「秧歌是向這方向的一個努力，但也還只是一個方面的，而且是初步的努力」〔註 52〕。所以，一旦秧歌劇發展成熟，延安就不再滿足於它，而是迫不及待地呼喚「民族新歌劇」的歷史性出場：

> 從秧歌劇，一定能產生出有高度藝術性的作品來的，在千百篇秧歌劇創作之中，總會有好多篇能夠得到永久的流傳，而在大型民族新歌劇新話劇的建立上它又將是一個重要的基礎和重要的推動力量。〔註 53〕

第 66～67 頁。

〔註 48〕周而復：《秧歌劇發展的道路》，《新的起點》，上海：新文藝出版社，1952 年，第 66～67 頁。

〔註 49〕崇基：《慣匪周子山》，《解放日報》，1944 年 5 月 15 日。

〔註 50〕周而復：《秧歌劇發展的道路》，《新的起點》，上海：新文藝出版社，1952 年，第 66～67 頁。

〔註 51〕這可以從《解放日報》的宣傳上見出一斑：1943、1944 兩年的報導力度最大，密度也最大；到 1945 年時，已經只有零星的報導了。

〔註 52〕周揚：《表現新的群眾的時代》，《解放日報》，1944 年 3 月 21 日。

〔註 53〕周揚：《表現新的群眾的時代》，《解放日報》，1944 年 3 月 21 日。

第 2 章　《白毛女》的生產經過

　　1945 年，抗日戰爭接近尾聲。延安迫切需要講述領導權的合法性和歷史必然性，建立一個新民主主義的理想國。就在這個時候，「白毛仙姑」傳說進入延安。它的浪漫色彩正適合於「歌舞劇」的抒情表現；而其內部蘊藏著的某種敘事潛能又被意識形態話語所捕捉。因此，傳說在延安的遭遇，就是被「民族新歌劇」所選擇的過程，被「革命敘事」所改編的過程。然而，這過程並不是平靜的。一面是「創新」的壓力，面對「民族新歌劇」這個陌生之物，創作集體遭遇了一次又一次的碰壁；一面是「集體創作」形成的「多話語」交往空間，形成「革命敘事」的複調性特徵〔註1〕。

2.1「白毛仙姑」傳說進入延安

2.1.1「白毛仙姑」的傳說

　　「白毛仙姑」的民間傳說，至少從三十年代初就已經開始在冀西一帶流傳〔註2〕。隨著口傳範圍的擴大，傳說「在保持其固有的中心內核的同時，亦在傳播中不斷變化」，形成了不同的版本。因為「故事的講述又引發聽眾講述自己所知道的版本，細節互為補充，時間不久，一個故事的新的變體就可能

〔註1〕關於這個問題，將在第三章中詳細論述。

〔註2〕根據電影《白毛女》編劇之一楊潤身先生回憶，在他 9 歲的時候（大約 1931年），就已經聽說過「白毛仙姑」的故事了。（見筆者採訪記錄，2004 年春）。其實，「白毛仙姑」傳說不僅僅開始於 20 世紀 30 年代，它還可以追溯到古遠的漢代。「白毛仙姑」傳說是「毛女」傳說的現代發展。詳見附錄。

產生了」﹝註3﹞。當年，「白毛仙姑」傳說在民間的原始樣態，今天已經很難見到﹝註4﹞，存在於其中的種種差異和變體究竟怎樣，只能依賴於某些文化人的記述和當地山民的回憶。從他們的講述中可以看出，這個傳說內部擁有一個強大的敘事空間：它或者被講述爲一個神仙故事﹝註5﹞，或者被描述爲一個三角戀愛的故事﹝註6﹞，或者被傳述成一個社會悲劇——而悲劇所以發生既可

﹝註3﹞ （美）J・H・布魯范德：《舊篇新章——美國都市傳說略談》，李揚《西方民俗譯論集》，第215頁，中國海洋大學出版社，2003年11月。

﹝註4﹞ 「白毛仙姑」傳說在很長時間內，一直被人們作爲一個眞實的故事講述。1948年，香港九龍大戲院演出了歌劇《白毛女》，從晉察冀到延安再輾轉到香港，故事越傳越眞，言之鑿鑿：「這全部劇本事實是發生在太岳山區裏一個農村中的故事。女主人喜兒1946年春還活在人間，在她本地參加著婦女會的工作。……喜兒獲得解放後，頭髮眉毛已逐漸恢復了黑色。身上一些長的白汗毛也掉了不少。她還沒有另外結婚。」（劉尊棋：《〈白毛女〉在解放區》，見《〈白毛女〉演出手冊》，香港印行，1948年。）

﹝註5﹞ 2004年7月初，筆者到平山縣天桂山一帶做田野調查，在雄渾蒼茫的大山深處一些年老的不識字的山民還在傳說著「白毛仙姑」的故事。他們大多從父輩、祖輩那裏聽說，內容與上述記載大有不同。據燕尾莊的老鄉講，從前，村子裏有個姑娘被財主欺負，逃到了山裏，飲生水、吃野果、住山洞，因爲長年不見日光，不吃鹽，頭髮變白，後來坐化升仙了。於是，人們開始信奉「白毛仙姑」。每逢初一、十五都要進山上供，求仙姑保祐家人平安。（講述人：李亭，燕尾莊人，62歲）與燕尾莊毗鄰的燕尾溝村也流傳著類似的「仙姑」故事。鄉民們認爲「白毛女」不是「仙」至少也是一個「半仙」了。她攀山越嶺，如履平地，忽見忽不見。後來，不知道哪兒去了，也不清楚她活了多大年紀。雖然大春很愛她，但是無奈仙凡不能結合。（講述人：劉寶寶，燕尾溝人，68歲）也有人說，黃世仁的兒子心地善良，也很喜歡喜兒，是他把喜兒放走的。不知黃世仁最後怎麼死的，但楊白勞並沒有自殺。梨樹灣一個沒有透露姓名的老人繪聲繪色地講述了他所知道的「白毛女」，老農讀過一些書，他的講述與電影情節基本一樣，但是又補充說，在百姓中多有成仙的說法。

據西戰團團長周巍峙先生回憶，當年在晉察冀聽到的「白毛仙姑」傳說大致講「白毛仙姑爬山越嶺，如走平路，像仙家一樣，騰雲駕霧」之類的故事。（見附錄2）

﹝註6﹞ 周而復記述的傳說有別於這兩類，他講述了一個三角戀愛的故事，而人物卻借用了歌劇《白毛女》的名字。「《白毛女》這故事發生在河北省阜平縣黃家溝，當時黃世仁的父親黃大德還活著，父子對喜兒都有心思，雙方爭風吃醋，生了仇恨。父子兩個都爭著使喚喜兒，使喜兒接近自己，一次爲了爭著使喚喜兒，父親用煙杆打兒子，兒子正用菜刀切梨，順手用刀一擋，不偏不倚，一刀砍在父親的頸子上，斷了氣。母子私下商量，要嫁禍於喜兒，說喜兒謀害黃大德」。（周而復：《談〈白毛女〉的劇本及演出》，《新的起點》，第113頁，群眾出版社，1949年）

以因重男輕女而致〔註7〕，也可以由階級壓迫所為〔註8〕，但重要的是都因為

〔註 7〕 如冀中軍區後勤文工隊的任萍於 1942 年聽到的「白毛仙姑」傳說：一個地主，前兩房妻妾都不生養兒子，他又娶了第三房，一年後，這第三房生的還是女孩，地主大怒，就將母女趕出了家門，從此，這女子帶著女兒，住山洞，吃野果，長時間不食人間煙火，滿頭長髮都變白了。開始躲在深山不敢出來，後來為了活命和養活女兒，逢年過節就到廟裏偷供獻，有一次被上香的人撞見，奉為「白毛仙姑」，香火盛極一時，八路軍來後，才把她從山洞裏解救出來。（根據任萍 1995 年提供給何火任的書面材料《白毛女的傳說》，引自何火任的《〈白毛女〉與賀敬之》，《文藝理論與批評》，1998 年第 2 期）

王濱也曾聽到類似的故事：那個地主是藉口老婆不能生兒育女而姦污了年輕的丫頭，許諾若生了男孩就納丫頭為妾，可是降生的恰恰是女孩，便將她趕出門去，她只好鑽進山裏靠吃山棗活著，並把孩子撫養大，因為不吃鹽長了一身白毛，後來八路軍從那裏經過時把她救了出來，她的頭髮也漸漸變黑，結了婚，還當上了某地的福利部長。（王濱：《簡介〈白毛女〉的創作情況》，《電影文學》，1959 年 1 期）

〔註 8〕 關於這個版本，賀敬之在《〈白毛女〉的創作與演出》一文中有過詳細、生動的記述。「靠山的某村莊，八路軍解放後的幾年來，工作一向很難開展，因為該村村民及村幹部都有很深的迷信思想，而且據說該村的確出現有「白毛仙姑」，說是一身白，常常在晚間出來。她在村頭的奶奶廟裏寄居，曾向村人命令：每月初一，十五兩日一定要給她上供。長久以來，村人遵命奉行，而且真見到頭天晚上的供獻上起來，第二天一早就沒有了。有時，村人稍有疏忽，一次沒有給她上供，便聽見從陰暗的神壇後發出尖銳的怪聲：「你們……不敬奉仙姑……小心有大災大難……」

某次，區幹部到該村布置村選，決定某日召開村民大會。但是，屆時村民都不到會，區幹部詢問理由，村幹部畏畏縮縮地說：「今天是十五，大夥都給『白毛仙姑』上供去了……區幹部接著便追問了「白毛仙姑」的詳情。估計可能是一個什麼野人被村人誤會了，或者是敵人玩弄的破壞陰謀。最後決定到奶奶廟捉鬼。當晚，區幹部和村的鋤奸組長攜帶武器，隱蔽在奶奶廟神壇西側的暗處，等燒香上供的人走後，約有三更多天，月光時隱時現，一陣冷風吹過，有腳步聲漸近，果見一個白色的「對象」走進廟來。模模糊糊地看見她用手去抓供桌上的供獻。正回身欲走時，區幹部從暗中躍出，大呼：「你是人是鬼？」「白毛仙姑」一驚，突然發出狂叫向來人撲去，區幹部發了一槍，「白毛仙姑」倒在地下，卻又立刻爬起來，狂奔而下。區幹部和村鋤奸組長尾隨著追出，穿過樹林，爬上了山，過了幾個懸崖峭壁，便看不見那白色的「對象」了。正在躊躇中，隱約地聽見有小孩哭聲，仔細地窺看，在黑暗的山溝盡頭有火光如豆，閃閃灼灼，神秘可怖。區幹部等仍然勇敢追尋，便看見一個陰暗深遠的山洞，「白毛仙姑」正躲在一角緊抱著小孩——「小白毛」。區幹部等舉起槍對著她說：「你到底是人是鬼，你快說，說了我饒了你，救你出去，不說不行！……」這時「白毛仙姑」突然在區幹部面前跪倒，痛哭失聲。接著她向區幹部傾吐了一切：

九年前（抗戰尚未爆發，八路軍未到此以前），村中有一個惡霸地主，平時欺壓佃戶，驕奢淫逸，無惡不作。某一老佃農，有一十七八歲的孤女，聰明美

八路軍的到來，終止了悲劇的進程，從而突出了一個「人」的傳奇經歷，給出一個光明而現實的結局，呈現出對某種社會意義的訴求。所以，對後者而言，「它不是民間舊傳說，而是抗戰時期，在群眾翻了身的解放區的傳說」〔註9〕，是一個「民間新傳奇」〔註10〕。

值得注意的是，無論是「解放區的傳說」還是「民間新傳奇」，這種指稱最早並不始於故事發源地，而是流傳至延安以後出現的。可見，當時傳入延安的版本主要是後者。也就是說，「白毛仙姑」的不同版本是在經過選擇後才進入延安的。那麼，誰是挑選者？為什麼選取了這個版本？為什麼不約而同地將其輸入延安？這些都是追溯《白毛女》生產過程不可繞過的問題。

2.1.2 從晉察冀到延安

1944 年 5 月，西北戰地服務團（下簡稱「西戰團」）從晉察冀根據地返回延安，結束了自 1938 年 11 月以來長達 5 年半的前線生活。1944 年 8 月，周揚去橋兒溝看望西戰團成員。此時，距「七大」召開還有 8、9 個月，周揚正在物色獻禮節目。當他詢問西戰團有沒有帶來什麼好的素材時，詩人邵子南

麗，被地主看上了，乃藉討租為名，陰謀逼死老農，搶走該女。該女到了地主家被地主姦污，身懷有孕。地主滿足了一時的淫欲之後，厭棄了她，續娶新人。在籌辦婚事時，陰謀害死該女。有一善心的老媽子得知此信，乃於深夜中把她放走。她逃出地主家後，茫茫世界，不知何往，後來找了一個山洞住下來，生下了小孩。她背負著仇恨、辛酸，在山洞裏生活了幾年。由於在山洞中少吃沒穿，不見陽光，不吃鹽，全身發白。因為去偷奶奶廟裏的供獻，被村人信為「白毛仙姑」，奉以供獻，而她也就藉此度日。關於抗戰爆發、八路軍來到，「世道」改變等，她做夢也沒有想到。

區幹部聽了「白毛仙姑」的這一段訴說，陰慘的舊社會的吃人的情景擺在眼前，他流淚了。然後，他向「白毛仙姑」講述這「世道」的改變。八路軍如何解放了人民，那些悲慘的情景已經屬於過去了，今天人民已經翻了身，過著千年未有的愉快生活。最後，他們把「白毛仙姑」救出這陰暗的山洞，來到陽光下，她又重新的真正作為一個「人」而開始過著從未有過的生活」（自《白毛女》（修訂本），韜奮出版社，1947 年 7 月再版本）。

丁毅、馬可都曾經復述過「白毛仙姑」的故事，情節、結構與賀敬之所述大體相同，只是有些細節、人物命運交代得更詳細些。詳見丁毅：《歌劇〈白毛女〉創作的經過》，1952 年 4 月 18 日《中國青年報》；馬可：《從秧歌劇到白毛女》，見 1962 年 5 月 12 日《中國青年報》。

〔註 9〕張庚：《關於〈白毛女〉歌劇的創作》，《白毛女》（5 幕），東北書店，1947 年 10 月。

〔註10〕賀敬之：《〈白毛女〉的創作與演出》，《白毛女》（6 幕），鹽城：韜奮書店，1947 年 7 月再版，第 3 頁。

向其講述了「白毛仙姑」的傳說。原來，西戰團到達晉察冀不久，就聽到了這個曲折離奇的傳說，尤其是邵子南，更被這個故事所深深吸引，「計積累了十多萬字的素材」〔註11〕，並將其改編爲小說〔註12〕。遺憾的是，這個作品後來遺失了。

此後不久，傳說從另一個途徑也傳到了延安。大概在 1944 年 11 月中旬左右〔註13〕，一個交通員從山西抵達延安，他轉交給周揚一篇小說——《白毛女人》。這是短短的幾個月內，延安又一次接收到有關「白毛仙姑」的信息。小說作者林漫，是「魯藝」文學系第二期學員（1939／1～1940／5），畢業後分配到晉察冀邊區政府工作期間，聽到了「白毛仙姑」傳說，「被這一傳奇性的故事所吸引」，嘗試將其改編爲文學作品。「以後在《晉察冀日報》當編輯的過程中，不斷修改，成爲一篇有一萬多字的小說」〔註14〕，取名《白毛女人》。這是「白毛仙姑」傳說被納入文學敘事的又一次嘗試。歌劇《白毛女》的總負責人張庚和後來的執筆者賀敬之、丁毅等人都曾看過這篇作品。同樣遺憾的是，小說手稿也遺失了。不過所幸的是，通過作者後來的追憶，人們今天對小說情節還能略窺一二〔註15〕。當然，傳說可能還通過其它途徑傳到

〔註11〕據邵子南夫人宋諍女士致筆者的信。

〔註12〕據說，小說還在西戰團的文藝組討論過（見周巍峙：《西戰團的文學創作活動》，轉引自宋諍女士致筆者的信）。一說當時創作的不是小說，而是詩劇。（賈克：《也談歌劇〈白毛女〉的創作》，《新文化史料》，1995 年第 2 期。）

〔註13〕參見向延生《〈歌劇〈白毛女〉在延安進行創作的情況〉一文的質疑》，《新文化史料》，1996 年第 6 期。

〔註14〕李滿天致姚寶煊的書信手稿，此信的大部分內容後來以《我是怎樣寫出小說〈白毛女人〉的》爲題，發表於《歌劇藝術研究》1995 年第 3 期。

〔註15〕90 年代，林漫應中國歌劇研究會的請求，回憶了當年他所創作的短篇小說《白毛女人》的故事梗概：小說分兩大塊。前一塊寫白毛仙姑，山區某地出現了一個白毛仙姑，夜間常奔馳在山巒間，神廟中人們貢獻的供品，也都被白毛仙姑所食。於是群眾紛紛到廟裏燒香獻貢，祈求白毛仙姑保祐降福，人心惶惶，無心生產。村武委會主任在上級支持下，欲窮其究竟。乃與另一青年帶槍隱伏在廟裏隱蔽處窺伺。深夜，果見白毛仙姑聳身入廟，抓食几台上的供品，把剩餘的抱在懷裏，正要轉身走，武委會主任大喝一聲，白毛仙姑丟下供品，飛奔出廟門，奪路而走，武委會主任打了一槍，緊緊追趕。追到一個山洞前，白毛仙姑進入山洞，武委會主任點燃火把，進入山洞，則見一白毛女人縮身在洞角，武委會主任逼問，她才講出情由。

後一大塊寫一佃農爲地主逼租債，強以其女頂租債，女爲地主家役使，頗爲勞累，又被地主崽子污辱，地主婆毒打，不堪淩辱虐待，逃出虎口，到了深山，藏身山洞內，用野果充饑，以後又深夜偷吃神廟裏的供品，因常年不見

延安〔註16〕。

　　一個民間傳說通過不同的途徑流傳並不奇怪。但值得琢磨的是，無論是林漫的《白毛女人》還是西戰團帶去的「白毛仙姑」傳說，都選取了同一個流傳版本——即社會悲劇的版本。雖然仍舊有不同的說法，但「也僅是個別情節的差異，其中心思想、基本特點和主要情節還是一致的」〔註17〕。爲什麼一些文化人相繼對傳說的「這個版本」產生了重新講述的願望？（「在晉察冀的文藝工作者，曾有不少人把它作成小說、話本、報告等」〔註18〕。）也許是「這個版本」蘊藏的巨大的敘事空間激發了他們的創作欲望。儘管所有的這些作品已經風化無跡，但是曾經實實在在發生過的創作行爲，已經足以證明「白毛仙姑」的敘事潛能對知識分子的吸引力，或者說「白毛仙姑」傳說被講述爲一個有目的敘事的可能。爲什麼這些不同的人同時選擇了「這個版本」輸送給「延安」？也許是傳說隱約顯現的某種社會意義使他們下意識地感覺到其對延安的特殊價值——不同的創作者不約而同地向周揚推薦這個故事，他們似乎意識到民間傳說與意識形態話語訴求之間的某種關聯。於是，對一個民間傳說不同版本的選擇及其流傳方向的共同期待，顯現了民間話語、知識分子話語和政治話語之間的某種默契。

　　事實上，「白毛仙姑」傳說也確實喚起了延安濃厚的興趣。與其說浪漫離奇的故事情節成就了它的歷史命運，不如說傳說到來的時機成就了其所蘊涵的「宏大敘事」，成就了一齣前所未有的「民族新歌劇」。因爲此時此刻，延安在歷史的十字路口亟需證明自己的合法性，新文化也亟待領銜之作，以爭取文化領導權。周揚基於對時勢的敏銳洞察，直覺到傳說背後的深意。所以，當他聽完邵子南的講述後，當即就表示「三年逃到山溝裏，頭髮都白了，很

日光，又吃不到食鹽，頭髮逐漸變白，成了白毛女人，不敢見人，不知道外面的變化，日本鬼子侵略中國，八路軍開到敵後抗日，成立了抗日民主政府等等，一概不知。武委會主任聽了她的哭訴，大爲感動。乃派另一青年，回村報告，全村轟動，把白毛女人接出山洞。抗日政府發動群眾，白毛女人控訴地主罪行，政府鎮壓了惡霸地主。婦救會妥善安置了白毛女人，並教她學習。白毛女人逐漸適應新生活，進步很快。以後還當了婦救會主任。

〔註16〕張拓、瞿維、張魯：《歌劇〈白毛女〉是怎樣誕生的》，《歌劇藝術研究》，1995年第3期。

〔註17〕賀敬之：《〈白毛女〉的創作與演出》，《白毛女》（5幕），北京：人民文學出版社，1954年10月第2版，1960年2月第6次印刷，第218頁。

〔註18〕賀敬之：《〈白毛女〉的創作與演出》，《白毛女》（5幕），北京：人民文學出版社，1954年10月第2版，1960年2月第6次印刷，第217頁。

有浪漫色彩啊，可以寫個歌劇嘛」〔註 19〕，並決定將其作爲給中共「七大」的獻禮節目。

　　然而，在一切看上去都有些默契的表象下，卻潛伏著眾多矛盾和衝突。一旦果眞展開對傳說的有目的的改編，那麼，那個僅僅存在於直覺中而未曾說出的「意義」或「主題」究竟是什麼？傳說如何能夠講述成爲一個符合意識形態話語需要的敘事？它需要保留民間傳說的哪些因素，改造哪些單元，捨棄什麼成分？怎樣將這個敘事訴諸於「歌舞劇」的形式？「白毛仙姑」傳說在將各種文化力量連接起來的同時，也暴露出它們之間的隔膜和齟齬。因此，《白毛女》的創作過程就不可能是平靜的，而是充滿著戲劇性的緊張，經歷了從失敗到突破的歷史考驗。

2.2 初次創作的失敗

　　《白毛女》的第一次創作是在民間傳說的敘事潛能、知識分子的創作欲望與延安的政治需求一拍即合的情況下展開的。延安對這齣歌劇充滿了期待，魯藝特別派出精銳的骨幹力量加盟創作，如作曲有張魯、馬可等，導演有王大化、王彬（後更名爲王濱）等，他們大多是在「秧歌運動」中湧現出的佼佼者，是延安新文化精心培育起來的新生力量。由於邵子南積累了豐富的原始素材，先前又有過改編的經驗，所以成爲當然的執筆者。1944 年 9 月下旬，初稿完成。10 月，第一幕開始聯排。魯藝戲音系負責人呂驥、張庚邀請周揚、艾青、蕭軍、舒群、高陽等人前來觀看。劇本採用朗誦詩劇的文體；作曲依據排演秧歌劇的經驗，以現成的秦腔、眉戶調配曲；表演形式上則完全比照了舊劇的模式。陳強扮演的黃世仁，採用了秦腔三花臉丑角的表演樣式，其「樣子、神態和語氣，動作等，就和舊劇中西門慶或張三郎之類的花花公子之徒的形象相接近」〔註 20〕。比如一出場時，「看到喜兒，渾身瘙癢，向喜兒連來三個『撲虎』」〔註 21〕。而王家乙所扮演的穆仁智，神情扮相，又極像舊劇中的店小二、酒保一類的人物。比如當黃世仁一叫「老穆」，「他便像《落馬湖》中，黃天霸到了酒店中，喊酒保時，酒保在後臺尖著高高的嗓

〔註 19〕據筆者 2004 年 10 月採訪周巍峙先生的記錄。

〔註 20〕舒強：《新歌劇表演的初步探索》，上海：新文藝出版社，1953 年第 2 版，第 14 頁。

〔註 21〕陳強：《我對黃世仁角色的創造》，《新文化史料》，1995 年第 2 期。

門，『唉嘿——』一聲，而後用那小丑的特別的步伐，跑上臺來。而當黃世仁吩咐他把老楊帶上場時，他就像舊劇中武丑一類的傳令兵，喊一聲『得令！』做一個金雞獨立的姿勢似的答應一聲，而後又以小丑的步法下臺去」〔註22〕。至於林白扮演的喜兒，則完全依照青衣的身段來設計動作。她踩著小鑼「鳳點頭」的步子上場，「當演到受黃世仁欺侮而哭泣時，彷彿也像舊劇青衣那樣『啊呀』一聲，而後在音樂的過門中用『水袖』擦擦眼淚（雖然並沒有水袖），再唱起來，態度表情也滿像青衣」。〔註23〕

演出結束後，創作組內的氣氛頓時緊張起來。因為無論是劇本還是音樂、表演，首次聯排遭到了徹底否定。人們普遍認為朗誦詩劇的形式不適合舞臺表演，歌詞難以上口，情節安排及人物關係也有不少值得商榷的地方。尤其是音樂、表演形式過於陳舊，整個節目像是「『舊瓶裝新酒』，完全是地方戲曲表演」〔註24〕。觀眾的非議令創作人員非常沮喪，但最沉重的壓力的還是來自於意識形態方面。周揚對於這個自己親自拍板敲定的「獻禮」節目十分失望，他沒有料到邵子南「不懂秧歌劇的形式」〔註25〕，居然與延安正在苦心經營的文化秩序在藝術理念上有這樣大的不同，也沒有想到這位擁有豐厚的傳說原始素材和創作實踐的詩人竟不能進一步穿透「民間傳說」，將那個一直被感覺到卻沒有點破的「意義」傳達出來；更使周揚意外的是，延安這批精銳的文藝力量與西戰團之間的合作竟會以這樣一種「舊」的面貌出現。從「秧歌運動」成長起來的文藝骨幹居然沒有領悟延安新文化建設的良苦用心，仍舊停留在「秧歌運動」的階段上，還保守著對舊形式的模仿和利用。這顯然遠離了「獻禮」節目的真實用意，背離了延安新文化建設的總體規劃進程。

於是，周揚不得不親自點明此時此刻延安的真實需求，明確指示必須打破舊形式，創造新的藝術形式——「民族新歌劇」！！！這等於宣佈了第一次創作的失敗。特別在音樂創作和表演形式方面，對「它的第一稿是全部否

〔註22〕 舒強：《新歌劇表演的初步探索》，上海：新文藝出版社，1953年第2版，第14頁。

〔註23〕 舒強：《新歌劇表演的初步探索》，上海：新文藝出版社，1953年第2版，第14頁。

〔註24〕 貫克：《也談歌劇〈白毛女〉的創作》，《新文化史料》，1995年第2期。

〔註25〕 張庚：《歌劇〈白毛女〉在延安的創作演出》，《新文化史料》，1995年第2期。

定了的」〔註 26〕。

2.2.1 西戰團與延安的「隔膜」

初次創作，《白毛女》的體裁形式和敘事展開被否定了。其實，體裁形式只是個藉口。因爲邵子南對「歌劇」並不陌生，他曾在前方寫過多部歌劇作品。「有人說是邵子南寫壞了，不是的。並不是他不熟悉，他寫歌劇《不死的老人》，寫得很好的」。〔註 27〕那麼，邵子南爲什麼在《白毛女》的創作上卻「失手」了呢？與其說這是邵子南個人的失敗，毋寧說是由於西戰團與延安之間的隔膜所致〔註 28〕。初稿之所以不被認可，不僅是因爲「詩劇」形式不適合舞臺演出，更在於邵子南不熟悉「秧歌劇」的表現手法，在於西戰團游離了延安新的文化環境。

1938 年 11 月，西戰團離開延安奔赴晉察冀根據地，直到 1944 年 5 月才歸來。5 年間，由於關山阻隔，戰火封鎖，他們對延安在文化資源上的重新清理和認定，幾乎一無所知。就是《講話》，直到「1943 年 11 月 12 月間才看到半本」〔註 29〕，至於「秧歌運動」，也只是偶而能夠從《解放日報》上零星地獲得一點信息。〔註 30〕因此，西戰團的歌劇作品，音樂上「不是完全按照民歌的，是『創作』，是從抗戰歌曲那條線索下來的」；〔註 31〕劇本體裁也與延安發展得爐火純青的「秧歌劇」大相徑庭。歸來的邵子南還沒有來得及仔細觀察和小心領悟延安的新變化，就匆匆接受了《白毛女》的創作任務。他依舊沿襲過去的經驗改寫故事。從黃世仁的唱詞「楊各莊有個女嬌娃……眼裏還有個玻璃花」來看〔註 32〕，劇本的語言風格很大程度上決定了配曲和表演的舊情調。由於邵子南對延安從「秧歌劇」出發尋找新的突破的意圖全然不覺，其失敗也就是情理之中的事情了。

〔註 26〕 馬可：《關於〈白毛女〉的修改》，《白毛女》（5 幕），北京：中國青年出版社，2000 年，第 237 頁。

〔註 27〕 2004 年 10 月底，筆者對原西戰團團長周巍峙的訪談。作曲家周巍峙與邵子南在歌劇創作上有過多次合作。

〔註 28〕 在第一次創作過程中，西戰團的其它一些成員——比如朱星南、賈克、洛汀、凌風、吳堅、李牧等也參與了改編，集體討論人物、情節、結構等。

〔註 29〕 2004 年 10 月底，筆者對原西戰團團長周巍峙的訪談。

〔註 30〕 2004 年 10 月底，筆者對原西戰團團長周巍峙的訪談。

〔註 31〕 2004 年 10 月底，筆者對原西戰團團長周巍峙的訪談。

〔註 32〕 李剛：《歌劇〈白毛女〉在延安進行創作的情況》，《新文化史料》，1996 年第 3 期。

　　同時，初稿的敘事也受到了強烈批評。由於初稿已經遺失，故事究竟怎樣展開已經無從知曉。但從人們後來的回憶中可以看到，至少第一場並不是現在所看到的風雪除夕夜的場景，而是一開始就描寫狗腿子穆仁心（後來改爲穆仁智）發現紅喜（後改爲喜兒，進黃家以後才使用「紅喜」名字）如何漂亮，報告給黃世仁，黃一去就看上了，於是帶著穆仁心去楊家逼債，企圖霸佔紅喜。〔註33〕而從王大嬸所唱「楊老漢二道崖喪了命……天明抬回家中」的唱詞來看〔註34〕，楊白勞顯然也不是喝鹵水而亡，雖然並不能排除被逼或自殺身亡的可能。可見，與我們今天所看到的第一場相比，邵子南稿無論是情感渲染還是矛盾展開，無論是戲劇性還是表演性，都遜色些許。

　　但是，邵子南沒有服輸。不說他如何堅持了自己的創作理念，至少是並不認同其它的敘事構想。在相持不下的情況下，邵子南竟然宣佈退出創作組〔註35〕，並且將原稿張貼在魯藝的牆報上〔註36〕。實際上，較量遠不止如此。由賀敬之、丁毅執筆的第二次創作完成後，邵子南主持《白毛女》的討論會，會後他將「會議記錄」貼在魯藝食堂道路兩側的牆報欄中。正文之前，邵子南特意「嚴正聲明」他與《白毛女》的創作無關。更有意味的是，與創作組分道揚鑣後，邵子南並沒有放棄「白毛仙姑」的文學想像，而是重整旗鼓，投入到長詩《白毛女》的構思中。「因爲《白毛女》歌劇未能令我滿意，創作組的修改意見也不滿意，故作敘事歌」，〔註37〕以完成夙願。由於戰火紛飛，時局變轉，詩歌創作很快就被中斷了。1947年，邵子南調入「川幹隊」，隨大軍南下。行軍途中，他仍舊念念不忘長詩的創作：

　　　　近日極想寫詩，均未成篇，主要原因是形式不合情緒，寫來寫
　　去，倒想起過去的這三章，其形式、情調、意趣，類與近日情緒相

〔註33〕參見李剛：《歌劇〈白毛女〉在延安進行創作的情況》，《新文化史料》，1996
　　　年第3期。
〔註34〕參見李剛：《歌劇〈白毛女〉在延安進行創作的情況》，《新文化史料》，1996
　　　年第3期。
〔註35〕據歐陽山回憶：「我只是聽他說過，因爲他跟創作組的某些意見有分歧，就堅
　　　持了自己的看法，因此退出了創作組」。
〔註36〕據說張庚、王濱、馬可、張魯、舒強、水華、盧肅、吳堅、司汀等都曾看過
　　　這個初稿。參見向延生《〈歌劇〈白毛女〉在延安進行創作的情況〉一文質疑〉》，
　　　《新文化史料》，1996年6期。
〔註37〕見邵子南的行軍日記。這是在拜訪邵子南夫人時讀到的珍貴資料。邵夫人在
　　　致筆者的回信中也引用了這段話。

應，故寫在這裏，作一個開頭。〔註38〕

這個開頭就是詩人此前在延安創作的《白毛女·序詩》的前三節〔註39〕。1951 年 3 月，創作 5 年之久的敘事長詩《白毛女》終於由重慶出版社出版。四年後，邵子南因患白血病離開了人世。

顯然，長詩《白毛女》是邵子南繼歌劇創作被否定後的發憤之作。從其去世前兩三年仍然堅持完成創作的情形來看，詩人始終保留著對歌劇《白毛女》的不同意見，儘管後者此時已經風靡全國。那麼，在長詩中，邵子南是否堅持了當年的藝術追求？〔註40〕他與創作組的分歧究竟在哪裏？為什麼他的意見沒有在創作組內取得上風，等等。這些問題由於邵子南執筆的初稿本已經遺失，當事人的回憶又多語焉不詳，很難僅僅根據敘事詩而妄加推測或想像。

> 當年在《白毛女》歌劇創作組裏面，他是否要堅持像現在的《白毛女》詩所表現出來的藝術風格和藝術結構，因此而退出創作組呢？還是因為其它的什麼原因而退出創作組呢？這在我是一個無法回答的疑問。〔註41〕

〔註38〕見邵子南的行軍日記。

〔註39〕「一把芝麻撒上天，／肚裏的歌兒萬萬千；／勁兒越唱越是大，／歌兒越唱越是圓。／／一顆芝麻一棵苗，／一顆苗來開上千萬朵花；／一顆花來一顆星，／一句歌詞一句知心話。／／沒有肥土苗不長，／苗不長來花不開；／歌兒不是真心唱，／口難開來頭難抬。」（見《邵子南選集》，成都：四川人民出版社，1980 年 8 月，第 549 頁。）

〔註40〕長詩與延安時期的 6 幕歌劇《白毛女》相比較，在情節安排和人物關係設置上主要有以下不同：1、以喜兒在樹下摘樹葉時被黃世仁看上為故事的開始，沒有除夕夜躲債的情節；2、王大春與王大嬸並非母子，大春只是在最後以區工作員的身份出現在詩中。王大嬸有一個二女婿；3、趙大叔在詩中僅以農會主任的身份出現過一次；4、沒有三家一起吃餃子的情節，只表現了楊家父女的除夕之夜；5、給出楊白勞自殺的理由：希望以死迫使黃世仁放過喜兒；6、沒有大鎖、大虎、李栓等人物形象；7、沒有「黃母」這一角色名稱，只有「地主老婆」的稱謂；8、從一開始就突出了喜兒的反抗性（延安的 6 幕歌劇本中，喜兒開始還對黃世仁抱有幻想）；9、沒有黃世仁娶妻的情節，也沒有欺騙喜兒，要娶其為妻的情節。10、喜兒遭強姦後欲進城打官司，黃家母子害怕事情張揚出去，設計勒死喜兒；11、「白毛怪」深夜下山，騷擾黃家；12、黃世仁以白毛仙姑造謠言，區工作員王大春要查辦此事。這是王大春第一次出現在詩中；12、張二嬸做媒，紅喜嫁給王大春。自從喜兒改名紅喜後，詩中一直沿用這個名字。

〔註41〕歐陽山：《邵子南選集·序》，成都：四川人民出版社，1980 年 8 月。

　　然而，邵子南「退出」創作組以及之後的一系列「怪異」舉止，卻清晰地呈現出《白毛女》在敘事上存在的「分歧」與「矛盾」。此時，重要的已經不是存在「哪些」分歧，而是分歧「存在」本身。也就是說，從《白毛女》的創作之初起，不同背景的文化力量就已經開始相互較量，形成了劍拔弩張的局面。而且，這不同的見解並未因歌劇的「經典化」而消失，而是以另一種語言與歌劇敘事構成複調關係，儘管細弱得如絲如縷，但它始終「存在」著。

2.2.2 延安文人與意識形態話語訴求的「錯位」

　　如果說劇本體裁和敘事上的「失敗」，是由於西戰團文化人與延安之間存在隔膜的話；那麼，音樂和表演形式上的被「否定」，則是因為身處延安的文化人與意識形態話語的訴求之間發生了「錯位」。因為無論作曲者還是歌劇導演，他們或者在延安文化環境中成長起來，或者經歷了「秧歌運動」的洗禮。然而，《白毛女》初次聯排終於暴露出他們之間的矛盾——整個舞臺形象透露出的「舊」氣息和「舊」情調大出周揚的意外。

　　其實，這一切並不突然。雖然有些文化人也曾經自覺在資源選擇上做出一定程度的調整，努力「改造」民間文化和傳統舊形式，使其以「新」面貌服務於現實鬥爭〔註42〕。但是，這種調整很大程度上是現實逼迫的結果，他們的真實理想仍舊是回歸精英傳統。所以，1939 年以後，魯藝由短期培訓制逐漸走上正規化、專門化的道路。

　　與此同時，延安卻加緊了實現其文化構想的步伐：不僅在理論上界定了延安新文化的性質，賦予民間文化以新的價值，而且還通過行政干預的方式——尤其是 1943 年 10 月 19 日中共總學委《關於學習毛澤東同志〈在延安文藝座談會上的講話〉的通知》和 1943 年 11 月 7 日中共中央宣傳部《關於執行黨的文藝政策的決定》兩個文件的頒佈——來實施它的文化構想和理念。《講話》被規定為「整風必讀的文件」〔註43〕，號令「全黨的文藝工作者都應該研究和

〔註42〕比如 1939 年 3 月成立的魯藝民歌研究會（1941 年 2 月更名為中國民間音樂研究會）致力於搜集整理民歌和民間音樂，取得了豐厚的收穫。這些在此後開展的「秧歌運動」，甚至歌劇《白毛女》的創作中都發揮了重要作用。還有，1939 年 2、3 月間成立的舊劇研究班和 1940 年 4 月組建的平劇研究團等，也旨在對傳統藝術形式進行研究和改造。

〔註43〕《解放日報》，1943 年 10 月 22 日。

實行這個文件的指示，克服過去思想工作中作品中的各種偏向」〔註44〕，從而確保完成文化資源的有效調整與重組，強力推行新的文化秩序，實現文化轉型。

於是，在這種強勢「脅迫」下，延安文藝界不得不迅速做出回應。周揚做了《藝術教育的改造》的報告，深刻檢查魯藝「關門提高，脫離實際」的教條主義文藝方針，由「小魯藝」走向了「大觀園」。這就是「魯藝秧歌隊」的誕生背景。延安文人大多在「秧歌運動」文化實踐中接受了改造和洗禮，被收編到延安新文化秩序當中，成為這個秩序的推動力量。然而，在這個召喚與呼應的動態進程中，雙方並沒有形成完全的默契。也許是強力作用的緣故，延安文人並不曾仔細體悟延安新文化秩序的終極旨歸和創新追求，而是迷失在「文字遊戲」中，急於做出「政治表態」，執著於表層的認同和追隨，耽溺於民間形式的利用。於是，他們與延安之間的「錯位」就不可避免。所以，當《白毛女》以近於舊戲曲的面貌亮相時，遭到了延安毫不吝嗇地拒絕和否定。

2.2.3 延安創新追求的動力

歌劇《白毛女》第一次創作的全面告敗，揭開了延安新文化建設的真實目標——即創造一種「民族新形式」。這是由於建立一個民族國家並掌握其文化領導權的雄心所決定的。

民族國家是現代社會的產物。它的出現與人類對「民族」的想像緊密關聯。資本主義生產關係的發生，印刷術的普及和人類語言的宿命性，這三種因素之間的「半偶然的、但卻富有爆炸性的相互作用」促成了「民族」原型的形成〔註45〕。因此，「民族」本質上是一種現代的「想像」形式，是一種社會心理學上的「社會事實」，是人類進入現代社會的必然結果，被想像為本質上有限的、享有主權的政治共同體。而衡量民族自由的尺度和象徵就是主權國家，它是一種有著明確疆界的政治體制。因此，現代民族主義的獨特之處並不在於它的認同形式或意識形態上的認識論意義，而在於「近百年來遍佈全球的民族國家的世界體系。這一體系將民族國家視為主權的唯一合法的表述形式」。〔註46〕可以說，現代社會的歷史無疑是被民族國家所支配的。

〔註44〕《解放日報》，1943 年 11 月 8 日。
〔註45〕〔美〕本尼迪克特·安德森：《想像的共同體》，上海：上海世紀出版集團，上海人民出版社，2003 年 1 月，第 51 頁。
〔註46〕〔美〕杜贊奇：《從民族國家拯救歷史》，北京：社會科學文獻出版社，2003

20 世紀初期，隨著現代啓蒙歷史的敘述結構和一整套與之相關的詞彙——如封建主義、自覺意識、革命等——通過日語進入中文，現代民族主義逐漸在中國紮下了根。尤其是遭遇列強的侵略後，建立一個現代民族國家的願望就更加迫切了。從 30 年代到 40 年代，「抗戰建國」成爲這個時期的中心目標。對延安來說，建立一個民族國家並最終掌握其領導權更是它在複雜的歷史形勢下必須做出的抉擇。因此，「民族形式」作爲一個非常重要而迫切的政治任務被提了出來。1938 年 10 月 14 日，毛澤東在中共中央六屆六中全會上的政治報告中正式提出創造「民族形式」的問題。

> 共產黨員是國際主義的馬克思主義者，但是馬克思主義必須和我國的具體特點相結合併通過一定的民族形式才能實現。馬克思列寧主義的偉大力量，就在於它是和各個國家具體的革命實踐相聯繫的……離開中國特點來談馬克思主義，只是抽象的空洞的馬克思主義。因此，使馬克思主義在中國具體化，使之在其每一表現中帶著必須有的中國的特性，即是說，按照中國的特點去應用它，成爲全黨亟待瞭解並亟須解決的問題。洋八股必須廢止，空洞抽象的調頭必須少唱，教條主義必須休息，而代之以新鮮活潑的、爲中國老百姓所喜聞樂見的中國作風和中國氣派。〔註47〕

毛澤東的論述雖然主要是就馬克思主義理論來講的，但很快就被運用到新文化的構建上來。1940 年 1 月 9 日，陝甘寧邊區文化協會第一次代表大會上，毛澤東明確地指出「中國文化應有自己的形式，這就是民族形式。民族的形式，新民主主義的內容——這就是我們今天的新文化」。〔註48〕從此，創造一種民族形式成爲延安新文化構想中的重要一翼。正如「民族」和「民族國家」是現代產物一樣，對「民族形式」的渴望也是只有在「現代」才可能出現的。因此，「民族形式是個進步的口號」〔註49〕，某種意義上說也是一種現代形式。它不同於傳統形式，而是需要重新創造的新形式。

年 2 月，第 6 頁。

〔註47〕 毛澤東：《中國共產黨在民族戰爭中的地位》，《毛澤東選集》（第 2 卷），北京：人民出版社，1991 年 6 月第 2 版，第 534 頁。

〔註48〕 毛澤東：《新民主主義論》，《毛澤東選集》，（第 2 卷），北京：人民出版社，1991 年 6 月第 2 版，第 708 頁。

〔註49〕 《文藝的民族形式問題座談會》，《文學月報》，第 1 卷第 5 期，1940 年 5 月 15 日。

文藝上的民族形式，應當就是中國化問題，而不只是『舊瓶裝新酒』的問題，不只是運用舊形式的問題，同時也應當是創造新形式的問題。〔註50〕

正如在政治、經濟、軍事等其它方面獨闢蹊徑，闖蕩出一條條新的道路一樣，延安毫不掩飾它對文化領導權的渴望。「秧歌運動」僅僅是第一幕，因為它雖然借用了民間秧歌的形式，借用了鬧秧歌的鄉村風俗，借用了秧歌劇的敘事潛能，但這一切的意義僅在於將民間文化作為一種資源性力量，以爭取民眾的認同和支持，在日常娛樂中將新秩序內在化為民眾的自我需求，從而使意識形態及其話語方式成為民意的體現。延安對新文化的期待顯然不會停留於這種「工具性」的層面，而是在秧歌劇中寄託了更殷切的現代性追求，即試圖以此為基礎尋找更新的藝術形式作為文化領導權的「印章」。

什麼樣的藝術樣式能夠擔當這枚「印章」呢？對於延安而言，這多少有些圈定和搶佔地盤的意思。因為所謂「新文化」是在一系列反向定義中呈現的。「一定的文化（當作觀念形態的文化）是一定社會的政治和經濟的反映，又給予偉大影響和作用於一定社會的政治和經濟」〔註51〕。當「新文化」以反對封建文化而得以定位時，那麼，反映統治階級意識的「舊劇」就不可能作為「新文化」的印章。當「新文化」以反對帝國主義而得以提倡時，那麼，它們的文化形式自然不會成為「新文化」的代表。當「新文化」追認「資產階級新文化」的革命意義而又將自身歷史追溯到「五四」新文化時，「話劇」獲得了革命的身份；然而，當「新文化」以「新民主主義」的限定區別於「資產階級新文化」而試圖開闢獨立的文化領域時，「話劇」因其「貴族」出身和在民間「高處不勝寒」的處境，也不能充當延安新文化的領銜角色。當「新文化」從民間秧歌中發現了把捉廣大農村社會的脈搏，從這裏感覺到新的生命跡象時，「秧歌劇」因其單純、質樸、原始的形式而不適應現代化的進程。更重要的是，「秧歌劇」的俚俗情態與風貌雖然在「新文化」「普及」時候有其不可替代的作用，但使其充當延安「新文化」的招牌以至成為一個「新中國」的藝術旗幟，它似乎顯得過於「普及」了。延安需要「提高」了的藝術

〔註50〕潘梓年：《論文藝的民族形式》，《文學月報》，第 1 卷第 2 期，1944 年 2 月 15 日。

〔註51〕毛澤東：《新民主主義論》，《毛澤東選集》（第 2 卷），北京：人民出版社，1991 年 6 月第 2 版，第 663 頁。

形式作為衝出重圍，奪取文化領導權的「砝碼」。這種選擇的過程正是延安現代性追求中「斷裂」／「延續」的困惑。經過層層清理、剔除之後，目標逐漸清晰起來：

> 完全的洋派是不行的，就是洋氣過多也都不行，再說它也表現不出中國農民的生活來。中國舊劇呢？當然，它是中國的，但它是中國舊的，這裏的故事、生活，是解放區農民的新生活，舊戲的一套無論如何是表現不出來的。〔註52〕

只有從「秧歌劇」的基礎上「提高」一步，創造「民族新歌劇」才可能尋找到延安「新文化」的風標。

> 在延安文藝座談會講話以前，幾十年來新演劇的主要形式，是話劇……直到延安整風運動以後，……在形式上，除原有的話劇外，採用了廣大群眾所喜聞樂見的秧歌形式。在演劇與現實鬥爭密切結合的不斷實踐中，發展了舊的秧歌形式，創造了新的歌劇形式。這在整個文化戰線上說，是個偉大的革命，在整個演劇運動上說，也是個偉大的革命。〔註53〕

所以，儘管對於「民族新歌劇」茫然無知，冒著失敗的風險也要去「創造」。《白毛女》所誕生的藝術情境和這樣一種「無中生有」的歷史出身，決定了其生產過程的不平靜，也決定了歌劇文本內部可能出現的複雜構成。

從這裏可以想見，當《白毛女》以舊劇的面目出現在舞臺上的時候，作為「七大」的獻禮節目，作為在奪取民族國家領導權的歷史關頭向世人展示其文化成就的代表性節目，它多麼令延安失望。於是，其「失敗」的命運也就在所難免了。

2.3 曲折中的探索

不管怎樣，第一次創作的跌宕還是顯示出不同文化力量對延安新文化的不同理解，以及他們彼此的試探與溝通。正因為經歷了這次「失敗」，《白毛女》創作集體的目標才明晰了起來——全力以赴創造「民族新歌劇」。與其說

〔註52〕張庚：《關於〈白毛女〉歌劇的創作》，《白毛女》(5幕)，東北佳木斯書店，1947年10月。

〔註53〕舒強：《新歌劇表演的初步探索》，上海：新文藝出版社，1953年3月第2版，第4頁。

「白毛仙姑」選擇了「民族新歌劇」，不如說「民族新歌劇」選擇了《白毛女》。這個稱謂就已經將「民族化」與「現代化」聯繫起來——即「民族」而又「新」的歌劇，如何處理「民族化」與「現代化」的關係成爲《白毛女》第二次創作成敗的關鍵所在。

2.3.1 重組創作組

1945 年 1 月，距「七大」召開只有 3 個月的時間了。而歌劇《白毛女》自 1944 年秋冬擱淺以來，還一直沒有動靜。這當然是由於話劇《前線》中途抽走了主力創作人員所致；但是同時也出於惶惑的原因。因爲此時此刻，所謂「民族新歌劇」完全是想像中的意象，怎樣使這個無形無質的東西變爲可觀可演的一齣戲劇，任何人心裏都沒有底。箭在弦上，不得不發。隨著「七大」一天天迫近，「創新」的壓力也與日俱增，必須「有所爲」來打破這種僵持的局面。

1945 年初，在戲音系負責人張庚的領導下，《白毛女》劇組開始重新運轉。儘管對於前後兩個執筆者是否曾在一起合作過有著迥異的說法，儘管對於邵子南何時退出創作組有著不同的描述〔註 54〕，但不可否認的是，第二次創作時，創作組內部做出了大幅度的調整。首先，是執筆者的變化，由「秧歌運動」的新秀賀敬之取代了「老」詩人邵子南。這一人員的調整看似是一個簡單的變更，無非是邵子南的劇本不適合舞臺演出，或者純粹由於個人性格的原因。然而，臨陣換將總是無奈何的選擇。其背後藏有延安精細的用心。《白毛女》作爲「七大」的獻禮節目，不僅僅只是一齣戲劇，它還承載了更多的意義和價值，被期望爲延安新文化的集大成之作。因此，誰將成爲《白毛女》的執筆者就具有了象徵性含義。邵子南失敗於「他有多年的晉察冀生活，但不懂秧歌劇的形式」〔註 55〕；相應地，賀敬之的受命則正是由於他在秧歌運

〔註 54〕有人認爲在第一次創作時，賀敬之就已經參加了。當時的執筆者是邵子南，賀敬之只是幫助修改一些場次。由於意見分歧，邵子南宣佈退出創作組。1945年重組創作組時，由賀敬之任執筆。（見何火任：《〈白毛女〉與賀敬之》，《文藝理論與批評》，1998 年，第 2 期）

有人則以爲賀敬之是在第二次創作時才參加進來的，此時邵子南仍舊在創作組內，後來因爲意見不合才退出創作組，並將自己的初稿張貼在魯藝的牆壁上。（見向延生、朱萍：《歌劇〈白毛女〉在延安的創作與排演（上）》，《人民音樂》，1995 年第 8 期））

〔註 55〕張庚：《歌劇〈白毛女〉在延安的創作演出》，《新文化史料》，1995 年第 2 期。

動中創作了一系列膾炙人口的秧歌劇，是延安新文化秩序構建的骨幹力量。也就是說，邵子南和賀敬之分別代表了來自於戰區與延安兩種文化力量，他們之間的勝負意味著不同文化背景之間的較量。西戰團長期活動在晉察冀，雖然在組織關係上隸屬於延安軍委，但「到了前方就由總政管」〔註 56〕，基本上游離於延安文藝界。當它再次返回延安時，發現自己已經完全變成一個「外來者」。因此，不論「白毛仙姑」的民間傳說怎樣流入延安，不論邵子南先前有過多少創作準備，作為「外來者」他實在難以領悟延安的真實意圖，自然就失敗了；賀敬之則不同，他是在延安新文化醞釀過程中成長起來的新銳力量，既被延安新文化所薰陶，也參與了新文化的構建活動，「積累了秧歌運動的經驗，有過執筆大型秧歌劇《周子山》的嘗試」。所以，他的寫作風格倍受延安賞識：「寫的唱詞和說白符合人物性格，富有激情、詩意，體現了獨特的民族風格和創作個性」，「非常適合於音樂的發揮」〔註 57〕。這樣看來，由賀取邵而代之，就沒有什麼難以理解的了。執筆者的變更意味著延安本土新生文化力量的最後勝利。

其二，是導演隊伍的調整。第一次創作由王大化、王濱和張水華（不久因工作需要調離，後參加了《白》劇的一些討論和修改）擔任導演；這一次則增加了舒強，因為王濱後來主抓劇本寫作，導演工作實際上由王大化和舒強來完成。為什麼在導演安排上會有這樣的人事變更？雖然這一調整不像更換執筆者那樣富有戲劇性和緊張性，但不可否認，它也是第二次創作「有所為」的重要舉措之一。

王大化是秧歌運動時期的「明星」，《擁軍花鼓》和《兄妹開荒》使其一舉成名。「群眾看王大化把青年農民的形象演活了，喜愛的不行，看《兄妹開荒》索性不提劇名，直說『看王大化』去」〔註 58〕。他本來是學美術的，在重慶搞木刻，因刻了一幅列寧像受到國民黨追查，才來到延安。先是進入馬列學院第三部學習，後來調到魯藝，「秧歌運動」時成為魯藝秧歌隊的主力隊員。王大化在借用民間文化形式表現農民生活情態上所展現的藝術才能迅速得到各方面的認可，成為精英文化向民間文化轉折的榜樣。「如果說歌

〔註 56〕西戰團大事記編寫組：《西北戰地服務團大事記》，油印本，第 2 頁。

〔註 57〕張拓、瞿維、張魯：《歌劇〈白毛女〉是怎樣誕生的》，《歌劇藝術研究》，1995年第 3 期。

〔註 58〕《李波、韓冰同志回憶延安秧歌運動》，中國藝術研究院檔案資料，第 4 頁。

劇《白毛女》有我們民族傳統特點的話，王大化在排戲的追求上起了很大作用」〔註59〕。

舒強則不同，1944 年進入延安時，成熟的秧歌劇已經完成，錯過了發起和參與「秧歌運動」的歷史時機。作為一個「外來者」，他只有駐足觀看的份兒：「看了一連串的秧歌演出，其中有《血淚仇》、《二流子轉變》、《周子山》、《陳家福回家》等秧歌劇」〔註60〕。舒強滿懷著好奇和新鮮觀看著眼前的一切：

> 演出沒有布景，只掛一塊天幕和擺一兩張舊桌子和凳子之類的道具，一切演出條件是非常簡陋的。演員都是說的陝北話，聽懂的不很多。但是我看了非常興奮和感動。我看到一種嶄新的戲劇。從劇中看到一個嶄新的時代，嶄新的社會……看到新的人民的形象。看到一個具有民族特色和民族氣派的，有歌，有舞，有劇的，陌生而又很親切的，嶄新的演劇形式。〔註61〕

舒強大概沒有料到，不久之後，他自己也加入到了延安新文藝的籌建中，而且扮演了一個十分重要的角色——擔當起歌劇《白毛女》的導演。同是「外來者」，舒強和邵子南不同，他對推進中國戲劇的現代化進程的斯坦尼斯拉夫斯基表演體系有很深的造詣。如果說，王大化在民間文化的運用上深得延安的器重的話，那麼，舒強則以其對現代戲劇的學養贏得延安的信任。在歌劇《白毛女》的排演中，「舒強有很大的功勞，做了一步很重要的工作，他把整個舞臺給樹了起來，形成現在的模樣，這是一件很了不起的工作」〔註62〕。由於王大化與舒強聯袂出擊，使《白毛女》從戲劇民族化與現代化的歷史糾葛中踏出一條生路來。

2.3.2 艱難的藝術探險

歌劇《白毛女》的創作過程完全是一個想像先於實踐的過程。因為「民族新歌劇」只是一個抽象的「名詞」，延安雖然從一系列反向指認中廓清了其

〔註59〕 陳強：《我是演歌劇起家的》，《延安藝術家》，西安：陝西人民教育出版社，1992 年 8 月，第 129 頁。

〔註60〕 舒強：《秧歌劇初步探索》，上海：新文藝出版社，1953 年 3 月第 2 版，第 10 頁。

〔註61〕 舒強：《秧歌劇初步探索》，上海：新文藝出版社，1953 年 3 月第 2 版，第 10 頁。

〔註62〕 《作曲家陳紫訪談錄》，《歌劇藝術研究》，1995 年第 3 期。

邊界——如它不是秧歌劇，不是舊劇，不是話劇，不是西洋歌劇等等——但
具體樣態究竟怎樣，卻無從知曉。於是，創作集體展開一場艱難的藝術探險
活動。

2.3.2.1「創新」的挑戰

面對一個新課題，創作集體感受到了巨大的「創新」挑戰。因為不僅「民
族新歌劇」是縹緲的想像，而且創作集體的知識結構和藝術傳承在很大程度
上也制約了想像的空間。首先，導演舒強雖然有豐富的話劇經驗，但他「只
看過秧歌劇，還沒有看過外國歌劇。不知道歌劇怎麼排」〔註63〕。而大多數
的演員也是話劇出身，雖然在「秧歌運動」中已經接觸並演出過歌舞劇，但
既然用「民族新歌劇」的稱呼以區別於「秧歌劇」，那麼這新的東西就不可能
仍然沿用後者的表演方法，何況他們並沒有適應歌、舞、劇三位一體的綜合
藝術形式。

> 新歌劇的表演和話劇的表演不一樣，因為表演新歌劇時，演
> 員不但要說白（而且臺詞常常是詩或韻文體，不是日常的語言，
> 所以就需要朗誦或有朗誦的意味），還要唱歌和舞蹈。再說，唱和
> 動作（舞蹈）的時候，還有音樂伴奏……等，這就有了一連串的
> 問題需要解決。〔註64〕

同樣，從作曲者來說，他們「對於外國及中國的這種遺產」，也「幾乎
是一無所知」〔註65〕，因此，「所能參考的作品和創作經驗也很有限」〔註66〕。
曲作者張魯，1938年參加魯藝實驗劇團，但那時還沒有學過作曲法，直到進
入魯藝四期音樂系才接受了較為專業的訓練。可以說，張魯的藝術結構在很
大程度上是被延安文化所塑型的。因此，他「對歌劇不甚瞭解」，「既對中國
歌劇缺乏經驗，又對西洋歌劇的創作手法、技巧理解不深」〔註67〕。另一曲
作者馬可，抗戰之前還是河南大學化學系的學生。盧溝橋事變後，作為一名

〔註63〕 舒強：《回憶五十年前〈白毛女〉的排演》，《歌劇藝術研究》，1995年第3期。
〔註64〕 舒強：《新歌劇表演的初步探索》，上海：新文藝出版社，1953年3月第2版，
第3頁。
〔註65〕 賀敬之：《〈白毛女〉的創作與演出》，《白毛女》（5幕），北京：人民文學出版
社，1960年2月第2次印刷，第224頁。
〔註66〕 馬可、瞿維：《〈白毛女〉音樂的創作經驗》，《白毛女》（5幕），東北書店印行，
1947年10月。
〔註67〕 張魯：《〈白毛女〉的音樂創作及演出》，《新文化史料》，1994年第2期。

音樂愛好者參加了「怒吼歌詠隊」，與洗星海相識。1940 年春抵達延安。同張魯一樣，他也是在延安才接受了正式的音樂教育，「秧歌運動」中創作了《南泥灣》、《夫妻識字》等大量膾炙人口的作品，是延安文化培養的新生力量〔註68〕。

　　當然，延安所擁有的不僅只是這樣的嫡系新生人物。戰爭重構了文化地形圖：當大批文化人向西南轉移的時候，同樣也有大批的藝術人才攜帶著現代的藝術經驗來到了西北偏隅。「有幸的是我們的老師呂驥、嚮隅、瞿維、李煥之、李元慶等對西洋歌劇有所瞭解，也有歌劇方面的淵博知識」〔註69〕。比如，瞿維，1935 年畢業於上海新華藝專，受過比較正規的音樂訓練。1940 年來到延安以後，擔任魯藝音樂系教師，兼魯藝工作團研究科科長，給延安帶來了處理大規模音樂題材的藝術經驗〔註70〕。嚮隅，畢業於中國當時唯一的高等音樂學府——上海國立音樂專科學校，主科師從 FoaA 教授，學習小提琴，副科師從黃自教授，學習作曲理論，師從 ksakoff 學習鋼琴。後任教於武昌藝術專科學校。1937 年，他放棄去布魯塞爾皇家音樂學院深造的機會，獨自一人帶著一把小提琴奔向延安〔註71〕，將西方現代音樂融進這片黃土高原〔註72〕。李煥之，1936 年，進入上海國立音樂專科學校特別選修科，師從蕭

〔註68〕 馬可 1948 年在東北創作了《咱們工人有力量》。1949 年寫下管絃樂《陝北組曲》。之前，其作品主要是聲樂，缺乏器樂創作的經驗，對於歐洲交響樂的表現手法不甚瞭解。甚至，那時他還不具有熟練地閱讀總譜的能力，只好將貝多芬的《第六（田園）交響曲》總譜譯成厚厚的幾大本簡譜，從中瞭解管絃樂的織體、配器及音樂主題的對比、連接、展開、再現等手法。從馬可的音樂創作歷程可以看到歌劇《白毛女》創作之初，曲作者集體的知識儲備怎樣影響了歌劇的音樂形態。

〔註69〕 張魯：《〈白毛女〉的音樂創作及演出》，《新文化史料》，1994 年第 2 期。

〔註70〕 《白毛女》的大部分合唱曲就是由瞿維執筆完成的，包括著名的《千年的仇要報》、《太陽出來了》等曲。（參見張魯：《〈白毛女〉的音樂創作及演出》，《新文化史料》，1994 年第 2 期）

〔註71〕 這是延安的第二把小提琴。此前，任鵬曾帶著小提琴到達延安。

〔註72〕 柯藍曾經動情地描述過他所看到的一幕感人情景：「一個星期天的下午。在這一條黃色的泥路上，忽然有一隊放著馱架的毛驢，攔住了去路，道路被堵塞。老鄉圍成一堆在觀看什麼。抬頭看去盡是老鄉們包頭的白羊肚手巾。這原來是延安魯迅藝術學院音樂系教師嚮隅，在山路上為過路的群眾，演奏小提琴。陝北黃土高原的秋天，特別美麗，陽光明亮，藍天、白雲叫人感到是那樣的開闊，心曠神怡。眼下在這一片靜寂中，聽到優雅悅耳的小提琴聲，真是一種說不出來的美的享受。記得那天向陝北老鄉演奏的是星海作曲的《生產大合唱》。……本來小提琴在當時就不普遍，即使少數城市有小提琴演奏會，也

友梅學習和聲、作曲等。1938年7月,奔赴延安,在魯藝音樂系師從呂驥、冼星海繼續學習。因此,在基本樂理、視唱練耳、和聲、作曲、指揮等方面有比較紮實的專業功底〔註73〕。

然而,儘管擁有這些通曉現代音樂形式的優秀人才,但這並不足以緩解創作集體的「創新」焦慮。畢竟「民族新歌劇」是一門綜合藝術。「新的歌劇應該是什麼樣子」〔註74〕?用什麼語言:陝北話還是普通話?用什麼音樂:作曲還是配曲?用什麼形式?用不用虛擬手法?怎樣使用布景,等等。這對他們來說,的確「是一個新的課題」〔註75〕。

> 演員要怎樣才能產生舞蹈動作呢?民歌和戲劇音樂怎樣才能調和起來呢?舞臺裝置和服裝要採用怎樣的體系才適合歌舞呢?舞蹈寫實的動作如何調和起來呢?詩的臺詞(歌曲)如何才能產生舞臺動作呢?中國樂器和西洋樂器如何才能夠運用得統一呢?……等等。這些都不是一下子可以根本徹底完全無缺地得到解決的,也不可以光從討論中得出最後結論的。〔註76〕

面對著一個想像之物,《白毛女》創作集體的壓力和惶惑首先具體化為首曲《北風吹》的譜寫。因為它不僅是《白毛女》的第一次亮相,也是「民族新歌劇」的第一聲歌唱。什麼樣的曲聲才是「民族」而又「新」的呢?5位作曲者,3天3夜寫了將近20首曲子,但每一首都不令人滿意。創作陷於凝滯狀態。所謂「民族新歌劇」的第一步,邁出去是如此艱難。然而,隨著上演

只是局限在知識分子層中。嚮隅帶進延安的這第二把小提琴,竟然來到露天的廣大工農兵和幹部中間,為廣大的人民群眾,為抗日救亡服務,這是破天荒的光輝的一頁」。(見柯藍:《嚮隅音樂創作二、三事》。《人民音樂》,1981年4期)

如果說張魯和馬可在當時還只是側重於聲樂的寫作的話,那麼,嚮隅和瞿維因其音樂素養則承擔了部分器樂寫作,包括伴奏、間奏和過場音樂。其中,王大嬸和大春的上場音樂以及包餃子的過場樂就是嚮隅的手筆。嚮隅還擔任了歌劇《白毛女》的樂隊指揮。(參見張魯:《〈白毛女〉的音樂創作及演出》,《新文化史料》,1994年第2期)

〔註73〕他雖然在《白毛女》創作組內停留時間不長,但卻創作了大春的主要唱段。1946年,《白毛女》在張家口上演時,李煥之承擔了音樂修改工作。

〔註74〕馬可:《〈白毛女〉的創作回顧和體會》,《人民日報》,1962年5月19日。

〔註75〕馬可:《從秧歌劇到〈白毛女〉》,《中國青年報》,1962年5月12日。

〔註76〕張庚:《關於〈白毛女〉歌劇的創作》,《白毛女》(5幕),東北書店印行,1947年10月。

時間一天天迫近，他們已經沒有退路，也不可能有退路，只能於失敗後再嘗試。無論是身爲教師的瞿維、嚮隅和煥之，還是他們的學生張魯、馬可，不管什麼身份都必須接受這個挑戰。而張庚作爲劇組負責人感受到的責任和負擔就更加沉重。第三天下午，他不得不以行政命令的方式向作曲者下達最後通牒：「明天一定要把《北風吹》完成」〔註77〕！

那一夜，5 個人誰都沒有休息。第二天，張魯的曲子終於通過了驗收。《北風吹》所以成功，很大程度上在於作者恰當地選取了一首民歌，原曲親切哀婉，流傳廣泛，極易喚起民眾的情感，又來自於傳說的發源地；但更得力於曲作者對它的精心改寫，將一首情感單純的民歌演繹爲有著豐富內涵的歌劇插曲，「比舊曲更爲飽滿和吻合地表達了她盼爹爹又擔心爹爹的內在感情」〔註78〕。這首插曲後來傳唱大江南北，成爲革命歌劇的經典曲目之一。但當時，劇組對此並沒有信心，不敢肯定它是否符合想像。不管怎樣，首曲《北風吹》一定稿，至少從作曲方面跨出了「民族新歌劇」的第一步。

但是，一首歌曲的暫時定稿，並不能緩解整個創作組的焦慮。「民族新歌劇」在很大程度上仍舊是想像之物。怎樣將它落實爲舞臺上的戲劇？創作組在沒有任何現成品可以借鑒的情況下，只得冒險進行各種嘗試，「只能從實際做的中間慢慢積累許多點滴的經驗才能得到。這就是要走許多冤枉路，鬧一些無法避免的笑話，才能使問題得到解決」〔註79〕。一邊是敘事不斷地被推翻，不斷地重新寫作〔註80〕；一邊是排演上的不斷重新來過。因此，戲排了很久，從 1945 年 1 月一直排到 5 月。爲了能夠如期完成任務，劇組採取「流水作業」的合作方式：執筆者寫完一場後，交曲作者譜曲；經領導審閱後，交導演和演員試排；每幕排完後，再進行總排並聽取各方意見，然後根據意見繼續修改。整個進程十分緊張，以至於「最後還是一天排一場突擊完成的」〔註81〕。但是，這並不意味著《白毛女》是草率之作。如果算上第一次的創作和排練，這齣戲費時近 10 個月，才由願望變爲現實。相對於「秧歌運動」

〔註77〕 張魯：《〈白毛女〉的音樂創作與演出》，《新文化史料》，1994 年第 2 期。

〔註78〕 張魯：《〈白毛女〉的音樂創作及演出》，《新文化史料》，1994 年第 2 期。

〔註79〕 張庚：《關於〈白毛女〉歌劇的創作》，《白毛女》（5 幕），東北書店印行，1947 年 10 月。

〔註80〕 詳見下一章的分析。

〔註81〕 舒強：《新歌劇表演的初步探索》，上海：新文藝出版社，1953 年 3 月第 2 版，第 8 頁。

時的高效率創作，甚至延安早期戲劇的生產速度〔註 82〕，這漫長的創作過程也足以昭示這齣歌劇不同尋常的意義，足以說明創作組上下求索的艱難，足以描述延安文藝現代性追求中的陣痛。

2.3.2.2「創新」的實驗

創作《白毛女》期間經歷的「實驗—失敗—再實驗」的曲折，其實體現了延安文藝在民族化與現代化之間的徘徊與惶惑，體現了文化人與意識形態話語訴求、民間審美趣味之間的矛盾糾葛，體現了西方文化、「五四」文化與傳統文化、民間文化之間的磨合交融。雖然創作集體不知道「民族新歌劇」為何物，但原則卻十分明確——「那就是要出新」〔註 83〕。經過了許多次的實驗，「民族新歌劇」終於被「生生」地創造出來。

2.3.2.2.1 形式主義階段

鑒於第一次失敗的教訓，重排時拋棄了完全依賴舊劇的做法，運用了秧歌劇、舊劇、話劇，甚至電影等多種表現手法。

> 當時，王大化是延安演秧歌劇的名演員，在排演中他就把秧歌舞用上。我過去跟戴愛蓮學過一些芭蕾舞，也看過一些京劇的舞蹈動作，也用上了。〔註84〕

比如，第一幕第一場喜兒出場時，就採用了秧歌劇的表演方式，演員一邊扭著秧歌舞步，一邊根據風雪的情況改變舞姿；捏窩窩頭的那一段也是邊扭著秧歌舞步，邊唱邊捏著窩頭。可見，排練初期，作為《白毛女》的「前文本」，秧歌劇的表演形式很大程度上仍舊影響著《白毛女》的創作思路和實驗方向。

有的地方則運用了舊劇的某些表演手段。如第一幕第三場，趙老漢逼問楊白勞：「你答應了沒有」時，吸取了《問樵鬧府》裏的動作：趙老漢一把抓住楊白勞，踏著三通大鑼聲，走著老生的步法，把楊拖向右面三步，而後用舊劇道白的腔調問：「你答應了沒有？」楊白勞邊向後退邊說：「我，我……

〔註82〕在延安早期戲劇運動中，一齣話劇的創作、排演是相當神速的。常常「星期六要開晚會，星期一還不曉得劇本在哪裏，於是，趕緊創作，星期三寫成功，不及修改就送去審查，星期四拿走，星期五星期六排一下或兩下就去上演」。（見少川：《我對延安話劇界的一點意見》，《新中華報》，1938 年 2 月 10 日，第 4 版）

〔註83〕張魯：《〈白毛女〉的音樂創作與演出》，《新文化史料》，1994 年 2 期。

〔註84〕舒強：《回憶五十年前〈白毛女〉的排演》，《歌劇藝術研究》，1995 年第 3 期。

我……」此時，趙又拉著他向前走三步問：「你怎麼樣？」話音剛落，跟著就又是一聲大鑼……。第五幕，白毛女與黃世仁在奶奶廟裏狹路相逢，不由得恨從中來。在表現「我是屈死的鬼，我是冤死的鬼，我是不死的鬼！」這段劇情時，借用了舊劇的鬍子舞和甩髮舞，每唱一句一甩頭髮，先向左甩，再向右甩，然後甩圓圈，再從前向後甩……這就是說，第一次雖然失敗了，但並沒有妨礙創作者將「舊劇」藝術手段作為一種資源來使用，而是大膽地將其誇張的表現手法、鮮明的舞臺節奏與話劇的寫實風格和內心視象融合起來，表現出將曾經斷裂的傳統重新整合到現代形式中的努力。

有的場面還加入了芭蕾舞的動作。比如，最初的稿本中有這樣一段情節：喜兒打破沙鍋，誤入黑虎堂，在廊簷下昏昏欲睡，恍惚中夢見了自己日思夜念的父親。為了在舞臺上表現出夢境的離奇效果，導演們絞盡腦汁，終於想出將陝北隴東跑花燈的碎步法和舞劇《噴泉》中公主從墳墓後出現的芭蕾舞步揉雜起來，以取得夢幻般的效果。這是一種奇怪而大膽的結合，因為芭蕾舞是只有那些受過西洋文化薰陶的文化貴族才能夠欣賞的，而「跑花燈」則是地地道道的鄉村民間舞蹈，體現了農民的審美情趣。然而，為了達到特定的舞臺效果，導演們居然能夠匪夷所思地把它們糅合在一處，這也許可以窺見創作組在藝術探險的道路上試圖打破一切界限，溝通一切文藝形式的「創新」勇氣。

此外，還根據人物情緒變化「創造」了一些舞蹈動作。如第二幕第三場，喜兒唱「進他家來幾個月」那一段：

> 喜兒在音樂的過門聲中，以平常的步法帶著愁苦的心情走至上場口，站定唱：「進他家來（以手指黃母房內）幾個月（以手做二三數狀）。
>
> 「口含（以手指口）黃連（臉部做吃黃連很痛苦狀）過日月（愁眉苦臉，垂頭喪氣，手擺動作無法擺脫痛苦狀）。
>
> 「先是罵來，（以眼看右方，彷彿黃母正在以很難聽的話罵她，作怕狀）後是打（看左方，彷彿有人猛的打過來，打到肩上，後退，用手撫摩疼痛狀）……〔註85〕

這種「歌表演」類的手法，今天看上去十分簡單甚至有些幼稚，但在當

〔註85〕舒強：《新歌劇表演的初步探索》，上海：新文藝出版社，1953 年 3 月第 2 版，第 17 頁。

時這已經是不小的進步了。它融合了斯坦尼斯拉夫斯基的體驗派表現特色，從人物特定的情感出發，用舊劇或者西洋舞蹈的某些舞姿來加以修飾，以達到新的表現效果。可以說，這是文化人試圖用他們所秉承的話劇或現實主義手法統攝舊傳統的一次嘗試。

　　總之，面對「民族新歌劇」這樣一個想像之物，創作組誠惶誠恐，嘗試了他們所知道的各種形式。不論是有意還是無意，這些嘗試顯示出文化人試圖溝通現代文化、傳統文化與民間文化的努力。然而，與他們的勤勉不成比例的是，這些嘗試並沒有得到認可。「廣大群眾和專家們看了都說歪曲了喜兒的形象，中不中，西不西，今不今，古不古，成了個『四不像』」〔註86〕。第二次創作剛剛起步，就遭遇了挫折，導演舒強認爲，這一次失手於對形式的過分追求：

> 後來劇本又有大改動，又要重排。這就基本上結束了這個在內容上從人物的生活出發，而形式上則機械的抄襲和模仿各種中國舊劇的，和外國舞劇的形式的階段。〔註87〕

2.3.2.2.2 自然主義表演階段

　　碰壁後的再出發顯然又開啓了另一條全新的道路，它不再過多關注歌舞的形式，而是「該舞的地方就舞，不該舞的地方就不舞」〔註88〕，將注意力轉移到心理的體驗和眞實感上：「一切從生活、從人物出發，一切都要達到人物思想感情和生活的眞實」〔註89〕。比如，第一幕喜兒出場，盡量減少先前使用的秧歌舞步，有的地方甚至連一點節奏的痕跡也沒有了。還有，「進他家來幾個月」那一段，與前一次相比簡約也多了，去掉了所有「歌表演」的動作，要求演員竭力體驗喜兒此時那種欲反抗而不能的壓抑情緒，基本上沒有舞蹈，完全用唱來表現人物心理。

　　當然，在需要和適合舞蹈的地方更是煞費苦心。導演們從人物的性格、身份、感情以及環境等因素出發，首先研究在這些情況下會產生哪些動作，然後加以提煉，進行藝術化的處理，以突出舞蹈動作的潛在意義。正是在這種思想指導下，創造了膾炙人口的「紅燈舞」。

〔註86〕舒強：《回憶五十年前〈白毛女〉的排演》，《歌劇藝術研究》，1995年第3期。
〔註87〕舒強：《新歌劇表演的初步探索》，上海：新文藝出版社，1953年3月第2版，第17頁。
〔註88〕舒強：《回憶五十年前〈白毛女〉的排演》，《歌劇藝術研究》，1995年第3期。
〔註89〕舒強：《回憶五十年前〈白毛女〉的排演》，《歌劇藝術研究》，1995年第3期。

當音樂過門中，更鑼響起，黃世仁先聽更鑼聲，因為他心裏盼望知道時間已經是幾更天，好下手去強姦喜兒，所以聽來很注意，於是便決定演員用一手放在耳邊，幫助耳朵聽得更清楚些。當他聽到是「二更」時，不由得心裏說「啊！是二更了！很好，正是下手的時候」。於是便不由得伸出二手指做了個「二更狀」，面部是猥褻而得意的表情。他用賊溜溜的眼睛，向四面探望一下有沒有人，而後輕輕提起衣襟，提起腿來，以燈照著前面的黑路「悄步的走向娘房中」……〔註90〕

這是非常經典的一段舞蹈，「又是舞，形象也真實」，「幾乎大部分觀眾都滿意」〔註91〕。後來的許多次重排也都採用了延安時期的地位和身段。這裏，在歌劇表演中融入斯坦尼斯拉夫斯基體系的體驗派手法，突破了舊劇象徵性、程序性和虛擬性的限制，使現代話劇追求真實感的藝術理念與歌舞劇的象徵性結合起來。

創作集體似乎從這種心理體驗的方法中找到一些感覺，但很快就又走向另一個極端——過於機械地追求真實而失去了戲劇的凝練性，使表演變得瑣碎、冗長。比如第一幕第二場，楊白勞被穆仁智推出黃家大門時，為了表現出黃家的深宅大院，演員就在舞臺上兜好幾個圓圈，推好幾道大門；比如第一幕第三場，趙老漢和楊白勞摸黑進屋，總要摸半天，不然似乎就不能表示出屋子裏是黑暗的。

所以，這一次雖然減少了先前的缺點，有些地方甚至取得了比較好的舞臺效果，但新的問題卻隨之而來。由於太在意真實感，這些煞費苦心的編排，遭到了強烈的批評，被指責為「太瑣碎，自然形態，沒有節奏，不洗練，不美，不藝術」〔註92〕。於是，創作組不得不再一次重新出發，尋找其它的表現途徑。

「七大」召開的日子一天比一天近，而「民族新歌劇」的輪廓還沒有固定下來。四面八方的尖銳意見——「這根本不是歌劇，是話劇加唱，作者簡

〔註90〕 舒強：《新歌劇表演的初步探索》，上海：新文藝出版社，1953 年 3 月第 2 版，第 20 頁。

〔註91〕 舒強：《新歌劇表演的初步探索》，上海：新文藝出版社，1953 年 3 月第 2 版，第 28 頁。

〔註92〕 舒強：《新歌劇表演的初步探索》，上海：新文藝出版社，1953 年 3 月第 2 版，第 24 頁。

直不懂歌劇；中國歌劇將走什麼道路，朝何方向邁進，簡直是胡鬧」〔註93〕等等——「給我們全體演職員很大的壓力和打擊」〔註94〕，使本來就深感惶惑的創作集體更加無措和猶豫。

局面僵持在這裏。有沒有必要堅持完成這次藝術實驗？如果一旦失敗了，所謂「獻禮」之作豈不成一場滑稽表演了？在創作集體內部產生思想波動，外界輿論一片譁然的時候，周揚沉著而堅定地穩住了陣腳：

> 請你們往下寫，只管往下排，好的意見我們虛心研究、考慮，至於批評意見，可作為我們研究和參考。失敗屬於我，勝利屬於你們。要堅定信心，大膽地勇敢地幹下去！〔註95〕

作為延安文藝政策的闡釋者，周揚更為敏銳地捕捉到「民族新歌劇」的「意識形態意義」和「時代價值」。在延安嚴陣以待，擴大勢力，爭取民意，奪取領導權的時候〔註96〕，作為「團結自己，戰勝敵人必不可少的一支軍隊」，文藝應該義不容辭地完成意識形態話語極其需要的「宏大敘事」，從而不僅策應其政治、軍事上的進攻，而且還幫助其爭取文化建設的主動權。

所以，儘管「民族新歌劇」的實驗遭遇著一次又一次的失敗，儘管《白毛女》的創作飽受著公眾一次又一次的尖銳指責。但是，這絲毫不能改變延安對於「民族新歌劇」的熱切想盼和期待。可以說，沒有先於實踐的想像，就沒有後來的革命經典歌劇《白毛女》！

〔註93〕張魯：《〈白毛女〉的音樂創作及演出》，《新文化史料》，1994年第2期。
〔註94〕張魯：《〈白毛女〉的音樂創作及演出》，《新文化史料》，1994年第2期。
〔註95〕張魯：《〈白毛女〉的音樂創作及演出》，《新文化史料》，1994年第2期。
〔註96〕延安在抗戰就要勝利，中國面臨走向何處去的歷史關頭，緊鑼密鼓地布置著下一步的行動計劃，爲奪取政治、軍事、經濟和文化上的領導權做全力的準備。在軍事上，要求「向一切被敵僞佔領而又可能攻克的地方，發動廣泛的進攻，藉以擴大解放區，縮小淪陷區」；（毛澤東：《論聯合政府》，《毛澤東選集》（第3卷），北京：人民出版社，1991年6月，第1090頁。）在經濟上，「動員一切可能的力量，大規模地發展解放區的農業、工業和貿易，改善軍民生活……必須實行勞動競賽，獎勵勞動英雄和模範工作者。在城市驅逐日本侵略者以後，我們的工作人員，必須迅速學會做城市的經濟工作」；（毛澤東：《論聯合政府》，《毛澤東選集》（第3卷），北京：人民出版社，1991年6月，第1091頁。）在文化上，「必須發展解放區的文化教育事業」，（毛澤東：《論聯合政府》，《毛澤東選集》（第3卷），北京：人民出版社，1991年6月，第1091頁。）「建立自己的民族的、科學的、人民大眾的新文化和新教育」。（毛澤東：《論聯合政府》，《毛澤東選集》（第3卷），北京：人民出版社，1991年6月，第1082頁。）

2.4 民族而現代的歷史糾葛

　　《白毛女》誕生時的陣痛源於「舊」與「新」、「民族化」與「現代化」之間的矛盾糾葛。而這矛盾卻是歷史的。因爲「民族新歌劇」的提出不僅是延安新文藝的目標之一，它還包含在更深遠的新文化發展脈絡當中，包含在「五四」以來戲劇現代化的演變過程中。從這個意義上說，歌劇《白毛女》並不是在封閉環境中的孤立事件，它連通了文藝現代化的上下歷史。所以，就文學資源重組與整合的歷史而言，以歌劇《白毛女》爲代表的延安新文藝是「五四」以來文藝現代化的一個發展階段，繼續著文藝現代化的追求和想像。

2.4.1 「現代化」壓抑了「民族化」

　　其實，對於「新歌劇」的想像並不始於 40 年代中期的延安，早在 20 年代初期就有一些知識分子提倡了。比如，以止水爲代表的一撥志同道合者先是創建了人藝戲劇專科學校的歌劇科，繼而便向社會各界徵募歌劇劇本。總之，一切「已經有大體的計劃了」〔註97〕。在這計劃中，中國的 Opera 繼續擔負著鞏固「五四」新文化運動成果的任務〔註98〕，從反動舊劇開始，目標指向「製造一種和近代文明各國『阿伯拉』（Opera）相當的中國歌劇」〔註99〕，即以實現歌劇現代化爲旨歸。而其具體途徑與其說從「Opera」，不如說從話劇中受到更多的啓發。但是，另一方面，這些戲劇先驅並沒有拋棄民族的傳統。比如，在音樂上主張選擇民間音樂的曲調，「除北方現行的高腔和梆子腔以外，無論崑腔皮黃乃至於各種悅耳動人不涉淫浪的雜調，都可以用」；在題材上則主張「以歷史上有名的人物或者有名的事跡爲最好」〔註100〕，只是應該

〔註97〕　《人藝社徵募歌劇劇本的公告》，《晨報副刊》，中華民國十二年正月五日，第3版。

〔註98〕　比如要求「無論『唱詞』，『白詞』全要用白話。有不得已要用成語和典故的時候，必須注意避免隱晦模糊等一切費解的毛病」。白詞應完全使用普通圓熟的口語，唱詞要以長短句爲主，韻腳則提倡以和諧曲律爲度。同時，呼喚革除舊劇的鄙陋表演手法，廢除「上場門出下場門入」、「繞場圓場」、自背履歷的「上場白」、「引子」、「上場詩」、「背供」、「叫頭」、「哭頭」等舊程序。

〔註99〕　《人藝社徵募歌劇劇本的公告》，《晨報副刊》，中華民國十二年正月五日，第3版。

〔註100〕　《人藝社徵募歌劇劇本的公告》，《晨報副刊》，中華民國十二年正月五日，第3版。

以新思想運用舊材料。

可見，20 年代的知識分子所設計的「新歌劇」，既攜帶著「五四」時代文學進化論的色彩，傾向於用現代戲劇形式改造傳統歌劇，又拋不開對傳統音樂的眷戀，主張從民間或傳統音樂中創造出新聲。可以說，開初關於「新歌劇」的想像，就顯露了試圖在「民族化」與「現代化」之間尋求平衡的努力。

但是，「中國的 Opera」提出的歷史時機卻錯位了。此時，整個社會的文化觀念還沉浸在文學進化論的浸潤下，正激進地致力於摧毀包括舊劇、地方戲在內的一切舊形式，熱烈渴求加入世界現代文化行列當中，渴望能夠用相同的語言與世界溝通。因此，所謂進化就包含了「中」不如「西」的意思〔註 101〕。新文化的創造首先意味著向西方「看齊」，「它的精神是接受西洋文化，迎頭趕上它。在基本上，它是把西洋文化看作更進步、更合理的東西，值得我們全盤接受的」〔註 102〕。正是在這個意義上，激進的文化革命者認同了所謂「現代的」就是「西方的」理念。相應地，所謂「民族的」、「傳統的」就成了「落後的」代名詞。

就戲劇而言，舊劇從形式到內容遭到了徹底的批判。他們比照於西方戲劇觀——文學、美術、科學與思想之結晶，坦率地指出中國戲劇歌、舞、劇三位一體的形式是「百納體」，「不僅到了現在，毫無價值，就當他的『奧古斯都時期』，也沒什麼高尚的寄託」〔註 103〕。這些新劇人認為「戲劇是一件事，音樂又是一件事，戲劇和音樂原不是相依為命的」〔註 104〕，而「中國戲被了音樂的累，再不能到個新境界」〔註 105〕。所以，舊歌劇「和專效動作的真戲劇根本矛盾」〔註 106〕。如果要適應時代的發展，必須拆散舊劇的

〔註 101〕 胡適在《文學進化觀念與戲劇改良》一文中，對文學進化觀作了詳細的分析。認為所謂「進化」，其一是指文學隨時代的變遷，一代有一代的文學；其二，進化是長期的過程，不是三年兩載可以完成的；其三，每一個時代總帶著前一個時代的「遺形物」；其四，有時進化到一定地步會暫時停止，直到與其它別種文學接觸後，受了影響，才繼續前進。（詳見胡適：《文學進化觀念與戲劇改良》，《新青年》，第 5 卷第 4 號，第 308 頁至 315 頁。）

〔註 102〕 張庚：《話劇民族化與舊劇現代化》，《張庚自選集》，北京：中國戲劇出版社，2004 年 3 月，第 24 頁。

〔註 103〕 傅斯年：《戲劇改良面面觀》，《新青年》，第 5 卷第 4 號，第 329 頁。

〔註 104〕 傅斯年：《再論戲劇改良》，《新青年》，第 5 卷第 4 號，第 353 頁。

〔註 105〕 傅斯年：《再論戲劇改良》，《新青年》，第 5 卷第 4 號，第 353 頁。

〔註 106〕 傅斯年：《戲劇改良面面觀》，《新青年》，第 5 卷第 4 號，第 334 頁。

「雜戲體」，使其各自獨立發展爲「純正的『德拉瑪』，純正的『吹拉伯』，純正的把戲」〔註107〕。而其時，最爲緊要的是「採用西洋最近百年來繼續發達的新觀念，新方法，新形式」〔註108〕——即「話劇」的形式，使中國戲劇擺脫「競技遊戲」的層次，走向現代化。舊歌劇此時被認爲已經沒有繼續存在的價值了。

所以，此時提出創造「中國的 Opera」，尤其是它的民族化追求表現出的對傳統歌舞劇的「眷戀」，都使其顯得有些不識時務。於是，立刻便招來了反對意見。上沅在「公告」發出不久，就公開表示了不以爲然的態度：「我雖不是保守派，卻我很不以此時便提倡歌樂劇爲然」〔註109〕。陳大悲和孫伏園等雖沒有上沅那樣激烈，也以爲歌樂劇的產生有些不可能。他們以文藝進化論爲依據——即戲劇不僅要訴諸情感，不僅要美，還要表現理知〔註110〕，在話劇和歌劇之間做出高低上下之分：「我們只能認話劇爲戲劇，不能認歌劇爲戲劇」〔註111〕。當然，止水先生的倡議之所以遭到冷遇或否定，更主要的原因在於以反映社會人生而倍受青睞並成爲「五四」戲劇革命旗幟的「話劇」，此時仍舊步履蹣跚，對「歌舞劇」的提倡可能會妨礙戲劇「現代化」的進程。

> 如果大家又盡力創造出新的歌樂劇來——假使創造得出，那
> 麼，將來職業的話劇一定難得普遍的觀衆了……用極大的精力來替
> 戲劇添一勁敵（或說換一勁敵），總不能不算失計吧。〔註112〕

「五四」時期的文學革命派，以「先進」爲標尺，在中西之間，在民族化與現代化之間，傾向於後者，從而忽視了本土文化、傳統文化的價值和意義。「中國文化看作是已經過了時，再沒有什麼價值的東西」〔註113〕。因此，舊劇受到猛烈的攻擊，話劇則因其「現代化」的形態被介紹到中國，並希望

〔註107〕傅斯年：《再論戲劇改良》，《新青年》，第 5 卷第 4 號，第 356 頁。

〔註108〕胡適：《文學進化觀與戲劇改良》，《新青年》，第 5 卷第 4 號，第 315 頁。

〔註109〕《歌樂劇此時有提倡的必要麼？》，《晨報副刊》，中華民國十二年二月一日，第 2、3 版。

〔註110〕《歌樂劇此時有提倡的必要麼？》，《晨報副刊》，中華民國十二年二月一日，第 2、3 版。

〔註111〕《歌樂劇此時有提倡的必要麼？》，《晨報副刊》，中華民國十二年二月一日，第 2、3 版。

〔註112〕《歌樂劇此時有提倡的必要麼？》，《晨報副刊》，中華民國十二年二月一日，第 2、3 版。

〔註113〕張庚：《話劇民族化與舊劇現代化》，《張庚自選集》，北京：中國戲劇出版社，2004 年 3 月，第 24 頁。

從此掀起戲劇革命的浪潮〔註114〕。此時，關於新歌劇的創造，一方面「因爲話劇的運動還沒有進到相當的階段，好像大家都沒有工夫去理」〔註115〕。一方面，即使有少數的關注，也必然會遭到反對或冷遇。戲劇革命者對戲劇「現代化」的過於強烈而極端的渴求遮蔽了、壓抑了戲劇「民族化」的嚮往。

2.4.2 遊走於「民族化」和「現代化」之間

至 30 年代中後期，本是舶來品的話劇經歷了艱苦的草創時期——從春柳社到南國劇社，從文明戲的興起到頹敗，從少數知識分子觀眾到市民觀眾的養成——「建立了一個話劇眞正的基礎」〔註116〕，終於在中國劇壇站穩了腳跟。尤其是 1937 年春季上海聯合公演標誌著「話劇的基礎是已經奠定了」〔註117〕。於是，歌舞劇的生存空間有了一定程度的釋放，報章雜誌上開始刊登片段的談話和偶然的討論。歌劇終於進入了實驗時期和「草創時代」〔註118〕。期間，戲劇人實踐著各種理想，有追求西洋的，有致力於改造舊劇的，也有想像「新歌劇」的。

其實，此時對「明日的新歌劇」的追求隱藏著確認、調整與重組文化資源的動機。一面是「文學進化論」的繼續，以西洋歌劇爲模本，發展中國的「Opera」。如陳洪 1937 年在廣州出版的《戲劇藝術》上發表的《中國新歌劇的創造》一文，就認爲中國新歌劇應該以法國的「Melodrama」爲範本〔註119〕。一面則是「戲劇民族化」的覺醒，通過對舊劇的再認識，重組文藝資源構成。民族化的覺醒自然與戰爭所激發的民族意識有關；而從文藝內部的發展來說，「五四」矯枉過正的時期已經過去了，如何保持現代化與民族化之間的張力關係成爲後來者反省的主要問題。與此同時，西洋歌劇的發展歷程也啓發

〔註114〕《新青年》第 4 卷第 5 號上刊有宋春舫的《近世名戲百種》，「預備我們譯作中國新戲的範本」。（見胡適：《文學進化觀與戲劇改良》，《新青年》，第 5 卷第 4 號，第 308 頁。）

〔註115〕歐陽予倩：《明日的新歌劇》，《戲劇時代》，第 1 卷第 1 期，1937 年。

〔註116〕張庚：《目前劇運的幾個當面問題》，《光明》，第 2 卷第 12 期，1937 年 5 月 25 日。

〔註117〕光未然：《「庸俗的戲劇運動」批判》，《光明》，第 2 卷第 12 期，1937 年 5 月 25 日。

〔註118〕歐陽予倩：《明日的新歌劇》，《戲劇時代》，第 1 卷第 1 期，1937 年。

〔註119〕「Melodrama」即探索情節劇，是原來法國的 Drama，不同於悲劇或喜劇，是一種有感傷氛圍的通俗戲劇。18 世紀感傷主義流行時，從法國流傳到英國。有時，加入一些音樂以渲染劇情。因此，更名爲「Melodrama」。

了歌劇提倡者的「民族化」關懷。西洋歌劇發源於意大利，最初歐洲的歌劇都是用意大利文演唱的，到了後來法、德、俄等國才改用母語演唱，並且從本國民歌當中吸取營養，以民歌音樂爲基礎，形成了自己的民族歌劇。於是，在多種因素的作用下，曾經被極力排斥的「舊劇」又重新回到了戲劇改革者的視野之內，至少在技術上發現了其可以利用的地方：

> 或者它儘管沒落，而它本身的技術方面，表演樣式的方面，有不可磨滅的優點，那它就不會跟著內容的腐敗部分而同成過去：我們不妨擇其優點而利用之。摧毀舊的戲劇也正和摧毀舊的社會制度一樣，譬如社會主義制度之下，資本主義時代所建築的機械文明還是全部接受的。〔註120〕

想像中的「明日的新歌劇」既不是舊劇，也不同於西洋歌劇。「把歐洲的 Opera，Operetta 整個的抄過來，不可能也可不必。Musical Comedy，Revue 之類的東西也不適宜」。這種「新歌劇」要求情節曲折，敘述通俗，有唱有白，「是有歌唱有表演有情節的戲劇」。「至於所用的旋律，宜以近於中國的爲主」，無論雅俗，沒有一定的限制，凡適應劇情的即用之。而樂隊則應以西樂的「管絃樂隊」爲主，因爲管絃樂器是最進步的樂器，但是，「中國原有的樂器，如果爲順應劇情有非用不可的時候，並不必避免，最好能夠廣泛應用」〔註121〕。從這些初步的設想中可以看出，戲劇人試圖在西洋現代音樂和中國傳統風格之間尋找平衡的用心。然而，30 年代的藝術實踐還遠遠不能滿足想像的要求。

至 40 年代，「新歌劇」的發展空間得到進一步拓展。「新歌劇的問題，畢竟是被嚴肅而熱烈的討論著了」〔註122〕。各種實驗也在進行中。比如歐陽予倩的《木蘭從軍》，是舊劇話劇化的嘗試；王泊生的《荊軻》，劇本是舊劇的方式，而音樂和舞蹈則採用了新興的形式甚至西洋的歌舞。這些討論與實驗所「熱烈」的正是如何使「新歌劇」既民族化又現代化。所謂「民族」者，仍然企圖從舊劇中獲得啓發。比如茅盾，就主張從平劇的改革中創造新歌劇。所謂「現代」者，則把「新歌劇看爲新興的舞臺藝術和新音樂結合發展的光

〔註120〕歐陽予倩：《明日的新歌劇》，《戲劇時代》，第 1 卷第 1 期，1937 年。
〔註121〕歐陽予倩：《明日的新歌劇》，《戲劇時代》，第 1 卷第 1 期，1937 年。
〔註122〕夏白：《談新歌劇的創造與舊劇改革問題》，《天下文章》，第 2 卷第 1 期，1944年 1 月。

輝的成果」〔註123〕，主張以「五四」以來新興的音樂、戲劇、舞蹈、建築以及其它藝術作為它基本的創造元素。

> 他們已經是最發展了的現代中國藝術，在表現現代生活的功能
> 上說舊的藝術是無法與它相比較的，同時它們有比任何舊形藝術還
> 要強大的能力去接受古代的和現代的國際藝術的成果，而且能克服
> 一切舊藝術的弱點，保存它優秀的藝術要素在新的創造中。〔註124〕

這些新興的藝術因素，不論西方的還是中國的「都可能作為它（新歌劇——筆者注）新生的血液而被吸收」〔註125〕。然而，與「五四」劇人的「現代化」追求有所不同，他們並不排斥對舊劇的整理和改革，雖然認為舊劇不能夠直接地創造新歌劇，但卻以為「舊藝術美的精神」倘若「被吸入新的創造中會增強新藝術的民族的特色」〔註126〕。總之，在「新歌劇」的草創時代，「民族化」追求蘇醒了，而「現代化」的嚮往仍舊一如既往。不論取著什麼樣的路徑，關於「新歌劇」的想像已經活躍起來。壓抑的不再被壓抑，「新歌劇」可以自由遊走於「民族化」與「現代化」之間了。

2.4.3 《白毛女》：民族而現代的融合

其實，關於「歌劇」形式的探討，延安戲劇界也一直在小心翼翼地實驗，試圖在「民族化」與「現代化」之間尋找「新歌劇」的道路。最初，基本上是模仿西洋歌劇或者是革命歌曲的連綴。如1938年，左明導演、李伯釗編劇的《農村曲》；1939年，王震之編劇、冼星海作曲、張庚導演的《軍民進行曲》以及張庚編導、李煥之作曲的《異國之秋》等。到「秧歌運動」時，由於意識形態話語的介入，謀求「民族化」和「現代化」之間的平衡成為一個明確的、必須完成的任務。所謂秧歌改造，其實就是尋求這二者之間恰到好處的張力關係。「民族新歌劇」是在秧歌劇基礎上提出的新目標，要求實現二者之間更完美的融合。因此，雖然「民族新歌劇」是想像之物，但最終在一系列

〔註123〕夏白：《談新歌劇的創造與舊劇改革問題》，《天下文章》，第2卷第1期，1944年1月。

〔註124〕夏白：《談新歌劇的創造與舊劇改革問題》，《天下文章》，第2卷第1期，1944年1月。

〔註125〕夏白：《談新歌劇的創造與舊劇改革問題》，《天下文章》，第2卷第1期，1944年1月。

〔註126〕夏白：《談新歌劇的創造與舊劇改革問題》，《天下文章》，第2卷第1期，1944年1月。

的否定性的關係中尋找到自己的位置。這「否定」，一定意義上就是對偏執於任何一方的拒絕。全盤歐化的西洋歌劇之路自然已經被否定；而中國舊歌劇也受到質疑，因為「這種形式與其所表現的封建舊內容是如此地密切結合而不可分，以致於如果讓它脫離了原來的舊內容而用以反映新的現實生活，就會發生不可調和的矛盾，而給工作以難以克服的困難」〔註 127〕；至於改良的各種舊戲——如京戲的海派、梆子戲、評戲和廣東戲的新派等——也由於其無法擺脫庸俗、落後意識而遭到拒絕。在一層一層剝離之後，延安終於從各種民歌、秧歌、花鼓和各種地方戲曲中發現了「極可珍貴的寶藏」〔註 128〕，由此尋找到「民族化」的具體途徑。因為「採用這些民間形式，來表現新的現實內容，如果運用得當，是可以在某種程度上得到成功的」〔註 129〕。

就音樂創作來說，《白毛女》「以民間音樂語言為基礎」〔註 130〕，採用了河北民歌《小白菜》、《青陽傳》、《後娘打孩子》、河北說書《太平調》、《念善書調》，山西民歌《撿麥根》、《胡桃樹開花》、五臺山寺院管子譜《朝天子》，陝北嗩吶曲《拜堂》、《大擺隊》，關中民歌《吆號子》和佛曲《目連救母》等民間曲調，使整個歌劇音樂充滿了濃鬱的民族風味，深深地吸引著廣大民眾。

　　這個東西很絕，你仔細想《白毛女》中的『北風吹，雪花飄，雪
花飄飄，年來到』，有什麼啊？但群眾就是稱讚，就是喜歡。〔註 131〕

但同時，《白毛女》竭力吸取西洋現代歌劇的表現形式和手段，在刻畫人物性格、推進戲劇發展上既超越了民歌的局限，也突破了舊劇的程序。首先，借用了西洋歌劇以「主導主題」刻畫人物性格的創作方法，以增強人物音樂形象的戲劇性和完整性〔註 132〕。這些主題以民間音樂為基礎，但基本上都經過了改編和再創作。「創作與改編的關係，似乎難以分清」〔註 133〕。因為為了

〔註 127〕馬可、瞿維：《〈白毛女〉音樂的創作經驗》，《白毛女》（5 幕），東北書店印行，1947 年 10 月初版。

〔註 128〕馬可、瞿維：《〈白毛女〉音樂的創作經驗》，《白毛女》（5 幕），東北書店印行，1947 年 10 月初版。

〔註 129〕馬可、瞿維：《〈白毛女〉音樂的創作經驗》，《白毛女》（5 幕），東北書店印行，1947 年 10 月初版。

〔註 130〕馬可：《〈白毛女〉的創作回顧和體會》，《人民日報》，1962 年 5 月 19 日。

〔註 131〕《作曲家陳紫訪談錄》，《歌劇藝術研究》，1995 年第 3 期。

〔註 132〕關於這個問題，參見汪毓和的《我國歌劇藝術的第一個里程碑》一文，《音樂建設文集》（三），北京：音樂出版社，1959 年 10 月，第 1197～1224 頁。

〔註 133〕張魯：《〈白毛女〉的音樂創作與演出》，《新文化史料》，1994 年第 2 期。

統一全劇音樂，即使創作也多依據民間曲調的神韻進行。比如，喜兒的音樂隨著人物命運和性格的變化發展出兩個主導主題：一個是河北民歌《小白菜》，主要出現在第一、第二幕，用以刻畫喜兒悲慘的命運。「北風吹」將民歌節奏改為四三拍，以上行音結束，旋律親切流暢，表現了喜兒活潑可愛的性格特徵。「風卷雪花在門外」一段，則加入了河北民歌《青陽傳》的曲調，描寫出一個天真無邪的少女形象。不過，這個旋律只是曇花一現，直到第五幕「山洞相識」一場才在樂隊中再次出現。第一幕第四場「哭爹」，則將原來的主題改為四四拍，運用了民間哭墳的腔調，旋律下行，每句以拖音結尾。第二幕開始，喜兒的音樂變得低沉平穩，「進他家來幾個月」一段基本上已經與民歌曲調一致了。二幕最後一場，喜兒被強姦後，民歌已經不足以表現人物的情緒，於是，便採取了戲劇性朗誦的散板。

當喜兒狂呼「天哪！天哪！」至「刀殺我，斧砍我」時，逐漸生成了女主人公的第二個音樂主題——報仇主題。它主要從河北梆子和山西梆子等劇曲中改編而來，運用了滾板、導板和散板等手法，曲調悲壯高亢。第三幕喜兒逃出黃家以後，其音樂具有了朗誦呼號的特點，尤其是「我要活」兩個短句，一個大六度，接著一個小七度，兩個向上的音程大跳過後，音樂戛然而止。由此可見，喜兒的音樂是從主導主題出發不斷變化而來的，既通過民歌和地方戲曲的利用保持了民族特色，也借鑒了現代歌劇的音樂結構來組織民間音樂和傳統曲調，從而使歌劇音樂結構現代化。

同樣，楊白勞的音樂以山西民歌《撿麥根》為基礎改編而成，根據劇情發展分為三個段落。第一幕「十里風雪一片白」，為了刻畫低沉壓抑的情緒，將原曲調的四二拍改為四四拍，放慢速度，壓縮音程，減少跳進，增多級進，以弦樂作為和聲伴奏，勾勒出楊白勞的主導主題。當他回家得知可以和女兒過個平安年時，「紮頭繩」一段在原來的旋律上增加了裝飾音，節奏加快，並且還使用了簡單的二重唱。第一幕第二場，楊白勞來到黃家門口時所唱「廊簷下紅燈照花了眼」一段，則在同一曲調上作了三連音、四連音和二分音符的變化，節奏急促，音調不穩，伴奏也出現了顫音，以表現楊白勞驚恐不安的心情。到「猛聽叫喜兒頂租子」時，又在原來曲調基礎上加入了戲曲中的散板變奏形式。至被逼按下手印後，「老天殺人不眨眼，黃家就是鬼門關」中則運用了垛板、叫板，以戲曲中吟誦的方式改變了原來的曲調，並將每個音符處理為強音，使旋律無比悲憤激動。總之，整個楊白勞的音樂建立在同一

個主導主題上，隨著情節的發展加以變化。

其它人物形象也大多沿用了這種改編和創作方法。比如，黃世仁的音樂主導主題從眉戶戲「岡調」和河北花鼓發展而來，旋律中有許多向上的跳進，樂隊伴奏的節奏音型也富於跳躍性。當他進城打探消息歸來時，則在主題中加入了短促的休止符，由原來的洋洋得意變得驚慌失措。比如，黃母的音樂則根據佛曲《目連救母》、河北《念善書調》等創作而成，刻畫了其偽善陰險的性格。比如，穆仁智的音樂以河北說書《太平調》為基礎進行改編，節奏和分句沒有規律，裝飾音和滑音在不穩定的音節上反覆出現，同時還運用了舊戲中丑角的某些手法，描繪出一個壞蛋、幫兇的形象。

第二，合唱、重唱、和聲與複調等西方音樂形式的嘗試和應用。當時，雖然「齊唱與合唱在創作歌曲中已很平常」，但「在中國氣派的歌劇中如何應用，尚待研究嘗試」〔註134〕。《白毛女》通過對這些音樂手法的使用，將那些從民歌或地方戲曲中發展而來的旋律組織進一種新的表達方式中，不僅推動了劇情的展開，增強了音樂的表現力，也豐富了歌劇的語法形式，促進了中國歌劇的現代化轉變。在第三幕第一場「九月的桂花」及第六幕的「鬥爭會」中，合唱、獨唱、重唱、伴唱等結合成一個整體，並且運用了複調的形式，用音樂語言烘託戲劇的情緒，用豐富的音樂修辭刻畫群體形象。尤其是第六幕，個體被組織在音樂語言中，構成一個龐大有序的階級，表現出貧苦人民深不可測的仇恨和強大的階級力量。

第三，樂隊和配器的實驗性編排。延安的硬件設施十分有限，「擔任配器工作的瞿維、嚮隅花費了很大辛勞，創造性地配出了有民族特色的伴奏」〔註135〕。同時，也盡最大可能進行著現代化嘗試。在由 16 人組成的樂隊裏，西洋樂器僅有小提琴、中提琴、大提琴和曼陀林；其餘全部都是中樂，有第一板胡、第二板胡、高音板胡、京胡、二胡、嗩吶、笛子、三弦、板鼓、堂鼓、大鑼、小鈸等。音樂人在這支不完善的中西混合樂隊中甚至大膽地使用絃樂四重奏的寫法——即用第一、第二小提琴、中提琴和大提琴聯合譜寫的樂曲，這是西洋歌劇在 15 世紀就發展起來的一種譜曲和演奏方式——配置

〔註134〕馬可、張魯、瞿維：《關於〈白毛女〉的音樂》，《白毛女》（5 幕），北京：人民文學出版社，1954 年 10 月北京第 2 版，1960 年 2 月第 2 次印刷，第 227 頁。

〔註135〕張魯：《〈白毛女〉的音樂創作與演出》，《新文化史料》，1994 年第 2 期。

了喜兒睡覺時的過場音樂。無論條件怎樣艱苦，只要有可能，創作者總在尋找著讓「民族」風格現代起來的途徑。

第四，樂隊「序曲」的使用。中國舊劇中沒有這一形式，它是在西洋歌劇經過了長期發展後成熟起來的。現代歌劇的序曲一般是指開場前由管絃樂隊演奏的器樂大曲，目的在於暗示戲劇情節，綜述全劇發展的關鍵場面，展現出主人公的主旋律，是整個劇情的縮影。《白毛女》嘗試了這種音樂結構，如第一幕前的序曲，就是根據喜兒的主題音樂改編而成，旨在將觀眾引入到歌劇特定的氛圍當中。這種嘗試使《白毛女》的音樂語言超越了秧歌劇或舊劇，在歌劇音樂現代化上前進了一步，也有助於敘事的鋪陳。

延安通過對文化資源的清理、確認和重組，發現並有效地借用了民間文化資源，在通往民族化的道路上，融合其它現代藝術元素，尋找到一條可靠且可行的捷徑。《白毛女》創作過程中的延宕、失敗與曲折，某種意義上就是在「民族化」與「現代化」之間的搏弈和掙扎。第二次創作能夠有所突破，也正在於覺悟了如何把握二者的關係——既使民族的現代化，也使現代的民族化。

> 這種落後，基本上是由於生產方法的落後。因此我們今天要求民族化，同時又要求現代化，要現代化，就是說要在進步的科學的原理與法則下，去整理和發展人民中間原來的落後音樂形式，使它趨向於現代音樂的水準，但這種整理與發展，決不能脫離其民族音樂的基礎，否則就變成用現代的東西來代替，而不是現代「化」了。〔註136〕

換句話說，所有的紛爭都是圍繞著傳統與現代、民間與革命的矛盾而產生的。其間，各種話語相互碰撞、交流，從而整合了民間的與文人的、傳統的與現代的、民族的與西方的等各種藝術資源和文化意志，形成《白毛女》的複雜內涵。形式方面，它融合了民間文化、傳統文化和現代文化等不同的文化形式，從而既滿足了意識形態話語的訴求，也提高了民眾的審美趣味。同樣重要的是，敘事過程中也交織著各種文化意志的矛盾——一個古老的民間傳說如何改編為符合意識形態話語需要的革命敘事，知識分子如何在其中表露出自己的價值關懷，階級話語如何從民間話語、精英話語中凸顯出來等

〔註136〕荃麟：《藝術的民族化與現代化的關係》，《群眾》，第 2 卷第 28 期，1948 年 7 月 22 日。

等，而且由於民眾對「故事」更感興趣，不同話語之間的交鋒也就更積極，更富有戲劇性。

這一切所以可能，與《白毛女》的「集體創作」方式密不可分。因爲「集體創作」的文化生產方式爲不同藝術資源的整合，不同話語意願的表達，不同文化力量的交流與互動提供了最具體而直接的空間。而且，作爲一種文化生產方式，「集體創作」也是延安現代性追求的產物。延安通過「集體創作」運動實現了藝術日常化的烏托邦理想，顚覆了創作者與接受者的關係，模糊了精英與大眾的界限，從而反動了現代社會的文藝生產方式。可以說，正是「集體創作」使《白毛女》集中地展現了延安文藝現代性的複雜構成。

第3章　「集體創作」中的革命敘事

　　《白毛女》是「集體創作」的結晶。執筆者雖然是賀敬之、丁毅等，但作為複數的創作者，「有曾在發生這傳說的一帶地方做過群眾工作的同志，有自己過過長時期佃農生活的同志，有詩歌、音樂、戲劇的專家」，「上自黨的領導同志，下至老百姓中的放養娃娃」都曾經參加討論〔註1〕，發表見解，以至於「所有人物關係，戲劇情節直到人物名字都是集體設計的」〔註2〕。他們各自攜帶著不同的文化背景，在集體創作的空間中，形成一個強大的話語場，既想像了「民族新歌劇」的形式，也作用了敘事的意義。「假如說，《白毛女》有它的成功方面，那麼這種『成功』，即是在這樣一個不斷的、群眾性的、集體創作的基礎上產生的」〔註3〕。

　　但是，「集體創作」導致的話語民主不是無邊的，延安只是有限度地、有選擇地開放了這個民主空間。《解放日報》關於《白毛女》的「爭鳴」最後不了了之，就體現了它的尷尬。而隨著離開延安以後的多次修改，意識形態話語也越來越顯示出擴張之勢。有趣的是，它的限度也同樣明顯，民間的、文人的話語在與其交往中表現了頑強的韌性，它甚至不得不策略性地借助於其它話語，才能夠達到敘事目的。因此，「集體創作」開闊的交往空間，使得《白毛女》的整個生產過程呈現出最豐富、最生動、最耐品味的一面。

〔註1〕張庚：《關於〈白毛女〉歌劇的創作》，歌劇《白毛女》（五幕），佳木斯：東北書店印行，1947年10月初版，第184頁。

〔註2〕張拓、瞿維、張魯：歌劇《白毛女》是怎樣誕生的——關於《白毛女》的通信，《歌劇藝術研究》，1995年第3期。

〔註3〕賀敬之：《「白毛女」的創作與演出》，歌劇《白毛女》（五幕），北京：人民文學出版社，1954年10月北京第2版，1960年2月北京第6次印刷，第223頁。

3.1 「集體創作」選擇《白毛女》

《白毛女》爲什麼採取了「集體創作」的方式？這不僅是由於歌劇的藝術形式所決定的——劇作、導演、演員、音樂、樂隊、舞臺美術、裝置、化裝、燈光等各方面共同合作的要求，還因爲此時此刻「集體創作」正成爲延安現代性追求的一個目標，成爲一種文化生產「時尙」：「即使是個人的創作……也還多少帶著集體創作的性」〔註4〕。作爲「七大」獻禮節目，展示延安文化生產方式變革的成果也是創作《白毛女》的重要目的之一。所以，與其說《白毛女》選擇了「集體創作」，不如說「集體創作」選擇了《白毛女》。

延安在「求新」過程中，不只將目標鎖定在民族形式的創造上，文化生產方式的變革也在「創新」之列。30年代，大上海左翼文人實驗的「集體創作」啓發了延安的靈感。或者說，在某種意義上，左翼文人的都市經驗與延安的文化訴求相契合了。1936年6月10日，由洪深、沈起予編輯的《光明》創刊號發行。伴隨著《光明》的問世，「集體創作」也找到了自己的「娘家」〔註5〕。左翼文人之所以提倡和嘗試這種文藝創作方式，固然是本土經驗的焦慮使然〔註6〕，同時也是關於文學如何現代的想像。正是在後一方面，延安與左翼文人形成默契，因爲他們共同質疑了精英或個體的創作方式。現代社會的分工造就了職業作家，生活在都市的文人切身體驗著現代社會商品化和私人化所帶來的利潤和福祉。然而，另一邊他們卻反動著現代。

> 由於產業的發展，人類分工的日益細密，個人主義的發達，思想，技術之隨著物質而商品化，所以便有了專以創作文學作品爲畢生事業的作家，而一切文學作品當然也就成爲作家個人的私產了。〔註7〕

〔註4〕張庚：《解放區的戲劇——第一屆中華全國文學藝術工作者代表大會的發言》，《張庚自選集》，北京：中國戲劇出版社，2004年3月，第98頁。

〔註5〕東方曦語，見凡：《關於集體創作》，《光明》二卷7號，第1209頁，1937年3月10日出版。

〔註6〕三幕話劇《保衛盧溝橋》就是「一群不願作亡國奴的劇作家，集合所有的力量」（《戲劇時代》一卷三期扉頁，1937年），在第一時間內共同編制的一齣戲劇。《光明》倡導集體創作，也是「由於敵人的侵略取著一日千里的氣勢」，「才想很敏捷地用文藝的形式來反映和暴露這一切，以盡一點文人的救亡責任」（凡：《關於集體創作》，《光明》二卷七號，第1209頁，1937年3月10日出版）。

〔註7〕文槐：《集體創作和集體批評》，《申報》1936年10月25日。

　　於是，遠古時代全民集體創作的狂歡情景勾起本來就充滿幻想的左翼知識分子的靈感和渴望，而蘇聯「集體創作」的藝術成果又給予他們以信心。所以，「展現集體並從事集體創作的精神，便爲另一部分新的作家所重視了」〔註8〕。雖然，開初時關於「集體創作」方式有不同的看法〔註9〕，但對於發起一場全民藝術運動左翼文人卻有著共同的渴望。他們憧憬打破精英與民眾的界限，由此「產生眞正的大眾文學」〔註10〕，實現文化生產方式的現代變革。所以，採取「集體創作」的方式成爲區別作家進步與否的標準：

〔註8〕文槐：《集體創作和集體批評》，《申報》1936 年 10 月 25 日。

〔註9〕那個時候，知識分子對於「集體創作」這一新的文學生產方式充滿了激情和信心，幾乎竭盡了所有可能去構想「集體創作」的具體情形。因此，對於什麼樣的方式才是眞正的「集體創作」左翼文人內部也有不同的認識和想像，甚至看上去有些混亂。當時就有讀者質問：「在《光明》半月刊發表的幾個作家『集體創作』劇本，跟文學社主編的《中國的一日》和高爾基發起的《世界的一日》、《工廠史》、《內戰史》是不是同一性質？照理『集體創作』這句話，是應當把作家或參加創作的人集體攏在一起來共同創作。但現在《中國的一日》和《世界的一日》，是叫各地的作家，各地的人，把各地當天（如《中國的一日》）是規定五月廿一日這一天）發生的事情描寫記錄出來，這樣各做各的，怎樣可以叫做『集體創作』呢？根本他們就集不起來，只是編者把它集攏起來罷了」。（見《讀書生活·讀者問答》，第四卷第十二期，第 608 頁，1936 年 10 月 25 日。）
以《光明》半月刊爲首提倡「集體創作」應該「以一種題材和一個主題，組織一部分作家，來共同討論，處理和表現形象的描寫，以至用語修辭等細節，然後寫成一部作品」。（見《讀書生活·讀者問答》，第四卷第十二期，第 610 頁，1936 年 10 月 25 日。）同時，《光明》也「不曾認過《中國的一日》是一部很好的集體創作」，它「與《光明》上的『集創』方式，是可以並存而無害的」。（見凡：《關於集體創作》，《光明》第 2 卷第 7 號，第 1209、1210 頁，1937 年 3 月 10 出版。）
不過，也有人對《光明》上的「集體創作」方式有深深的疑慮，他們「從這些作品裏仍看不出它的在集體創作方面下產生出來的獨特優點和豐富的集體風格」，認爲這與作家個人創作並沒有多大區別。所以，「這種幾個作家組織的集體創作，有走向架空的集體創作的危險，而成爲幾個作家的小天地」，「是沒有滲透集體創作的眞義和沒有把握到它的眞實性」。（見周鳴鋼：《展開集體創作運動》，《光明》第 2 卷第一號，第 810、811 頁，1936 年 12 月 10 日出版）因而，更渴望一種「大眾的文學運動」，組織各行各業的民眾參加到這個廣泛的集體創作組織活動中，創造出「活生生有血有肉的偉大集體報告文學作品」。（見周鳴鋼：《展開集體創作運動》，《光明》第 2 卷第 1 號，第 811 頁，1936 年 12 月 10 日出版。）

〔註10〕周鳴鋼：《展開集體創作運動》，《光明》第 2 卷第 1 號，第 812 頁，1936 年 12 月 10 日出版。

目前的時代已經是個人主義沒落，集團主義興起的時代了。進步的作家應該去過集團的生活，從事集團的創作，表現集團的生活，不應做個人主義的遊魂。〔註11〕

而延安則從其特定的價值觀出發，認爲現代社會導致的職業上的分工，使「藝術天才完全集中在個別人身上，因而廣大群眾的藝術天才受到限制和壓抑」。這樣的個人創作使文藝處於「一個可憐的地位」，以至於「已臨到創造的絕境了」。所以，「文藝需要得到解放，得到解救」，而「這個解放是只有革命才能給予的」〔註12〕。因此，必須變革文藝生產方式，必須超越資本主義社會的個人模式，邀請民眾加入到歷史書寫當中，實現民眾與精英的互動和交融。正是從這個意義上說，延安文藝是一場「反現代的現代先鋒派文化運動」。

其之所以是反現代的，是因爲延安文藝力行的是對社會分層以及市場交換——消費原則的徹底揚棄；之所以是現代先鋒派，是因爲延安文藝仍然以大規模生產和集體化爲其最根本的想像邏輯。〔註13〕

與左翼文人的實驗不同，延安的「集體創作」是充分政治化了的，被推動爲一個社會「運動」，由組織文學活動的手段演變爲大眾自我教育的一種形式。更重要的是，它真正實現了「知識分子和工農兵大眾互助和結合」〔註14〕，開闢了一個更加開闊的對話交往空間。在其中，精英話語、民眾話語以及政治話語各自表達著自己的意願，彼此構成張力關係，相互對抗和利用、交鋒與妥協。正是在這個過程中，意識形態話語通過「民主」的方式滲入到文藝創作中，引導民眾的情感，規範文化人的認知態度，使創作不至游離於政治之外。然而，民主交流的空間既已開放，那麼所有參與者就不是被動的，他們總是盡可能的以各種方式傳達自己的理想，努力實現自己的意願。

因此，《白毛女》的整個生產過程非常喧囂：圍繞著如何改編「白毛仙姑」的民間傳說，如何講述階級形象的成長歷程，如何處理浪漫與現實的關係等焦點問題，不同文化力量之間展開了一場艱苦的、曠日持久的角逐，直到1953

〔註11〕 文槐：《集體創作和集體批評》，《申報》1936年10月25日。

〔註12〕 周揚：《馬克思主義與文藝——〈馬克思主義與文藝〉序言》，《解放日報》1944年4月8日。

〔註13〕 唐小兵：《我們怎樣想像歷史》，《再解讀——大眾文藝與意識形態》，香港：牛津大學出版社，1993年，第19頁。

〔註14〕 江風：《文藝評獎總結意見》，《大眾報》，1946年7月23日。

年 11 月在北京重校時才形成定稿本。創作時的紛爭最終悄悄化入文本。所以，後來者才能夠從《白毛女》中解讀出那麼多政治以外的訊息。

3.2 創作時的「交鋒」

在「集體創作」中誕生的歌劇《白毛女》，實現了創作者身份最廣泛的認同，「是真正廣義的大集體創作」〔註15〕，凝聚了許多人的意願：

> 它包含了晉察冀邊區農村中諸多民間藝人天才的創造；包含了晉察冀地區大量文藝工作者、新聞工作者艱苦地收集、整理、加工。即便在延安把這一題材改編為歌劇劇本時，也是集中了魯迅文藝學院和西北戰地服務團的許多有經驗、有才能的藝術家集思廣益，共同研討的。甚至橋鎮鄉的農民和魯藝的炊事員也都成了這部作品的參與者。〔註16〕

因此，在如何重新講述民間傳說，如何用「民族新歌劇」形式來表現它等問題上，《白毛女》不啻成為延安的一個「公共事件」，這常常是一幕可以拍攝下來的生動情景：

> 當時魯藝沒有正規的排練場。天冷時，常在院子裏一面曬太陽，一面排戲，四周就圍滿了人。其中有魯藝的教員、同學、炊事員，還有橋兒溝的老鄉。他們一面看，一面就評論，凡遇到不符合農村生活細節的地方，就會提出建議，很多地方我們都吸收了。〔註17〕

除了面對面的交流，「牆報」也構成一個重要的對話空間。「牆報是在延安最活躍的工作」〔註18〕。不同於別的新聞紙，在某種意義上，牆報是可以自由出入的空間，只要有意願，都可以在這裏擁有表達的席位，是最為開放的園地。因此，《白毛女》創作時的許多分歧都是通過它而傳達出來的。比如，邵子南就將其主持討論《白毛女》的會議記錄張貼在魯藝食堂西側的牆報欄上，引來許多人駐足觀看，發表議論，指點情節。可以說，通過書寫牆報、

〔註15〕 張拓、瞿維、張魯：《歌劇〈白毛女〉是怎樣誕生的》，《歌劇藝術研究》，1995年第 3 期。
〔註16〕 丁毅：《歌劇〈白毛女〉二三事》，《新文化史料》，1995 年第 2 期。
〔註17〕 瞿維、張魯：《歌劇〈白毛女〉的音樂創作》，《新文化史料》，1995 年第 2 期。
〔註18〕 舒湮：《戰鬥中的陝北》，《民國叢書》第 5 編，第 79 冊，上海：上海書店，據文緣出版社，1939 年版影印，第 69 頁。

張貼牆報、閱讀牆報，《白毛女》的創作變成了一個文化「公共事件」。每一個閱讀牆報的人都有可能加入到這個「公共事件」的議論中；而「牆報」也有可能將每一個「個人」呼喚爲創作集體的一員，從而構成一種意願表達。

　　事實上，創作組也很願意把他們正在進行的工作看作一個「公開性」的活動，主動將收集到的「各種意見都貼在魯藝實驗劇團的牆報上」〔註19〕。各種意願在「花花綠綠的油光紙」上得到自由地抒發，可以贊同，也可以批判。「牆報」爲不同意見提供了便捷的表達渠道：

　　　　這些不同的意見，牽涉到抗日的現實主義與革命的浪漫主義的

　　　　創作方法，牽涉到神話、傳說與現實的關係，牽涉到階級矛盾、民

　　　　族矛盾、現行犯罪和抗日統一戰線的關係，以及如何對待文藝創作

　　　　的創新與開拓。〔註20〕

　　「只有當意願形成過程……對圍繞它的政治交往的自由價值、觀點、貢獻和辯論是開放的，它才能實現共同尋求眞理的目標」〔註21〕。可以說，《白毛女》的成功很大程度上取決於這種較爲民主而開放的話語空間。通過自由的對話，各種文化意願都保留了合適的存在方式。尤其在如何敘事上，由於公開地討論，「使得藝術作品超越了專家而與廣大觀眾直接發生接觸」〔註22〕，《白毛女》完全展示了其話語開放的程度和效果。

3.2.1 關於歌劇主題的分歧

　　「白毛仙姑」傳說以其浪漫色彩和深厚的民間信仰傳統〔註23〕，吸引了眾多知識分子，他們不約而同地以各種文學形式來重新講述這個傳說。此一現象本身就已經足以說明傳說所蘊涵的巨大能量：它可以被講述成各種面目不同的故事。其一，它可以繼續延續古老的信仰傳統，發展爲「毛女」傳說的其它變體，成爲一個新的志怪傳奇〔註24〕。這在民間社會應該是極有市場的。但是，以破除迷信爲基本任務的陝甘寧邊區，顯然不會迎合民眾的這種

〔註19〕 黎辛：《喜兒又繫上了紅頭繩》，《文藝報》，1995 年 7 月 14 日第 3 版。

〔註20〕 黎辛：《喜兒又繫上紅頭繩》，《文藝報》，1995 年 7 月 14 日第 3 版。

〔註21〕 〔德〕哈貝馬斯：《公共領域的結構轉型》，曹衛東、王曉珏、劉北城、宋偉傑譯，上海：學林出版社，1999 年 1 月，第 27 頁。

〔註22〕 〔德〕哈貝馬斯：《公共領域的結構轉型》，第 45 頁，曹衛東、王曉珏、劉北城、宋偉傑譯，上海：學林出版社，1999 年 1 月。

〔註23〕 詳見附錄 5《「毛女」傳說》。

〔註24〕 詳見附錄 5《「毛女」傳說》。

文化心理。當時就有人指責採用這個素材是「想用鬼怪故事吸引觀眾，這樣做方向不對頭」〔註25〕。其二，它可以講述為反對迷信和重男輕女思想的說教故事，但是這樣雖然適合宣傳政策，卻又難以形成戲劇效果。其三，它也可以改寫為一個「包含與性或性別相關的衝突矛盾」的故事〔註26〕：或者講述一個三角戀愛的故事，表現女主人公在兩個男人之間的選擇；或者描述一個倫理故事，敘寫父子兩代人與一個女子的情感糾葛；或者鋪展成一個情仇故事，表現兩個男子之間的恩怨。這些都是都市通俗文學常見的情愛主題。其四，它也可以「繁衍為喜兒作為女性的處境和自我的故事」。其五，它還可以處理為一個始亂終棄的悲劇，揭露社會黑暗，表達人道主義思想：

> 年輕單純、貧窮善良、溫柔美貌的女子受到富家的老爺惡少的
> 引誘或威逼而失身，從被玩弄到遭拋棄，身心俱遭摧殘，女主人公
> 痛不欲生，不是步入歧途，就是亡命喪生，總之是走向不幸，從而
> 構成悲劇。〔註27〕

這是批判現實主義文學中經常出現的主題，也是知識分子很善於和願意描寫的主題。比如波蘭歌劇《哈爾卡》就講述了這樣一個故事：領主誘姦農奴少女哈爾卡後，又將其拋棄，最後導致她投水自殺，其社會批判的意義也是十分鮮明的。然而，這些主題在農村社會並不十分重要，也不容易喚起民眾的親歷性體驗；而對延安來說，無論是情愛表達還是社會鞭撻，都已經不是時代的主旋律了，即便將革命和愛情統一起來——革命是愛情實現的手段，革命在愛情倫理中獲得合法性——描寫為「有情人終成眷屬」的傳統故事，似乎也不能緩解時代的焦慮。總之，如何改編這個民間傳說，如何重新敘述故事，不同文化背景的人可能做出不同的選擇。所以，確立什麼樣的主題，就成為改編中最為棘手的事情，也是爭論最激烈的問題。周揚雖然敏銳地直覺到傳說中可能蘊涵的深刻意味，但是最初他並沒有一個理性的認識和清晰的觀念。不同話語在相互排斥、相互說服的交往過程中，才最終形成共識。因此，「認識和表現這一主題是經過了一個不算太短的過程的」〔註28〕：

〔註25〕 李剛：《歌劇〈白毛女〉在延安進行創作的情況》，《新文化史料》，1996 年第 3 期。

〔註26〕 孟悅：《性別表象與民族神話》，《二十世紀》，1991 年第 4 期。

〔註27〕 李楊：《50～70 年代中國文學經典再解讀》，濟南：山東教育出版社，2003 年 11 月，第 279 頁。

〔註28〕 賀敬之：《〈白毛女〉的創作與演出》，《白毛女》（5 幕），北京：人民文學出版

開始有的同志認爲這是一個沒有意義的神怪故事；有的同志認
爲可以作爲一個「破除迷信」的題材來寫；也有的同志認爲應把「反
封建」和「反迷信」的兩種主題處理在這一個材料裏。經過了對這
故事的仔細研究，我們才抓取了更積極的主題意義——表現反對封
建制度，表現兩個不同社會的對照。〔註29〕

可以說，在確立《白毛女》主題的過程中，由於對「白毛仙姑」傳說的
不同理解，使其所蘊涵著的豐富性和多義性轉變成了不同話語之間的緊張關
係。值得注意的是，最後確定的「兩個社會對比」的主題是誰的意志，它如
何在眾多不同意見中取得了普遍認同。其實，每一種意見的清晰表達都是與
其它意見相互激發和交往的結果。在主題問題上，意識形態話語顯然發揮了
統率性的作用，將其它各種紛爭按捺下去，或者使它們臣服。

周揚以其敏銳的藝術直覺捕捉到傳說的戲劇性和浪漫性，但與其說他以
知識分子的身份介入這個敘事，毋寧說作爲延安文化建設的執行者和代言
人，指導著改編工作。因此，他比一般文化人更深刻地洞察著時代的發展和
延安的意志。新文化的建設除了建立起「形式的意識形態」外，還在於如何
講述歷史的變遷，如何爲自身尋找合法的歷史地位。所以，當周揚被傳說的
浪漫色彩所吸引時，傳說也向其敞開了區別於其它知識分子的可見性視野。
隨著與不同意見的碰撞，周揚先前在傳說中所直覺到的那種朦朧力量被激發
出來，歌劇的主題終於清晰起來——那就是要表現「農村反封建鬥爭的慘烈
場面，同時描繪了解放後農村男女新生活的愉快光景」〔註30〕，就是要表現
新舊兩個不同的世界。

「舊社會把人逼成鬼，新社會把鬼變成人」這句話究竟是誰說的，
現在眾說不一，據我所知，確實無疑，這是周揚同志講的。〔註31〕

山洞內外構成了黑白兩個不同世界，由於八路軍的到來，「白毛女」終於
走出了山洞，重返人間。「一黑一白一到來」，恰恰正是意識形態話語此時最

社，1952 年 4 月第 1 版，1954 年 10 月第 2 版，1960 年 2 月第 6 次印刷，第
219 頁。

〔註29〕 丁毅：《歌劇〈白毛女〉創作的經過》，《中國青年報》，1952 年 4 月 18 日，第
4 版。

〔註30〕 周揚：《新的人民的文藝》，《中國解放區文學書系·文學運動》（一），重慶：
重慶出版社，1992 年 3 月，第 857 頁。

〔註31〕 丁毅：《歌劇〈白毛女〉二三事》，《新文化史料》，1995 年第 2 期。

需要的支持——「新社會」乃民心所向！

當歌劇主題鎖定在兩個社會對比上以後，幾乎沒有遇到什麼阻力，創作組內就達成了一致〔註 32〕。因為「舊社會把人變成鬼，新社會把鬼變成人」的主題顯然是一個極其有吸引力的表達。它將每一個人，尤其是知識分子內心深處對於新的民族國家的渴望，對於現代民主社會的憧憬，在一瞬間喚醒了。同時，也將普通民眾對苦難生活的經驗，對於幸福安定生活的嚮往喚醒了。於是，「白毛仙姑」傳說漸漸地遠離了它的民間信仰語境，被轉換為有著深刻敘事意義的歌劇題材，成為「一幅新舊中國交替的正確的縮影，是新中國誕生期的一份報告」〔註 33〕。可以說，在話語交往過程中，延安一方面非常焦灼地捕捉到在傳說中隱隱約約感覺到的那個極為珍貴的東西，一方面又診斷出潛藏在不同聲音中的困惑、矛盾和對峙，使他們豁然開朗，達成共識。所以，這個主題一旦表達出來，立即獲得了絕大多數人的贊同。看上去，是意識形態話語排擠了其它話語的意見，而實際上這樣的排擠卻互有建設性意義。遭到排擠的其它聲音並非消極放棄，意識形態話語也沒有斷然捨棄其它不同意見，而是將其吸納並昇華了。這樣，政治話語的「霸權」獲得了新的意義：

> 在同一個交往結構中，如果同時形成了幾個競技場，在居於統治地位的資產階級公共領域之外，如果還存在著其它亞文化公共領域或者某一階級公共領域，而且能夠相互妥協，那麼，「排擠」就獲得了另外一層不太激進的意義。〔註 34〕

3.2.2 關於人物形象的爭執

《白毛女》集體創作形成的「話語民主」本是以戲劇批評為特徵的，但實際上也承擔了政治批評的職能。在這個大的創作集體內部，民眾話語、知識分子話語和政治話語等通過對情節發展、人物關係和故事結局的公開討論，各自想像出不同階級的形象，從而講述一個階級的苦難、成長和解放的歷史，展現另一個階級的罪惡、沒落與毀滅的過程。也就是說，一個文藝事

〔註 32〕 當然，這只是就總體情況而言，歌劇《白毛女》上演後，仍舊有人對它的主題不以為然。本章的後一部分就涉及到這個問題。

〔註 33〕 周而復：《新的起點》，上海：新文藝出版社，1952 年，第 119 頁。

〔註 34〕 〔德〕哈貝馬斯：《公共領域的結構轉型》，曹衛東、王曉珏、劉北城、宋偉傑譯，上海：學林出版社，1999 年 1 月，第 5 頁。

件趨向政治化了，理想的階級形象以及未來社會的階級結構和統治關係等政
治學論題闖入到歌劇敘事的核心地帶。

　　首先，在塑造什麼樣的階級形象和如何塑造人物上，不同話語間展開了
較量。喜兒是歌劇敘事的核心人物，她以什麼樣的姿態出現在舞臺上，表現
著不同話語對於一個階級成長過程的不同認識。邵子南的初稿引起眾多爭
議，其中最重要的一個紛爭點就是關於喜兒形象的。這首先是在知識分子內
部展開的一場論爭。邵子南主張將喜兒塑造成一個堅強的沒有動搖的形象，
而劇組內其它一些人則認爲喜兒應該是在生活中成長起來的，如果讓她對黃
世仁心存幻想，會增加人物的戲劇性〔註35〕。他們各持己見，互不相讓。雖
然「彼此差不多的人通過爭論，才能把最好的襯托出來。使之個性鮮明——
這就是名譽的永恒性」。〔註36〕但是，這場論爭並沒有將「最好的襯托出來」，
從而達成共識，而是誰也沒有說服誰。雖然後者的意見最終在排演舞臺上得
以體現——特別是安排了這樣一場戲：黃世仁姦污喜兒後，又有了新歡。娶
親日子來臨時，黃世仁欺騙她說要娶其爲妻。喜兒將信將疑。恰好，此時張
二嬸正在做一件紅棉襖，喜兒說：我幫你吧，張二嬸說：這是誰幫誰呀！一
句雙關語使喜兒確信黃世仁眞的要娶她了。於是，禁不住披上紅襖，在舞臺
上載歌載舞起來。這是一段非常優美耐看的獨舞，贏得了許多文化人的喝彩。
但是，接下來劇組卻遇到了更大力量的群體性挑戰。這就是預演後來自民眾
的聲音：「很多人不贊成這點，認爲歪曲了喜兒的形象，她怎能忘記了殺父的
階級仇恨去屈從敵人呢」？〔註37〕在強大的輿論壓力下，知識分子也表現出
頑強的韌性。他們認爲：「像喜兒那樣一個孤苦伶仃的女孩子，在無可奈何的
時候，爲了要活下去，爲了將來能有機會報仇雪恨，有這樣的想法，暫時忍
辱含羞地過下去，也是合乎人情的」〔註38〕。所以，儘管當時接受了觀眾的
許多意見，「就是對於這個意見，反覆考慮、研究，而終於不能接受」〔註39〕。

〔註35〕見筆者2004年10月28日對原西戰團團長周巍峙先生的訪談。周先生回憶，
　　　　因爲當時在喜兒形象的處理上，他和邵子南有同樣的意見，所以儘管當年爭
　　　　論的許多細節已經記不清了，但是這一點印象卻非常深刻。

〔註36〕哈貝馬斯：《公共領域的結構轉型》，曹衛東、王曉玨、劉北城、宋偉傑譯，
　　　　上海：學林出版社，1999年1月，第4頁。

〔註37〕張庚：《歌劇〈白毛女〉在延安的創作演出》，《新文化史料》，1995年第2期。

〔註38〕舒強：《在延安時的一段戲劇生活》，《舒強戲劇論文集》，北京：中國戲劇出
　　　　版社，1982年7月，第8頁。

〔註39〕舒強：《在延安時的一段戲劇生活》，《舒強戲劇論文集》，北京：中國戲劇出

即便是由於周揚親自介入，指責他們「為貪戀這場戲的戲劇性，卻把它所建立起來的形象扼殺了」〔註40〕，而刪去了這段「紅襖舞」〔註41〕，但仍舊保留著喜兒的「一分鐘動搖」。

在喜兒形象上的這場較量，其實是對一個階級怎樣成長的不同想像。歷史的複雜性永遠都在意識之外。當孟悅從歌劇中讀出「突出了一個性暴虐的情節而又不傳達任何與性別有關的語義」〔註42〕，從而將階級衝突直接引入敘事的時候，顯然忽視了文本生成過程的複雜性。知識分子與其它話語在喜兒形象上的分歧所在，也是「喜兒」自身身份的分裂之處——即在性別身份與階級身份之間的掙扎。知識分子將喜兒看作是由「女兒」和「女性」成長起來的階級形象，她的動搖體現了她對自己性別身份處置的無奈與無助：

> 自那以後七個月啊，
>
> 壓折的樹枝石頭底下活啊，
>
> 忍辱怕羞眼含淚啊，
>
> 身子難受不能說啊！
>
> 事到如今無路走啊，
>
> 沒法，只有指望他……低頭……過日月……〔註43〕

因此，喜兒才向黃世仁哀求：「你也該知道我……身子，……一天一天大了，叫我怎麼辦呀！……人家都笑我……罵我……我想死也死不了……你可憐可憐我呀」〔註44〕。這種哀求顯然不是一個理想的階級形象所為，但卻是女性在現實環境中，在她可能有的意識裏，最現實的表白。

然而，當張二嬸揭破黃世仁的謊言後，喜兒的仇恨突然爆發了，並且從此一下子成長起來：

> 三十晚上逼死我爹，你們初一把我拉到你家，自進了你家門，
>
> 你們把我不當人，把我踩到腳底下，你娘打、罵（更逼近）你！你

版社，1982 年 7 月，第 8 頁。

〔註40〕《簡介「白毛女」的創作情況》，《電影文學》，1959 年第 1 期。

〔註41〕何火任：《〈白毛女〉與賀敬之》，《文藝理論與批評》，1998 年第 2 期。

〔註42〕孟悅：《性別表象與民族神話》，《二十一世紀》，1991 年 4 期。

〔註43〕《白毛女》（6 幕），《北方文叢・第三輯》，香港：海洋書屋刊行，1948 年，第 82 頁。

〔註44〕《白毛女》（6 幕），《北方文叢・第三輯》，香港：海洋書屋刊行，1948 年，第 84 頁。

又把我糟蹋……我給你們拼了！〔註45〕

與其說喜兒的仇恨來自於殺父之仇、階級之恨，不如說是在她意識到無法處置自己的性別遭遇時才被激發出來的。或者說，只有當喜兒被侮辱而又被拋棄後，她的殺父之仇才被重新點燃，她才成長爲一個「階級形象」。這是現實主義的描寫方式，典型性格只有在典型環境中才可能形成，人物的遭遇、命運和性格伴隨著時間逐漸展開。其中，對「女性」性別身份的關懷仍舊延續著「五四」以來的思路，對個體情感的體驗顯示出文化人更願意將階級形象想像爲一個鮮活生命的豐富存在。所以，才有了喜兒在夢境中與父親和大春翩翩起舞的美妙形象〔註46〕，才有了她對未來生活的幻想。

然而，貧苦農民的階級形象在民眾的世界裏則要質樸得多，他們以自己苦難經驗爲參照評價著人物的行動。或者說民眾的欣賞習慣促使其更迫切地看到「復仇」及其結局。於是，喜兒身上的過多延宕是他們所不能接受的。因此，民眾才質疑喜兒在黃家的摧殘下怎麼可能還有閒情思念父親，怎麼可能還會有嫁給黃世仁的夢想？更何況在那裏翩翩起舞呢？那麼，對於意識形態話語來說，塑造出一個純淨的階級形象是敘事的重要目的，太多的遲延會干擾階級啓蒙的教育。於是，在喜兒的形象塑造與階級形象成長問題上，延安和民眾形成了默契。

當然知識分子也不是沒有妥協。初稿中，喜兒從山洞中被救出，從「鬼」的世界重新返回人間後，首先是從性別身份上重新獲得了自我意識——歌劇在最後一場表現了她和大春婚後的幸福生活，喜兒以家庭「女性」的形象出現在舞臺上。「尾聲」裏，她歡歡喜喜地送丈夫大春去參軍。這樣的結尾滿足了民眾「大團圓」的審美需求。也就是說，到此爲止，全劇以女主人公的個人遭際爲主線，更多地體現了喜兒作爲一個「女性」的命運。從飽受凌辱、遭遇迫害，到死裏逃生、藏於深山，最後被救，回到戀人身邊，直至組成家庭，開始了任何一個女子都非常渴望的恩愛、幸福生活。這是一幅具有濃鬱倫理親情色彩的畫面，與歌劇第一幕第一場呈現的溫馨的民間日常家庭生活的場景——大幕拉開，就是大雪紛飛的除夕夜，在這個最具有親情氣氛的夜晚，17 歲的喜兒焦急地期盼躲債的爹爹平安歸來。當楊白勞風雪中一腳踏進

〔註45〕《白毛女》（6 幕），《北方文叢·第三輯》，香港：海洋書屋刊行，1948 年，第 88 頁。

〔註46〕何火任：《〈白毛女〉與賀敬之》，《文藝理論與批評》，1998 年第 2 期。

家門後，舞臺上呈現出楊家父女與王家母子其樂融融、歡快喜慶的風俗畫面：紮頭繩、貼門神，包餃子，展現出中國民間社會最富民俗色彩的祥和景象——相互呼應。「這樣的一些細節體現著一個以親子和鄰里關係為基本單位的日常普通社會的理想和秩序：家人的團圓、平安與和諧，由過年的儀俗和男婚女嫁體現的生活的穩定和延續感」〔註47〕。

但是，對意識形態話語而言，可以以這樣的畫面開始，卻不能夠以此結束。因為如此開始，主要是為外來惡勢力的到來做鋪墊，既沿用了「美人落難」的傳統敘事結構，又是「政治的道德化」。惡勢力的侵入，激發起觀眾的憎恨情緒，通過疊加人物的階級意識，這種情緒最終轉化為階級仇恨。可以說，在第一幕中政治原則與民間審美原則完美地交織在了一起。

然而，結局雖然仍舊沿襲了「英雄救美」、「有情人終成眷屬」的「老」結構，但是卻不能夠再落於日常的家庭生活。因為意識形態話語的興趣根本不在於此，也不在於女性的命運，而是指向一個「宏大敘事」——即一個階級的解放，一個階級的毀滅。因此，出山後的喜兒就不可能再回到家庭中，而是需要利用她被解救的遭遇，使其投身於社會中，講述她的階級命運，而不是其「女性」際遇。換句話說，第一幕第一場的刻畫是可以「政治化」的，而結尾再歸結於人情倫理就沒有「政治化」的可能了，就會顯得有些「煞不住」。婚後幸福生活的描寫游離了政治原則，顯然不是改編的初衷。所以，周揚才指出：「這樣寫法把這個鬥爭性很強的故事庸俗化了」〔註48〕。於是，歌劇最終放棄了原來的結尾，以一場轟轟烈烈的鬥爭會結束，喜兒作為女性的命運被淹沒在階級鬥爭的巨大聲浪中：「今天咱們翻了身，今天咱們見青天」！〔註49〕精英話語在這裏不得不妥協了。所謂卒章顯志，故事的結尾恰是點題之處。如果說關於喜兒的動搖還有一個彈性空間的話，那麼結尾的處理則顯示出意識形態話語的強勢立場。如果說，第一幕第一場的情節表現了政治話語與民間話語的默契的話，那麼，在結尾中前者只保留了與後者有限度的共識，並沒有完全回歸日常生活，喜兒由深山直接來到了鬥爭會現場，從而使群體性的階級復仇同化或置換了民間倫理秩序。

〔註47〕 孟悅：《〈白毛女〉演變的啓示》，《二十世紀文學史論》（第 3 卷），上海：東方出版中心，2003 年，第 193 頁。

〔註48〕 張庚：《歌劇〈白毛女〉在延安的創作演出》，《新文化史料》，1995 年第 2 期。

〔註49〕 《白毛女》（5 幕），《北方文叢・第三輯》，香港：海洋書屋，1948 年，第 160 頁。

　　與喜兒形成對照的是，關於黃世仁的「處置」各種話語之間雖然同樣有
分歧，但卻得到了乾淨利落地解決。如何講述黃世仁的下場，不僅關係到復
仇的結果，更重要的是還關係到階級力量的變化，關係到一個階級存在的歷
史合法性。在這個問題的認識上，最初存在不同看法，「有些同志說處理不能
過激，不要一報還一報，應當『以德抱怨』」〔註50〕；有人主張暴力性的復仇；
有人則認為「劇中把地主這樣描寫，會起到破壞抗日民族統一戰線的作用」
〔註51〕。究竟應該怎樣處理，創作組顯得有些遲鈍和猶豫。「我（賀敬之——
筆者注）和丁毅都拿不穩」〔註52〕。與喜兒形象的爭執不同，這種舉棋不定
的態度並非由於戲劇人物命運自身發展邏輯的複雜所致，而是受外力作用的
結果。因為「怕不符合對地主的統一戰線政策」〔註53〕，所以才「沒有在鬥
爭會結尾處處理成把黃世仁判處死刑，執行槍決」〔註54〕。這樣，雖然從精
神上摧毀了惡勢力，卻並沒有從肉體上消滅他。作為一個「人」，他仍舊繼續
存在著。

　　顯然，知識分子對黃世仁結局象徵意義的認識與政治話語意圖發生了嚴
重「錯位」，並沒有穿透主題的真實含義。雖然唱出了「新社會把鬼變成人」
的讚歌，但對「新社會」的理解卻是有限的，「仍舊拿老眼光去看正在變化中
的階級關係」，沒有看到「在抗日戰爭勝利後，這種階級鬥爭必然尖銳起來」
的現實發展趨勢〔註55〕。而實際上，「新社會」是以一個階級的解放和另一個
階級的毀滅為特徵的。它不僅要在社會層面消滅地主階級，而且還要在肉體
上消滅他。只有這樣，「新社會」才算取得了徹底的勝利。也就是說，革命是
以暴力和流血實現的。對意識形態話語而言，任何的溫情都可能舒緩革命的
激情，麻痺人民的意志。這種激烈的思維方式與知識分子所一貫持有的溫和

〔註50〕王海平、張軍鋒主編：《回想延安》，南京：江蘇文藝出版社，2002 年 10 月，
　　　　第 71 頁。
〔註51〕李剛：《歌劇〈白毛女〉在延安進行創作的情況》，《新文化史料》，1996 年第
　　　　3 期。
〔註52〕王海平、張軍鋒主編：《回想延安》，南京：江蘇文藝出版社，2002 年 10 月，
　　　　第 71 頁。
〔註53〕舒強：《在延安時的一段戲劇生活》，《舒強戲劇論文集》，北京：中國戲劇出
　　　　版社，1982 年 7 月，第 6 頁。
〔註54〕王海平、張軍鋒主編：《回想延安》，南京：江蘇文藝出版社，2002 年 10 月，
　　　　第 71 頁。
〔註55〕張庚：《歌劇〈白毛女〉在延安的創作演出》，《新文化史料》，1995 年第 2 期。

主張迥然不同。後者同樣要經歷暴風驟雨般的「思想改造」後，才能夠逐漸轉變過來。

有趣的是，這種「錯位」首先是通過民眾的意見暗示出來的。對於這樣一個逼死人父、強姦人女、使人家破人亡的十惡不赦的壞蛋，如果不讓他死掉，實在難以解觀眾的心頭之恨。這種單純的善有善報、惡有惡報的欣賞期待，與意識形態話語的「革命」主張，正好相通。所以，歌劇預演後，黃世仁的處置立即引起了民眾的強烈不滿：

> 當時天天來看排練的群眾，包括魯藝內部的工作人員和同學，還有魯藝所在地橋兒溝村的老鄉都對此很不滿意。〔註56〕

民眾的情緒以最直接、最坦誠的方式傳達給了創作組。「文化和政治上已經動員起來的大眾就必須有效地使用自己的交往和參與權利」〔註57〕。賀敬之作為主要執筆之一尤其感受到了來自民眾方面的壓力：

> 我們吃飯時排隊到伙房打飯，排到我這裏了，炊事員同志拍著勺子說：「噢，是你呀？！黃世仁不槍斃，我今天就少給你打點菜！」〔註58〕

儘管聽到了各種牢騷和意見，處處感受著輿論的壓力〔註59〕，但創作組並沒有放棄自己的意見，「我們當時覺得，對於地主階級基本上還應該團結，如果槍斃了，豈不違反政策嗎？所以沒有改」〔註60〕。這個表層的理由，至少透露出三點信息：其一，是對政治原則的謹守；其二，是對精英意識的維護；其三，是與民間意願的距離。知識分子一方面邀請民眾加入到討論中來，到處去收集意見，使其參與到民主對話中；另一方面民眾意見的有效性又被打了折扣，這顯然違背了「集體創作」的初衷。

〔註56〕 王海平、張軍鋒主編：《回想延安》，南京：江蘇文藝出版社，2002 年 10 月，第 71 頁。

〔註57〕 哈貝馬斯：《公共領域的結構轉型》，曹衛東、王曉珏、劉北城、宋偉傑譯，上海：學林出版社，1999 年 1 月，第 13 頁。

〔註58〕 王海平、張軍鋒主編：《回想延安》，南京：江蘇文藝出版社，2002 年 10 月，第 71 頁。

〔註59〕 在預演後的第二天，就去四處收集各方反映時，有一個廚房的大師傅一面切菜，一面使勁地剁著砧板說：戲是好，可是那麼混蛋的黃世仁不槍斃，太不公平」。（張庚：《歌劇〈白毛女〉在延安的創作演出》，《新文化史料》，第 7 頁，1995 年第 2 期。）

〔註60〕 張庚：《歌劇〈白毛女〉在延安的創作演出》，《新文化史料》，1995 年第 2 期。

把人民主權視爲實現公共交往的討論形式的條件，就能夠避免精英主義。十分分散的人民主權只能「表現」爲那些無主體而且充滿要求的交往形式。這些交往形式控制著政治意見和意願的形成，於是其易錯的結果希望具有實踐合理性。〔註61〕

打破僵局是在首演以後。這是因爲此時圍繞《白毛女》創作形成的「話語民主」空間內突然闖入了強制性的非「民主」力量。演出後的第二天，中央辦公廳就派人傳達了中央書記處的意見〔註62〕：「第一，這個戲是非常適合時宜的；第二，黃世仁應當槍斃；第三，藝術上是成功的」〔註63〕。如果說此前延安的意見是通過其代言人間接表現出來的話，那麼，此番則第一次以眞實的身份直接介入到創作中，對《白毛女》在構建政治和文化秩序上的價值給予了果斷而高度地評價，並且幾乎以「命令」的形式更改了劇中人物的命運。這在延安眾多「集體創作」中仍舊是罕見的，何況它的出現又是如此的迅速，致使創作組誠惶誠恐。於是，「集體創作」內部的「民主」交往被暫時中斷。

這一次，知識分子沒有再堅持自己的意見，而是被說服，被喚醒：「我們演《白毛女》，並沒有認識到中央同志們所說的這種深刻的政治意義，更沒有理會到對於黃世仁的處理關係有如此之大」。「於是，立刻動手修改，用槍斃黃世仁結尾」〔註64〕。但值得注意的是，文化人之所以沒有任何辯解地放棄原來的設計，固然是由於意識形態話語強大的力量使他們難以對抗，另一方面則因爲當初的一念也有揣摩政策的教條主義嫌疑。因此，一旦再遇外力作用，也就順勢而變了，而不像喜兒的形象那樣，出現那麼多回合的較量。

當「集體創作」選擇了《白毛女》時，這第一部民族新歌劇就不可避免地陷入了「喧嘩」聲中，遭遇到各種話語的衝擊和塑形。不同意願帶著各自的文化和歷史資源表達著它們不同的訴求，或者取勝，或者受挫，或者相持，或者妥協，或者共謀。總之，它們之間是在交往。「若不是集體力量的相互合

〔註61〕哈貝馬斯：《作爲操作程序的人民主權：公共領域的一種規範概念》，自哈貝馬斯：《公共領域的結構轉型》，曹衛東、王曉珏、劉北城、宋偉傑譯，上海：學林出版社，1999年1月，第28頁。

〔註62〕根據賀敬之回憶，傳達者就是《白毛女》創作組黨支部書記田方。見王海平、張軍鋒主編：《回想延安》，南京：江蘇文藝出版社，2002年10月，第71頁。

〔註63〕張庚：《歌劇〈白毛女〉在延安的創作演出》，《新文化史料》，1995年第2期。

〔註64〕張庚：《歌劇〈白毛女〉在延安的創作演出》，《新文化史料》，1995年第2期。

作,《白毛女》的產生是不可能的」〔註65〕。或許對於《白毛女》而言,「集體創作」的另一個意義並不在於各種話語交往的最後結果,而在於這些意願是在「討論」中出現的,在於歌劇的生產「過程」:

> 合法的決定並不代表所有人的意願,而是所有人討論的結果。賦予結果以合法性的,是意願的形成過程,而不是已經形成的意願的總和。討論的原則既是個人的,也是民主的……哪怕冒著與長久傳統相抗的危險,我們也必須肯定,合法性原則是普遍討論的結果,而不是普遍意思的表達。〔註66〕

3.3 「爭鳴」中的尷尬

歌劇《白毛女》在一片喧嘩聲中誕生。不過,從關於它的敘事的討論中已經可以看出所謂「話語民主」並非絕對的,在有意識形態話語參與的情況下,「集體創作」的「民主性」是有限的。或者說,不同話語必須在政治話語允許的範圍內才可以自由表達。因為在延安政治秩序是絕對的,所有其它方面都是對它的闡釋,處於它的規範之下。文化建設也不例外:「在這裏我們有全部權力來推行全部文化運動」〔註67〕。尤其話劇和歌劇這兩種戲劇形式,已經證明是講述政治敘事的「有力武器」,被認為「最有發展的必要和可能」〔註68〕。由於戲劇多採取「集體創作」方式,延安格外加強了對它的領導,特別指出「各地黨的宣傳部門,應即協助黨的組織部門,對各劇團負責人均加以政治上的審查,並派好的黨員擔任劇團的政治領導」〔註69〕。對於《白毛女》而言,這領導就更加直接了。鑒於第一次創作的失敗,重組創作組後,意識形態話語以有形的身份直接出現在創作集體中——在劇組內專門成立黨

〔註65〕 賀敬之:《〈白毛女〉的創作與演出》,北京:人民文學出版社,1954年10月第版,1960年2月第6次印刷,第222頁。

〔註66〕 哈貝馬斯:《公共領域的結構轉型》,曹衛東、王曉珏、劉北城、宋偉傑譯,上海:學林出版社,1999年1月,第23頁。

〔註67〕 《中央關於發展文化運動的指示》,《中國解放區文學書系·文學運動·理論編》,重慶:重慶出版社,1992年3月,第4頁。

〔註68〕 《中央宣傳部關於執行黨的文藝政策的決定》,《解放日報》,1943年11月8日。

〔註69〕 《中共西北局宣傳部、文委關於改進劇團工作的指示》,《解放日報》,1943年4月30日。

支部，由田方任書記，丁毅任組織委員，賀敬之任宣傳委員——以達到對不同意見最有效地規範。於是，黨組織的力量直接融入「集體創作」，隨時「規範」不同話語的動向，甚至還親自設計了人物關係、結局、主題等。這可以說是延安「集體創作」的一大創造。

「話語民主」的有限性還通過引導《白毛女》的評價方向表現出來。由於劇本的未完成性，這些評價直接影響了此後的修改。因此，某種意義上，評價也成為參與創作的一種方式。有意思的是，「引導」最初並不是為了限定，相反倒是表現出「民主」的姿態。1945 年 7 月 17 日，《解放日報》特別開闢「書面座談」專欄，試圖就歌劇《白毛女》引發一場大規模的討論和爭鳴，以進一步展示對話交往的自由。然而，實際上這只是一場「秀」，是真正的「show」。因為它一方面認同和支持了「集體創作」的話語民主，給各種意願以合法化的表現渠道；另一方面卻在鑒別和選擇著可以進入這個空間的話語身份：只有那些對政治秩序具有建設性意義的意見才是合法出入者。但弔詭的是，竟然也有不合法的身份趁機溜了進來。於是，這場「show」很快走向自己的反面，以至不得不倉皇鳴金。「書面座談」欄目的開闢和結局，再次證明所謂「話語民主」不是無邊的。

3.3.1 引導：對評論的規範

與牆報等公眾閱讀物的「喧嘩」相比，《解放日報》對《白毛女》的創作顯得非常低調。整個排演過程中，只是在 1945 年 2 月 23 日刊登了一則十分簡明的消息，首次向外界透露了魯藝正在緊鑼密鼓進行的藝術實驗[註70]。直到 1945 年 6 月 10 日，歌劇已經上演了 7 場，才又在地方版發表了一則「本報訊」，正式報導「魯藝工作團經多次修改數月排演之歌舞劇《白毛女》已開始演出」[註71]，並簡要介紹了劇情。此時，外界關於《白毛女》的討論已經熱火朝天。然而，「直到 7 月中旬，還沒有人寫來評論文章在我們副刊發表」[註72]。這樣的情況令編輯很是不解。其實，正是《解放日報》在延安的特

〔註70〕消息全文如下：「魯藝工作團的大部演員，現在正趕排大型舞臺劇《白毛女人》，該劇係根據流傳於晉察冀阜平一帶之民間傳說寫成，故事甚為曲折動人，全劇共二十七場，不久當可上演。」（見《解放日報》，1945 年 2 月 23 日。）

〔註71〕《魯藝工作團演出〈白毛女〉》，《解放日報》，1945 年 6 月 10 日。

〔註72〕黎辛：《喜兒又繫上紅頭繩》，《文藝報》，1995 年 7 月 14 日，第 3 版。

殊地位才導致了這種冷落。作爲中共中央和西北局的機關報，《解放日報》顯然不是可以隨便討論的陣地。這一點大家似乎心照不宣。所以，儘管《白毛女》創作惹得喧嘩一片，也沒有人敢於首先在黨報上發表議論。沉寂自然是難免的了。

然而，《解放日報》卻並不甘於沉寂。如果說先前不同話語參與到《白毛女》的「集體創作」中，是一種自發行爲的話，那麼《解放日報》「書面座談」專欄則試圖將散落在各個角落的意見組織化。既然是「組織」，就有一定章法。雖然明言是「爲了展開具體的創作思想上的論爭，和作品的檢討」〔註73〕，才特別開闢《書面座談》一欄，承諾「很歡迎各方面的同志來參加這一討論」〔註74〕。而實際上《書面座談》之所以要引發一場「爭鳴」，是爲了約束和規範相關評論——什麼樣的話語可以進入討論的區域，發揮其有效作用；什麼樣的話語必須止步其外，並消除它的不良影響。這個欄目的策劃與其說展示出「民主」的姿態，毋寧說是揭示出「民主的有限性」。

《書面座談》是以《解放日報》編輯黎辛的一篇綜述開始的。雖說是「因爲篇幅太多，全部刊出很困難」，才「只能節略綜合發表」〔註75〕。其實，所謂「節略」不過是在編輯精心選擇和剪輯下，以「綜述」的方式暗示出什麼樣的話語才是合法身份——可以公開討論的只是那些合目的的議論，或者說在某種程度上與意識形態話語形成「共謀」的意見。因爲它們將歌劇敘事進一步導向政治化目標。

黎辛化名郭有從整體上肯定了《白毛女》的成績和重大意義，指出：「這是舊社會農民被壓迫的情形，也是新社會解救農民的情形」，「對我們認識農民，並記起我們對農民所負的重大責任是適時的」〔註76〕。「綜述」通過「復述」中共中央的三條意見確定了《書面座談》的基調。因此，接下來所引用的意見大多是對這個基調的進一步渲染，即使有批評，也是建設性的。「綜述」從眾多聲音中過濾出所需要的意見，以民眾的名義給劇本的修改施加壓力，製造出意識形態話語與民眾「異口同聲」的表象。

第一，關於如何書寫農民階級形象的討論。這個在自發討論中已經被爭

〔註73〕《關於〈白毛女〉》，《解放日報》，1945 年 7 月 17 日第 4 版。
〔註74〕《關於〈白毛女〉》，《解放日報》，1945 年 7 月 17 日第 4 版。
〔註75〕《關於〈白毛女〉》，《解放日報》，1945 年 7 月 17 日第 4 版。
〔註76〕《關於〈白毛女〉》，《解放日報》，1945 年 7 月 17 日第 4 版。

吵得沸沸揚揚的問題，由於現身於《解放日報》，不同意見的影響力及其對創作組的壓力就非日常對話所能比擬。所摘蕭蔚、趙豫二人的意見認為戲裏大部分農民角色「無論是誰，都有一種共同的特點：軟弱、無知和落後」。比如，穆仁智「像有著超人力量的神怪似的」將喜兒拉走，而不曾遭到群眾的任何反抗，「這個情形也許只在神怪傳奇裏才有」〔註77〕。比如，群眾「對於八路軍的無知和他們的喜悅是不相稱的」，那麼多人中「只有趙老漢一個人僅僅知道八路軍是紅軍」，實際上「他們對於紅軍的認識是不比能看書看報的人更少的」〔註78〕。等等意見。不一而足。其主要矛頭指向歌劇不應將農民塑造得如此軟弱、無知。

如何塑造農民階級形象，關係到歌劇能否將每個觀眾喚醒為階級「主體」以及新社會的生力軍從哪裏誕生等關鍵問題。雖然創作時候理想的階級形象就被不同的話語所想像並作用於劇本，但呈現在舞臺上的面貌仍舊遭到了民眾的非議。他們以樸素的情感表達出自我意願。「綜述」的摘引顯然是挑選了符合意識形態話語語法的意見，既使政治話語以民眾的名義道德化，也使民眾的意見因合目的而合法化。因此，這些議論對創作組的壓力十分明顯。

第二，關於鬥爭黃世仁的意見。同農民階級形象一樣，圍繞黃世仁的意見在創作過程中已經十分尖銳。歌劇上演之後，不同話語間的緊張關係仍舊存在。雖然由於中央最高權力的干涉，黃世仁最終被槍斃，但是知識分子與延安、與民眾的「錯位」並沒有徹底彌合。在鬥爭會上，「群眾一走近黃世仁、穆仁智，就被區幹部擋回去了。我們出身農民和大家同命運的工作同志，在這時是不會這樣『冷靜』的，何況這又是他們擋也擋不住的呢」〔註79〕？因此，歌劇的最後一場，被認為「是不妥當的」〔註80〕。

鬥爭會濃縮了階級力量的變化，形象地呈現了舊世界如何在人民的復仇聲中坍塌，是歌劇講述歷史進步的重要修辭方式。另一方面，只有當「復仇」體現為一場酣暢淋漓的暴力行為時，才能滿足民眾「惡有惡報」的觀劇期待。因此，對於黃世仁的溫和態度仍舊引起了他們的極大不滿，並不因更改為「槍斃」的結局而有所平息。革命就是暴力。意識形態話語對階級秩序更迭的手

〔註77〕 《關於〈白毛女〉》，《解放日報》，1945 年 7 月 17 日第 4 版。
〔註78〕 《關於〈白毛女〉》，《解放日報》，1945 年 7 月 17 日第 4 版。
〔註79〕 《關於〈白毛女〉》，《解放日報》，1945 年 7 月 17 日第 4 版。
〔註80〕 《關於〈白毛女〉》，《解放日報》，1945 年 7 月 17 日第 4 版。

段和信念正與民眾觀劇的「復仇」心理同構。於是，「綜述」借助民眾情感的質樸形式傳達出延安渴望以暴力顛覆舊有秩序的信號。新社會應該在人民大眾排山倒海般的怒吼中到來，給革命以道德與正義的名義。

第三，關於歌劇結構的批評。「綜述」摘引了觀眾對歌劇結構不均衡的批評，指出：「前三幕緊，後三幕鬆；舊社會描寫多，且較深刻，新社會描寫少，且較膚淺」〔註81〕。知識分子關於新社會如何到來的描述遠遠不能滿足民眾對複雜歷史的經驗性理解，他們認爲「在實際行動中，是不會這麼簡單的」〔註82〕。生命體驗的強弱無疑妨礙了知識分子對現實的把捉力，他們急於奔向敘事主題，因而將階級力量的變化歷程簡單化、理想化了。觀眾以其真切的情感體察和對歷史過程的經驗性體悟補充了革命敘事：

> 封建惡霸是一定要反攻、進行利誘及分化，甚至暗中勾結敵人，利用他的錢和勢，開始他可能拉攏部分落後群眾，反過來政府和群眾也要進一步調查、揭發和使用各種鬥爭策略的，如果把這些在戲裏用具體行動表現出來，鬥爭就有血有肉，就更生動、更有教育意義了。〔註83〕

《書面座談》上的意見在很大程度上直接影響了歌劇後來的修改。但即便是定稿本形成以後，戲劇結構上的這種失衡狀態仍舊沒有大的改觀。這也許從一個側面反映出打破民間傳說堅固的戲劇框架〔註84〕，並不是件十分容易的事情。如何將民間傳說改編成革命敘事，如何成功地在傳奇因素上嫁接現實革命的需求，這是始終困擾《白毛女》創作和修改的難題。

第四，關於浪漫主義創作方法的論爭。喜兒在山洞中的生活無疑是最令人好奇的。從傳奇的角度看，一個女孩子怎樣在深山野洞裏生存下來，怎樣面對恐怖的自然環境，怎樣充滿對生的渴望，怎樣抱著復仇的信念；從故事結構上說，入山和出山怎樣關聯起來，人物怎樣消失，又怎樣出現等等。這些如何使歌劇是「浪漫」而「革命」的，「離奇」又「現實」的悖論令創作組

〔註81〕 賀敬之：《〈白毛女〉的創作與演出》，《白毛女》（5 幕），北京：人民文學出版社，1952 年 4 月第 1 版，1954 年 10 月第 2 版，1960 年 2 月第 6 次印刷，第221 頁。

〔註82〕 《關於〈白毛女〉》，《解放日報》，1945 年 7 月 17 日第 4 版。

〔註83〕 《關於〈白毛女〉》，《解放日報》，1945 年 7 月 17 日第 4 版。

〔註84〕 從「毛女」傳說的流傳歷史看，直到 20 世紀 30 年代冀西一帶流傳的「白毛仙姑」傳說，仍舊沿襲著「避難—入山—生毛—返還人間」的結構，以山中生活描寫居多。

感到非常困惑。那些對戲劇主題頗爲在意的人們，對山洞生活佔據全劇 1／4 弱的比例十分不滿，認爲這種結構冲淡了主題意義。然而，這些意見在延安並沒有得到及時的回應。在處理傳說與現實的關係上，還有需要一些時間來打磨。

《書面座談》以「綜述」的形式將各種意見陳列在《解放日報》上，有意在黨報上開拓出一塊「公共領地」，各種意願組織起來，展示出「話語民主」的姿態。這篇「綜述」既是「很想作爲一個開端，來展開思想的爭論」，更是一個嚮導和示範——所引述的意見都在肯定歌劇主題和意義的前提下，或者說，在認同意識形態話語對歌劇的詮釋的原則下，從不同側面進一步將敘事推向政治秩序的組建中。然而，令人猝不及防的是，這塊本來只是爲合目的的話語和意見敞開的「公共領地」內卻突然闖入了不和諧的聲音。於是，欄目沒有能夠按照預期目的順利進行，而是失去控制，離開了預設的軌道。這正是歷史的弔詭處。

3.2.2「弔詭」：另類聲音的偷襲

1945 年 7 月 21 日，左翼著名戲劇家季純在《書面座談》的第二期上發表了文章《〈白毛女〉的時代性》。這是一篇出人意料的評論。因爲它與「綜述」的基調大相徑庭，甚至與其相頡頏。文章以看上去非常另類的角度批評了歌劇《白毛女》的敘事，對其中涉及到租佃關係、婦女問題、封建習俗等情節提出質疑，認爲《白毛女》之所以受到廣大觀眾的熱烈歡迎「主要是演員和某些部分的音樂演奏，與演出——服裝、置景的吸引力的成就，在劇本方面是比較次要的」〔註 85〕。季純的另類視角最鮮明地體現在他並沒有積極地附和或闡釋歌劇主題的歷史意義，而是對《白毛女》的一系列敘事單元提出質疑。而這些疑問足以解構歌劇的整個敘事策略。

首先，是對悲劇的發生方式表示了懷疑。季純認爲從傳奇的眼光看，喜兒的全部遭遇是可能的。但在現實中，這樣的悲劇發生方式是令人不解的。喜兒「是否要先由父親（佃農）作一階梯，然後她才踏上悲劇的旅程呢」？作者從女性在封建社會的兩條出路——「一是留在家中贅婿，籍外姓男子撐持門戶，以延續祖宗的祭祀。二是離開家庭，或與異姓聯婚，或爲財富而變賣，或受宗教影響而出家；對於原來家庭僅有所謂「娘家」關係」——來判

〔註85〕季純：《〈白毛女〉的時代性》，《解放日報》，1945 年 7 月 21 日，第 4 版。

斷,認爲事實「不可能是那樣」。根據楊白勞的經濟生活要求,他不會因爲賣女遭良心譴責而自殺,不會有這種因愛女而發生的悲劇。退一步說,即便他是熱愛自己的女兒的,也不應像劇中那樣,忙裏偷閒,居然還有興致爲女兒紮紅頭繩。「『父親打他兒子,丈夫敲他的老婆』才是被剝削者的現實,才是更深厚的愛」。何況如果是眞的熱愛,就應該設法保護女兒,而不應該在悲劇還沒有發生的時候,自己先做了生活的弱者。另一方面,從地主階級來說,黃世仁「爲什麼要放棄了最大的權威(靠地租去壓迫佃戶傾家蕩產,不得不把喜兒送上門來)不用,偏去搞一個「女子小人」的小問題呢」〔註86〕?

　　季純是左翼時期的著名戲劇家,專業的身份使其問題十分職業化。他敏銳地捕捉到潛伏在歌劇表層下面的關鍵問題——「如何」講述舊社會的悲劇——矛頭直逼歌劇的敘事「策略」,並對此發表了大膽的意見。也許,季純自己並沒有意識到這是很不識趣的行爲。他的鋒芒所向正是執筆者苦心經營的得意手筆〔註87〕。正是因爲充分醞釀了父女相依爲命的親情,正是細膩刻畫了貧苦人家的天倫之樂,正是將黃世仁塑造爲日常倫理的破壞者,讓他在除夕夜逼死人父,大年初一搶走人女,即在所謂「女子小人」上做足了文章,歌劇敘事目的才得以實現。可以說,「政治運作是通過非政治運作而在歌劇劇情中獲得合法性的」〔註88〕。歌劇敘事通過對民間日常倫理原則的借用,成功地將觀眾的情緒引向主題的方向,達到以歌劇講述歷史,塑造意識形態的目的。季純以職業劇作家的敏感觸及到歌劇內部的複雜性因素——倫理親情、女性命運、風俗習慣、政治話語等等,這些直到 20 世紀 90 年代才被重新發現的秘密以另一種方式被揭示出來。遺憾的是,「聰明反被聰明誤」,彼時彼地並不歡迎這樣的聲音。

　　第二,關於個體如何成長爲階級主體的不同見解。這是季純劍鋒的另一所向。雖然作者也是從山洞生活開始提問的:「喜兒爲什麼要逃入山洞,且永久停留下去呢」?但是其問題意識卻在於:如果喜兒偷聽了趙大叔等人的議論後,爲了保全別人對自己的完美理想而又毅然歸山,那麼,「這種舊的

〔註86〕 季純:《〈白毛女〉的時代性》,〈解放日報〉,1945 年 7 月 21 日,第 4 版。
〔註87〕 根據執筆者賀敬之回憶:「第一幕裏全部的細節和感情都是我的,眞正觸動我的感情,眞正體現我的靈魂和特點的就是整個第一幕」。自何火任:《〈白毛女〉與賀敬之》,《文藝理論批評》,1998 年第 2 期。
〔註88〕 孟悅:《〈白毛女〉演變的啓示》,自王曉明主編:《二十世紀中國文學史論》(第3 卷),上海:東方出版中心,2003 年,第 194 頁。

個人主義思想，是否會像劇本結尾那樣，很簡易地溶解在革命的洶湧浪潮中呢」〔註89〕？這個疑問，實際上質疑了歌劇關於「個體」成長爲「階級主體」過程的合理性。因爲如果階級主體不是自然長成的，那麼喜兒作爲貧苦階級的代表就有被木偶化的危險。要害不在於質疑了什麼，而在於從什麼角度質疑。季純點破了歌劇敘事急於塑造翻身故事的功利性心態，因而差一點就逼近到民眾如何可能認同革命的關鍵部位。這顯然是一個令意識形態話語頗爲尷尬和惱火的問題。

因此，這樣的評論一出現在黨報上，立刻引起了一陣騷動。兩天後，總編輯就找上門來，質問副刊部主任艾思奇「《〈白毛女〉的時代性》是誰寫的，作者是幹什麼的，爲什麼發表他的文章」〔註90〕。在震怒與壓力下，副刊部立即調整了步調。黎辛化名「解清」在《書面座談》第三期上發表了反批評文章《談談批評的方法──談〈白毛女〉的時代性》。該文直接將季純的批評定性爲「主觀公式主義」，並逐一批駁了他的各項質疑，指出其立場的不正確。文章剛一見報，人們很快得知「解清」乃是《解放日報》編輯的化名。〔註91〕「報社編輯的稿子，那時往往被認爲是代表報社的意見，既然報社發表意見了，對《白毛女》有不同意見的人就不再寫稿參加「書面座談」了」〔註92〕。8月2日發表的一組三篇短文〔註93〕，就是沒有閉幕的終結，主要從藝術形式上談及《白毛女》的成績和不足。一場鄭重其事、大張旗鼓的公開討論，竟這樣草草收場。這是誰都沒有預料到的，甚至策劃者也不例外。艾思奇本來準備作的總結，也再不會有下文。

本是一場精心策劃的「show」，怎麼就「走音」了呢？這實在是令人生惑的難題。雖然從創刊之始，《解放日報》就明確了中共中央機關報的地位〔註94〕，

〔註89〕 季純：《〈白毛女〉的時代性》，《解放日報》，1945年7月21日，第4版。

〔註90〕 黎辛：《喜兒又繫上紅頭繩》，《文藝報》，1995年7月14日，第3版。

〔註91〕 當時《解放日報》的辦公地在清涼山，概取此意。

〔註92〕 黎辛：《喜兒又繫上紅頭繩》，《文藝報》，1995年7月14日，第3版。

〔註93〕 即夏靜的《〈白毛女〉演出的效果》、唱泉的《〈白毛女〉觀後感》、陳隴的《生活與偏愛》。

〔註94〕 1941年5月15日，毛澤東爲中共中央書記處起草了創辦《解放日報》的通知，其中強調「一切黨的政策，將經過《解放日報》與新華社向全國宣達。《解放日報》的社論，將由中央同志及重要幹部執筆……重要文章除報紙、刊物上轉載外，應作爲黨內、學校內、機關部隊內討論與教育材料」。見王敬主編：《延安〈解放日報〉史》，北京：新華出版社，1998年4月，第8頁。

但是在很長的時間內，它並不是一張完全的黨報。草創時期，由於延安方面在經營政治輿論陣地上的經驗還不夠成熟，使得《解放日報》「與黨中央不大合拍」〔註95〕，「未能成爲黨中央傳播黨的路線、貫徹黨的政策與宣傳組織群眾的武器」〔註96〕，而有更多的鬆動性。隨著整風運動的展開和深入，《解放日報》開始了歷時近 1 年 10 個月的改版工作。到 1944 年時，《解放日報》已經逐步轉變爲「具有黨性、群眾性、戰鬥性、組織性的黨的喉舌」〔註97〕，建立起了嚴格的稿件審查制度〔註98〕。應該說，1945 年的《解放日報》已經是比較成熟的、完全的黨報了。爲什麼卻在《書面座談》上出了「漏子」？這也許就是歷史的「弔詭」處。完滿的理念總是由不完滿的人來實現的。策劃者迷失在語言的遊戲當中：「我們根據邊區政府施政綱領提出的『學術自由』的原則，在報紙上開展討論，發表各種不同意見，最後做出總結」〔註99〕。於是，導演的眞實動機與導演的行爲之間發生了分裂，最終走向初衷的反面。

　　季純事件證實了《書面座談》的導演性，《解放日報》總編輯的一席話將其眞意表露無疑：「文藝作品是可以討論的，但《〈白毛女〉的時代性》這篇文章沒有建設性，只有破壞性，你們趕快寫文章批評」〔註100〕。所謂「建設性」就是合目的性，只有這些意見才可以進入爭鳴範圍。而任何背離意識形態話語的意志，對其敘事目的構成威脅，具有「破壞性」的意見，必定是不受歡迎的，是被驅逐的對象。因此，所謂「話語民主」是有限的，它只向合乎目的的聲音敞開：「《白毛女》不是一個完善的劇作，它的缺點很多，確是事實。……在批評它時，要足夠估計它的好處，才是公允的」〔註101〕換句話說，出現在《書面座談》的聲音必須首先認同政治話語的敘事意圖，在這個前提下，修正歌劇中那些不能夠很好地實現敘事目的的細節。話語民主只有

〔註95〕 王敬主編：《延安〈解放日報〉史》，北京：新華出版社，1998 年 4 月，第 51頁。

〔註96〕 《解放日報》社論《致讀者》，1942 年 4 月 1 日。

〔註97〕 王敬主編：《延安〈解放日報〉史》，北京：新華出版社，1998 年 4 月，第 28頁。

〔註98〕 詳細規定參見王敬主編：《延安〈解放日報〉史》，北京：新華出版社，1998年 4 月，第 41 頁。

〔註99〕 黎辛：《喜兒又繫上紅頭繩》，《文藝報》，1995 年 7 月 14 日，第 3 版。

〔註100〕黎辛：《喜兒又繫上紅頭繩》，《文藝報》，1995 年 7 月 14 日，第 3 版。

〔註101〕解清：《談談批評的方法──讀〈〈白毛女〉的時代性〉》，《解放日報》，1945年 8 月 1 日，第 4 版。

在這個意義上才是眞實的。

　　然而，既然敞開了空間，各種意願雖然受重視的程度不同，遭遇的評判不同，但它們只要存在著，就會對創作構成一個「場」，無論是否被意識到或被承認，它們已經發揮著作用。《白毛女》日後的修改中，當初的各種紛爭依舊繼續著，只是此消彼長而已。

3.4 「轉移」後的修改

　　當《書面座談》的餘波還未消失，正準備繼續修改劇本時，日本投降了，延安開始緊急而有秩序地大轉移。於是，《白毛女》帶著分娩時的紛爭和矛盾告別了誕生地，奔向華北、東北等地。一路走，一路改，一路演。其中，較大的改動有：1946 年在張家口、1947 年在東北、1950 和 1962 年於北京等 4 次。而其它各地方戲劇團體在演出時根據實際情況也對劇本作過一定程度的改編——比如，1946 年 10 月威縣冀南書店出版的冀南平劇團演出本；1947 年 11 月渤海新華書店出版的渤海耀南劇團的演出本等。據統計，僅由原作者主持的正規出版物，「從初版、再版、修改版至再重版共出版 7 次」〔註 102〕。可以說，這些修改基本上都是延安交鋒的延續，體現了不同意願隨著時勢變遷各自力量的消長變化。「集體創作」敞開的話語空間直接導致了歌劇敍事的多重構成。

3.4.1 喜兒：成長爲階級主體

　　創作時爭論的焦點也是修改時的焦點。因此，喜兒是歷次改動中都必然會涉及到的人物。這是一個「去性別化」的修改過程，也是一個女性個體向階級主體蛻變的過程：「喜兒的遭遇，並非由於命運，也不是因爲屬於個人的性格（這個性也是與她所屬的階級性血肉相連的），而是因爲他是被壓迫階級的女兒，是千百萬被壓迫的婦女代表」〔註 103〕。顯然，這裏政治話語佔據了上風。延安時，喜兒是個不完滿的複雜個體。她的天眞、憂傷、無奈、順從，及至幻想、仇恨，都來自於對自我情感和身份意識的體察。如果說，被姦污後的幻想表現了她對女性性別處置的憂慮的話，那麼，第四幕山洞生活則描寫了她母性的感情。從女兒到女性到母親，這些身份疊加在一起，塑

〔註 102〕李剛：《永遠的經典，珍貴的文獻》，《中國文化報》，2004 年 11 月 8 日。
〔註 103〕周而復：《新的起點》，上海：新文藝出版社，1952 年，第 119 頁。

造出一個「個體」意義上的喜兒。因此,其階級意識、群體意識並不鮮明。當她發誓「我不死,我要活,要報仇,我要活」的時候,所寄予的復仇方式卻是個人主義的:「黃家的那個孽種,我要掐死他,再背上他到黃家大門口去上弔,我叫黃家也不能安生,我死了變成鬼也要報這個仇恨」。而當孩子的啼哭聲喚起母性的本能時,所能夠希望的卻是一個傳統的家族復仇模式:「娘兒倆死活一條命,不該對孩子下狠心,要把孩子養成人,總有一天啊,與娘報仇恨」〔註104〕!在這裏,喜兒作為孤獨的個體、孤獨的女性承載著自己的全部命運。至於後來被八路軍從山洞中救出,似乎完全是一個意外。應該說,季純對山洞內外喜兒情感變化的質疑正是抓住了知識分子與意識形態話語訴求之間的分裂。延安時關於幻想或動搖的爭論,其實是對一個經驗性的個體能否簡易地成長為階級主體的懷疑。儘管有周揚的親自介入,也有來自民眾的壓力,但是知識分子仍舊顯露了強大的韌性,保留了可能保留的一切個體的、性別的話語。

然而,在隨後的修改中,這種勢均力敵的局面逐漸被打破。1947 年由張庚主持組織丁毅等人在哈爾濱修改時,刪去了整個描寫山洞生活的第四幕,使全劇由 6 幕變為 5 幕。因為山洞的舞臺意象不但充滿神幻色彩,「給人一種陰森、恐怖、似神似鬼的感覺」,而且喜兒在山洞中表現出的母性情感和失去貞操的羞憤都干擾了「階級主體」的成長,「減低了劇本主題發展的速度,因而也顯得累贅」〔註105〕。1950 年,賀敬之執筆於北京再次修改時,對這一幕也做了相同的處理,從而使「入山」具有了象徵意義。

與此同時,歌劇加強了喜兒的抗爭意識。1946 年,《白毛女》在張家口進行了離開延安後的第一次修改中。其中,首先突出了喜兒的反抗性,使她從一個膽小、惶恐、無助的女孩子變為一個敢於抗爭的形象,階級意識漸漸注入她的日常生活。1947 年,渤海耀南劇團 6 幕 18 場的演出本中,喜兒甚至大鬧黃家,給穆仁智一記響亮的耳光。看來,芭蕾舞劇中類似情節並非獨創。反抗中滋生了階級仇恨,而個體和自我意識則漸漸淡化下去。但是,這並不是一個短暫的過程:直到 1953 年 11 月於北京重校時,動搖的念頭和小白毛的形象才徹底從劇本中消失;儘管在 1962 年重排本中,階級仇恨終於淹沒了女性身體,卻仍舊留下個人情感的痕跡。

〔註104〕《白毛女》(6 幕),香港:海洋書屋,1948 年,第 110 頁。
〔註105〕《白毛女‧再版前言》(5 幕),佳木斯:東北書店,1947 年 10 月。

　　1962 年版本中，喜兒懷孕後不再是「只有咬緊牙關，低頭過日子」的無奈，而是「天天想呀時時盼，夢裏腳步聲聲近——親人來救我」的殷切期待〔註 106〕，寄希望於「大春哥」拯救她於水火之中。這裏既有戀人天各一方的思念，也有不甘沉淪的堅毅。然而，喜兒對自己身體的關注最終被這種等待解救的焦慮所取代，被凌辱後「叫我怎麼有臉去見人」，「叫我怎麼活」的女性貞操體驗只是曇花一現，對女性命運的幻想淹沒在階級仇恨之中。因為她沒有被「納妾」的謊言所迷惑，其反抗的契機不再是無法處置性別遭遇的怨憤，而是又一層階級仇恨的添加：原來王大嬸已經被趕出楊各莊，所謂放自己出去是假，害自己才是真。於是，喜兒累計了那麼多日子的怨憤終於爆發了，她大鬧黃家，使黃氏母子猝不及防。也就是說，不再是對女性身體的幻想，而是對「自由」的幻想被揭破後，喜兒才終於從個體成長為階級主體。逃入深山後，喜兒的性別意識消失殆盡，「母親」的角色消失了，成為一個無性的「人」。她對自我的認識是「喜兒怎麼變成這模樣」，「我身上發了白，為什麼把人逼成鬼」，發出了感天地泣鬼神的呼號。歌劇借用傳說「形體變異」的「功能」〔註 107〕，將性別苦難置換為「貧苦階級」的遭遇。原來疊加在喜兒身上的多重身份——比如女兒、女性、母親等——逐漸被過濾為無性的「階級」形象，她的情感生活完全集中在「復仇」上，當喜兒佇立在高山之巔，披著一頭白髮悲憤地詠歎「恨是高山仇是海，路斷星滅我等待」時〔註 108〕，無疑已經徹底拋棄了那個不完滿的肉身個體，而成為一個「復仇女神」。也就是說，到 60 年代，「她的性別處境已被抹卻，痕跡不剩，但留下的那個空位，卻被名之為『階級』。一個不再有身體的『受壓迫女人』就這樣在被剝除了性別標誌之後，變成了『受壓迫階級』的代表」〔註 109〕，從而使歌劇的整個敘述納入到「階級鬥爭」的發展線索中。

3.4.2 翻身：成爲渴望與追求

　　延安時期，人們對《白毛女》塑造的農民形象、戲劇結構等多有詬病。儘管在眾多輿論的強大壓力下，劇組有意識地增強了農民的反抗意識，但於

〔註106〕《白毛女》（5 幕），北京：中國青年出版社，2000 年 7 月，第 53 頁。
〔註107〕普洛普關於民間故事研究的術語，指是從其對於行動過程意義角度定義的角色行爲。
〔註108〕《白毛女》（5 幕），北京：中國青年出版社，2000 年 7 月，第 67 頁。
〔註109〕孟悦：《性別表象與民族神話》，《二十一世紀》，1991 年第 4 期。

歌劇主題的闡釋並沒有多少有效性。實際上，由於知識分子對女性命運的特殊關注，喜兒的遭遇直到第四幕爲止都是全劇主要的甚至是唯一的線索。她沉溺於自己性別身體的痛苦體驗，感到無耐、無助，甚至有過背叛的幻想，以至淡化和延宕了殺父之仇。就是在逃入深山後，如前所述，她的復仇方式也是指向個人的。這樣的敍事顯然游離於政治話語的訴求。所以，第五幕裏八路軍的出現，就顯得非常突然。民眾如何認同這支軍隊，如何認同新生活的秩序，如何歡呼新社會的到來等等，關於這些歌劇並沒有形成一條連貫的情感線索。換句話說，第五、第六幕是在一個女性悲劇上安插的一個政治化的結尾。

知識分子一面不願意放棄自己的價值關懷，一面又不可能背離進步的政治追求。而意識形態話語也努力尋求自己的表達方式，講述一種歷史必然性。在最初的較量中，顯然前者掌握了敍事的主動。可以說，精英話語與政治話語的不和諧導致了歌劇結構的斷裂和情感邏輯的逆轉，減弱了歌劇主題的意義。這是政治話語所不能夠接受和滿意的。

1946 年《白毛女》於張家口修改時，通過敍事策略的調整，政治話語的勢力逐漸擴張開來。其一，增加了趙大叔講紅軍故事的情節。第一幕第三場，在「老的，少的，少的，老的，團團坐，歡歡喜喜過個年」，三家人圍坐在一起吃餃子的歡樂團聚時分，趙大叔開始講述他念念不忘的「紅軍」傳說：

> 那是民國十九年上，五月十三關老爺磨刀那天，天下著麻稈子
> 小雨，從南邊山上來了一把子隊伍，叫紅軍……身上披紅掛紅，腰
> 裏纏著個紅疙瘩，個個紅臉大漢，就叫紅軍，紅軍到了趙家莊，那
> 會我就在那兒，紅軍一來就把那個壞蛋趙閻王給殺了，後倚兒就給
> 窮人放糧，五月十三，家家窮人都是幾簸籮幾簸籮白麵，都包餃子
> 吃，那會兒，我到誰家，誰家都拉著我吃餃子。〔註110〕

通過講述紅軍傳奇故事，歌劇將翻身的渴望種植在民眾的心裏，大春和喜兒兩個年輕人更是無限憧憬他們不曾經歷的幸福時光。這樣，八路軍後來就不是作爲一個外來的力量突然闖入民間社會，而是早就被民眾呼喚和期盼的「救星」。這一情節在一定程度上融合了先前相互游離的兩種話語：喜兒一邊感受著她的個體苦難，一邊也將個人復仇寄託於那個朦朧而強大的力量。當她悲憤地吟唱：「想要逼死我，瞎了你的眼窩，舀不乾的水，撲不滅的火，

〔註110〕《白毛女》（6 幕），鹽城：韜奮書店，1947 年 7 月再版，第 31 頁。

我不死，我要活！我要報仇！我要活」時〔註111〕，她並不是復仇的主體，而是等待解救的對象。這可以從喜兒與小白毛的對話中看出：「總有一天能出頭，給咱娘倆報冤仇」〔註112〕！在深山野林裏，喜兒堅信「苦日子總會熬到頭」〔註113〕，渴望「被解救」。只有民眾迫切呼喚時，解救者的出現才更有敘事意義，意識形態話語的訴求也才能夠化入民間社會，而成為道德的存在。在這裏，個體命運與階級解放聯繫在一起，政治原則與性別意識交織起來。而且，通過講述這個故事，趙大叔的身份也發生了微妙變化，由原來一個沒有行動意義的配角成為政治原則的民意體現。所以，到芭蕾舞劇時，這個民間社會代表搖身一變為地下黨員，就並非神來之筆。從歌劇修改的過程看，趙大叔是被政治話語逐漸塑造和強化出來的人物形象。

其二，增加了大春、大鎖痛打穆仁智，大春在趙大叔指引下投奔西北的情節。這自然是響應增強農民反抗性的批評意見的結果。但更有意味的是，「大春參軍」體現了民眾對翻身的自覺追求，彌合了情愛話語與政治原則二者之間的分離。延安時，借用「有情人終成眷屬」的傳統敘事結構，喜兒和大春終於在山洞中得以相見。但是真正的解救者並不是大春，而是以農會主任為代表的新政權。因為這個時候的大春還只是個普通村民，只是個帶路者而已。如前所述，相對來說，政治話語在延安時並不占上風，因此農會主任雖然承擔瞭解救者的角色，卻又是一個沒有姓名的抽象人物，僅僅具備了象徵意義——新社會的領導者，產生戲劇效果的反而是大春：由於情人相見形成了戲劇高潮。在這裏，民間倫理話語與意識形態話語各持己見，最終導致了情愛原則與政治原則之間的分離。

張家口的修改彌補了這個裂痕，雖然仍舊挪用了「有情人終成眷屬」的模式，卻與階級解放的目標統一了。因為此時的王大春不僅是昔日的情人，而且還是新社會的代言人。當他把喜兒從山中接出來時，既滿足了「英雄救美」的民間期待，也實現了「新社會把鬼變成人」的意識形態話語訴求：

> 白毛女這戲，不僅是反映出農民的遭難和解放，更重要的是指
> 示出解放的道路——中國人民由自己的鬥爭經驗所認識的真理：在

〔註111〕《白毛女》（6幕），鹽城：韜奮書店，1947年7月再版，第67頁。

〔註112〕《白毛女》（6幕），鹽城：韜奮書店，1947年7月再版，第73頁。

〔註113〕《白毛女》（5幕），北京：人民文學出版社，1954年10月第2版，1960年2月第6次印刷，第156頁。

　　無產階級和它的政治代表——中國共產黨的領導之下……黃世仁式

　　的舊中國一定滅亡，喜兒式的新中國一定勝利。〔註114〕

　　總之，由集體創作開闢的多話語交往空間，使得《白毛女》的革命敘事
在各種意願共同作用下得以完成。這些意見相互對峙、妥協，以不同的形式
沉潛於文本當中。由於劇本創作的未完成性和開放性，在輾轉於各個城市的
修改旅途中，它們之間的對話仍在繼續。各種意願通過再次較量後，又以新
的形式化入文本。因此，《白毛女》的敘事並不完全被政治話語所壟斷。所謂
民間傳說、日常倫理、情愛原則、政治話語等在其中相互交錯、利用。正是
這種多義結構，使其獲得最大的解讀和闡釋空間，不同文化背景的觀眾都能
夠在其中找到自己的情感契合點，從而接受意識形態話語的「詢喚」，認同新
社會及其領導者的合法性。《白毛女》之所以激發了那麼多人的階級仇恨，感
動了那麼多觀眾，甚至影響了幾代人的精神結構，與其對民間傳說框架的借
用，與「以一個民間日常倫理秩序的道德邏輯作為情節的結構原則」〔註115〕
以及「政治的道德化」〔註116〕等敘事策略密切相關。所以，同是革命敘事，
同是革命歌劇，《白毛女》流傳最廣，影響最大，成為家喻戶曉的經典故事，
以至於喜兒、楊白勞、黃世仁等名字成為一個符號至今流傳在市井之間。然
而，另一方面，《白毛女》的經典化在很大程度上還依賴於它的傳播，包括演
出、出版、宣傳、學術批評等，依賴於意識形態話語有目的的「構建」行為。
可以說，《白毛女》正是在傳播中成為經典的。

〔註114〕周而復：《新的起點》，新文藝出版社，1952 年，第 116 頁。

〔註115〕孟悅：《〈白毛女〉演變的啟示》，王曉明：《二十世紀中國文學史論》（第 3
　　　　卷），上海：東方出版社，2003 年，第 191 頁。

〔註116〕李楊：《50～70 年代中國文學經典再解讀》，濟南：山東教育出版社，2003
　　　　年 11 月，第 288 頁。

第4章 《白毛女》的傳播和經典化

　　隨著《白毛女》離開延安以後在不同城市的修改和演出，這個由民間傳說改編的革命敘事逐漸流傳開來，不僅在對新社會的追求中激起了人們的階級仇恨，而且在新社會的建設中也不斷地被回憶、被紀念，成爲家喻戶曉的故事，成爲革命歌劇的經典之作。這是一個傳播的過程，也是一個「建構」的過程。奪取全國政權以前，《白毛女》的演出和宣傳既被政治行爲所左右，也得到文化精英的策應，在多種文化力量的共同作用下被廣爲知曉；至取得全國政權以後，有關它的宣傳、演出和評價基本上變成一種國家行爲，傳播完全處於意識形態國家機器的控制中。尤其是作爲延安文藝的傑出典範和「里程碑」式的作品被寫入文學史後，《白毛女》終因「歷史化」而成爲一個不斷被回味和引用的經典文本。

4.1 從邊區政府到全國政權

　　儘管《白毛女》是延安現代性追求的產物，融合了新文化與舊文化，洋文化與土文化，城市文化與鄉村文化等多種元素，但是延安簡陋的舞臺條件使得許多「現代」的設計僅僅存在於想像中，而不可能付諸於實踐；儘管《白毛女》講述了一個翻身故事，許諾了新社會的美麗藍圖，但是由於封閉在邊區之內，還不能喚醒更多人的仇恨與渴望。隨著延安的戰略轉移，《白毛女》終於由鄉村傳向了全中國。一面是文化遷徙的路線圖；一面是地下的流傳和慕名的追隨。一面是從鄉村到都市的不斷正規化；一面是作爲「政治報告」動員、教育了最大多數的人民。因此，《白毛女》的傳播既完善了「民族新歌

劇」的現代追求，也將「舊社會把人變成鬼，新社會把鬼變成人」的主題化入了民眾的情感結構，使「被感動和組織的，不僅僅是《白毛女》的觀眾，而是生活在敘事時期的所有的中國人」〔註1〕。除了政治力量有計劃的組織之外，文化權威正面的歌頌、認定，非解放區的成功上演等等，都從文化上策應了政治話語的目的，使其迅速流傳開來。

4.1.1 文化遷徙

　　1945 年 8 月 15 日，日本投降那天，整個延安都沸騰了。「朱總司令一天下了好幾道命令，什麼受降敵人的，什麼大踏步前進的，全是用號外張貼的」〔註2〕。延安在迅速做出軍事戰略調整的同時〔註3〕，也加緊了文化部署，開始有秩序地文化遷徙。先是派出文藝工作團作為先遣隊，奔赴前線，開闢文化領地；繼而是延安各大院校的大規模搬遷。1945 年 8 月 24 日，包括作家、詩人、木刻家、音樂家和演員等在內的 100 多位文藝工作者，組成華北文藝工作團和東北文藝工作團，浩浩蕩蕩分別開往華北和東北兩地。11 月，各大學院校也遷離延安，奔赴東北等地。遷校隊伍由周揚率領，沙可夫負責魯藝工作。與此同時，延安青年藝術劇院、總政文工團等也都遷往東北。延安對這次文化遷徙寄予了厚望。啟程前，黨政軍要人親自送行。毛澤東坦率而明確地指出了此番大規模搬遷的重大意義：東北是必爭之地，你們這次去東北的任務就是爭取青年，辦大學。所謂「必爭之地」不僅是就軍事要地而言，也是文化領導權的爭奪。《白毛女》正是沿著這條文化遷徙路線，一路修改，一路演出，一路宣傳，一路正規化，從而在最廣大的民眾內心深處植入新社會的認同理念，「注入了類現代的民族國家意識，逐漸建立起對共產黨政權的『階級』認同，為未來更加激烈的現代性革命打下比政治基礎更為重要的文化基礎」〔註4〕。

〔註 1〕李楊：《抗爭宿命之路》，長春：時代文藝出版社，1993 年，第 281 頁。

〔註 2〕塞克：《從延安到東北》，《魯藝在東北》，瀋陽：遼海出版社，2000 年 6 月，第 87 頁。

〔註 3〕此時，中國共產黨在全國的戰略方針是：在南方做出讓步，收縮南部防線；鞏固華北以及華東、華中解放區；控制熱河、察哈爾兩省，集中力量爭取控制在戰略上具有重要地位的東北地區。於是，派出以彭真、陳雲為領隊的東北幹部團，奔赴東北開展工作。隨後又抽調 11 萬人的軍隊和 2 萬名幹部進入東北，成立了中共中央東北局，統一領導東北地區的工作。

〔註 4〕李楊：《抗爭宿命之路》，長春：時代文藝出版社，1993 年，第 304 頁。

4.1.1.1 到達張家口

1945 年 10 月，由艾青、舒強任正、副團長的華北文工團到達張家口，不久，聯合晉察冀的抗敵劇社重新排演了《白毛女》。參加排演的人員有：導演舒強、樂隊指揮李煥之、演員王昆、孟於、陳群（扮演喜兒），凌子風（扮演楊白勞），張非（扮演趙大叔），車毅（扮演二嬸子），孫諍（扮演黃母），陳強（扮演黃世仁），葉揚（扮演穆仁智），吳堅（扮演王大春），高維（扮演王大嬸）等。這是《白毛女》第一次在延安以外的地區演出，也是第一次在大城市上演。所以，全體創作人員在劇本、演出到廣告、宣傳等等一系列文化運作細節上都做了精心的錘鍊和安排。

首先，對劇本做出了重要修改，以純淨和統一戲劇中複雜的意願表達，彌補敘事中的裂縫，加強了政治話語對其它話語的統攝和利用。這在上文已經討論過。

第二，演出的正規化。《白毛女》的遷徙之途取著從鄉村到城市的路徑。作為標誌文化權力的印章，創作時期延安就渴望著將其打造為一齣「現代」而「民族」的歌劇。也就是說，《白毛女》從來都不甘心於「土」的一套，它蘊藏著一種超越「普及藝術」的衝動，嚮往著能夠以一個比較「堂皇」的、又能區別於西洋文化、「五四」新文化和民間文化的形象來代言延安文藝的新動向。因此，才在音樂、配器、表演、化裝、舞臺裝置、燈光效果上，竭力超越秧歌劇的水準，盡可能地汲取了話劇、西方歌舞劇、舊劇等許多手法，向著民族而現代的方向努力。然而由於條件所限，只得因陋就簡。儘管如此，這種新形式已經令延安人耳目一新了。張垣相比延城，物質環境要好得多。因此，劇組十分珍惜都市的舞臺條件，在舞臺布景、道具、燈光和音樂等各方面頗為費心，傾情打造出一臺趨向正規的大型「民族新歌劇」。比如提高了 Spotlight 的效果，樂隊也由十幾個人發展為四十多人，原來只限於鑼鼓和少數管絃樂，如今則增加了鋼琴、大小提琴、洋笛和銅號等。總之，出現在張家口「人民劇院」舞臺上的《白毛女》已經換上了一套比較正規的「衣衫」。

第三，演出及其策劃。歌劇不同於其它的文藝樣式，它的流傳離不開演出，離不開觀眾，離不開在劇場中的消費行為。因此，組織方通過密集型的演出試圖覆蓋最大範圍的觀眾群。《白毛女》自 1946 年 1 月在「人民劇院」上演以來，一直到 2 月中旬抗敵劇社另有任務才結束。不過，很快就又以華北聯大文工團的名義再度公演，從 2 月 15 日持續到 3 月下旬，而且創造了三

天演出 6 場的最高記錄。當時的「人民劇院」有 800 多個席位，幾乎場場座無虛席。如此高的上座率得力於特殊的文化市場運作方式。

其一，用心精妙而有效的廣告宣傳。當時駐紮在張家口的《晉察冀日報》大力度地報導了《白毛女》的演出情況。1946 年 1 月 3 日，該報以「名歌劇《白毛女》上演」爲題，第一時間刊登了《白毛女》在張垣演出的消息。更有意味的是，這則簡訊的措辭和表達方式實在令人琢磨。除了扼要介紹劇情以外，它的用語不僅具有廣而告之的性質，而且具有某種暗示性，爲其未來的潛在影響製造聲勢。比如，標題即以「名歌劇」定位《白毛女》。之所以「著稱」，簡訊給出了解釋：那是因爲《白毛女》曾經轟動延安——引無數觀眾竟流淚，以至於中共中央對它做出高度評價，並預言了它的將來，《解放日報》也爲它的流行而推波助瀾。在此基礎上，簡訊進一步指出「此次於張市人民劇院演出，其布景燈光等各種條件，均較延安爲佳，所以演出效果更好，每至精彩處，掌聲雷動，經久不息，每至悲哀處，臺下總是一片唏噓聲」〔註 5〕。經過這番渲染，無疑引起人們極大的好奇心，招徠了更多的觀眾前來觀看。

同一天，該報還刊登了一篇署名張某（原報紙字跡已模糊）的「觀後感」，以觀眾的口吻講述這個歌劇的意義，從文化消費的角度肯定了《白毛女》的時代價值，指出「現階段中國革命問題基本上是農民革命問題，而《白毛女》的主題恰恰寫了一個從苦難翻身的農民的典型，反映了中國（封建獨裁的中國）農民的苦難和新中國（民主解放區）農民的翻身和快樂」〔註 6〕。此後，《晉察冀日報》不斷地刊登《白毛女》的演出廣告。比如第二次公演期間，從 1946 年 2 月 14 日起，一直到 3 月 1 日，幾乎每一天都在第 4 版上刊有大幅廣告，非常醒目地打出「晉察冀邊區的民間傳奇」字樣，其下方則標示出「舊社會把人變成鬼，新社會把鬼變成人」的歌劇主題。從廣告語的形式排列上，可以看出革命的敘事怎樣以民間傳說爲招牌吸引觀眾，也可以窺見到文本的多義結構怎樣維繫了它的戲劇效果。不清楚當時廣告費的行情，但是這樣密集地宣傳，足以讓這個翻身故事很快流傳開來。

其次，特殊的「市場」策劃。爲了展示延安新文化的成績，爲了喚起民眾的階級意識，爲了講述政治身份的合法性，演出最初並沒有採取「市場」

〔註 5〕蕭白：《名歌劇〈白毛女〉上演》，《晉察冀日報》，1946 年 1 月 3 日，第 2 版。
〔註 6〕張□（原字跡不清楚——筆者注）：《〈白毛女〉觀後感》，《晉察冀日報》，1946 年 1 月 3 日。

的運作方式，而是完全免費的，各機關團體或個人都能夠獲得贈票。只是由於很多人反覆地觀看，致使一般市民沒有看戲的機會，後來才調整了組織方式，限定每周只有兩天是幹部和戰士的專場，其餘的時間向廣大市民開放。擬定票價爲邊幣 60 元，這在當時應該是極優惠的價格了。

由於盛大而成功的廣告宣傳，合適的演出策劃方式和市場定位，歌劇《白毛女》在張家口迅速走紅，致使許多人慕名專程乘坐火車或大車從宣化、下花園、張北等地趕來，以一飽眼福。可以說，《白毛女》在張家口的修改與重排使其名聲雀起，逐漸傳向全國各地。

4.1.1.2 輾轉東北

1946 年 11 月，周揚率領的遷校隊伍啓程前往東北。當遷校隊伍行至懷來時，因國民黨佔領了通往東北的交通要道，中共中央電令隊伍暫時轉赴張家口待命。1946 年春，周揚奉命留在華北組建華北聯合大學，魯藝便由呂驥、張庚率領繼續北上。6 月，大隊終於抵達哈爾濱。爲了適應新形式，魯藝由一個以教學爲主的學院組織被拆分爲四個演出團體，《白毛女》也隨著它們的行蹤傳唱於白山黑水之間。從哈爾濱到佳木斯，從長春到瀋陽，從九臺到刁翎，從牡丹江到南滿，演遍了黑土地上的每一座城市和村落。與張家口不同，東北淪爲殖民地 14 年，民族文化被摧殘殆盡，不但大學裏沒有中國語言文學，就是「向行人問路時說的多是協和語、日語、俄語和朝鮮語……我們只能用手勢或者用文字來比劃交談」〔註 7〕。所謂文化，「城市裏只有一些宣傳封建迷信的《三俠劍》、《雍正劍俠圖》和一些言情小說流行著；農村裏有一點舊劇和驢皮影，也多是封建迷信的內容」〔註 8〕。因此，魯藝到來後的首要任務就是通過各種各樣的演出活動，不僅輸入革命的意識，而且還負擔著修復民族文化的責任。

> 我們首要的任務，是籌劃演出《黃河大合唱》和歌劇《白毛女》，
> 這樣才能同東北的青年，同新解放區的人民群眾廣泛接觸，瞭解並
> 建立新感情。進而把解放區文藝帶給他們，將革命文藝的種子，撒
> 在這美麗的山河。〔註9〕

〔註 7〕周星華：《永不消逝的記憶》，《魯藝在東北》，瀋陽：遼海出版社，2000 年 6 月，第 134 頁。

〔註 8〕安葵：《張庚同志在東北》，《魯藝在東北》，瀋陽：遼海出版社，2000 年 6 月，第 157 頁。

〔註 9〕周星華：《永不消逝的記憶》，《魯藝在東北》，瀋陽：遼海出版社，2000 年 6

此外，東北還是國共爭奪之地，是土匪猖獗之處。《白毛女》作爲「政治教育」的必修課，成爲戰前動員和感化起義軍和俘虜的重要手段。演出時常常出現舞臺和生活相混淆的場面：臺上演員泣不成聲，臺下觀眾怒不可遏，振臂高呼。

《白毛女》在東北的演出有兩點值得注意：其一，1946 年於哈爾濱對劇本進行了新的修改：一是刪掉了第四幕山洞生活，如上文所述；二是加重了黃世仁的罪惡，他在劇中不僅僅是個地主，而且後來還當了團總，淪爲漢奸。延安時候，黃世仁同其它鄉民一樣都是日本的受害者，他的岳父被鬼子抓走，自己也對日軍的入侵深感惶恐。也就是說，這個時候黃世仁的罪惡還是有限的，至少在與日本人的關係上並沒有游離於民眾，還是「統一戰線」內的成員。但在哈爾濱，黃世仁已經變成罪大惡極之徒，完全成爲民間社會的對立者，被剔除於「統一戰線」之外。這樣，在階級仇恨之外，又增添了民族仇恨，打消了延安時期出於團結統戰對象而表現出來的猶豫態度。於是，無論從民間倫理關係、階級關係，還是民族氣節上，黃世仁徹底站在了民眾的對立面，他最後的下場也就更加死有餘辜。其實，「黃世仁」從來都被政治觀念所欲設，是一個爲主題思想、爲喜兒命運做鋪墊的人物。只有使其壞到極至，階級仇恨才更容易點燃，對他的暴力行爲才具備合法性。這次修改由張庚領導組織丁毅等人共同完成，後來在佳木斯出版和再版。

其二，除了在各部隊的流動演出和宣傳，除了周旋於農村鄉鎮，同張家口一樣，也在城市裏進行了長時間大規模的演出，僅在哈爾濱大光明電影院就連續上演了近兩個月，期間各大媒體包括電臺、報紙、刊物紛紛發表評論和觀感，歡呼解放區新文藝的到來。

4.1.1.3 走向全國

隨著延安文化遷徙部隊沿途的演出和宣傳，《白毛女》已經不再是魯藝或延安文藝團體的獨家節目，而是被許多部隊文工團或地方劇團模仿、學習、複製，成爲政治宣傳的「通用教材」，從而演遍了全中國。根據調查顯示，解放軍 19 兵團在 1946 年至 1949 年間，師以上文工團平均每月演出《白毛女》十五場以上，有時一日兩場以至三場。如此算來，一個師在這三、四年間起碼要演出五百場以上，若以全國解放軍計，一定能夠突破萬場〔註10〕。同時，

月，第 133 頁。

〔註10〕李剛：《歌劇〈白毛女〉的歷史貢獻》，《歌劇藝術研究》，1995 年第 3 期。

各地方的農村劇團也開始紛紛上演此劇。據統計，1945 年間，僅膠東一帶，在一萬個能起作用的劇團中，演出過《白毛女》的就有五千左右〔註 11〕。實際上，如果仔細統計《白毛女》於什麼時間，在哪些地方，一共演出過多少場，將是一個無法完成的任務。因為它的演出已經普及到統計數字將是沒有意義的行為的程度了。

　　但是值得注意的是，這些大小劇團更多的熱情傾注於講述一個翻身故事，並不十分注意「歌劇」形式問題。也就是說，政治宣傳的迫切需要和意圖掩蓋了形式的意識形態意義。有時，常常是幾個演員根據自己看過的演出和記憶中的劇情，稍加潤色，就匆匆上演了。比如，1948 年，三野文工團二隊應上級要求在四天內趕排出《白毛女》，導演王嘯平和韋明只憑看過的三個不同文工團的演出印象，就將文學劇本搬上舞臺〔註 12〕。有時，則根據當地的方言和流行的劇種來重新演繹歌劇故事。比如，1949 年 11 月下旬，滎經「流動劇團」在川康邊陲滎經縣北街蘭祠堂小學內演出時，就採用四川方言道白，川味曲調，並汲取崑曲表演身段進行排演。1949 年 12 月，「流動劇團」奉命到雅安演出，為了適應形勢，將劇名改成《解放前後》。歌劇在「邊疆大戲院」公演期間，海報一經貼出，觀眾如潮，連演 6 天，場場爆滿〔註 13〕。

　　總之，《白毛女》作為「新中國誕生期的一份報告」〔註 14〕，在意識形態力量的組織和推動下，解放區內的各個劇團都將演出這個戲劇當成一項政治任務來完成。也就是說，《白毛女》之所以能夠迅速流傳開來，其演出之所以能夠普及到大小城鎮甚至村落，除了故事是個「好」故事，除了觀眾能夠在多話語交織的敘事中找到被感染的契合點之外，這種不論城鄉、不論南北、不論劇種、不論規模的鋪天蓋地的演出和宣傳，無疑是在有意識地甚至是強制性地把人們「拽」到劇場，「拉」到舞臺前，使他們接受新社會的洗禮，接受階級意識的改造。通過這種有意識有秩序的組織，《白毛女》很快傳遍大江南北，成為一個巨大的政治預言。

〔註11〕劉綬松：《中國新文學史初稿》（下），北京：人民文學出版社，1979 年 11 月新 1 版，第 541 頁。
〔註12〕韋明：《〈白毛女〉牽動我的心》，《歌劇藝術研究》，1995 年第 3 期。
〔註13〕葉霜：《在國統取演〈白毛女〉》，《文史雜誌》，1992 年第 3 期。
〔註14〕周而復：《新的起點》，上海：新文藝出版社，1952 年，第 119 頁。

4.1.2 文化策應

當然，《白毛女》迅速流傳開來並被認同，不只是這種組織化建構的結果。在政治力量之外，還得到多方面力量的策應。由於《白毛女》誕生的特殊時代：一方面是延安還沒有取得國家話語的身份，一方面卻形成了「人民至上」的時代氛圍。在關於國家權力的角逐中，中國共產黨取得了道義上的絕對勝利。因此，它對自己合法性的論證和對一個新中國的許諾，很容易得到「人民」的信賴和期待。歌劇《白毛女》中「舊社會把人變成鬼，新社會把鬼變成人」的敘事主題，從某種意義上說，喚起了「人民」對自身遭遇的重新體驗和對改變這種境遇的強烈渴望。所以，一旦故事流傳開來，各種文化力量都主動策應了意識形態話語的需求。經由文化精英的權威評述和文藝團體自發的演出，尤其是在特殊地區的上演，《白毛女》無論從歌劇形式還是敘事上都逐漸成爲了一種「典範」。

4.1.2.1 文化權威的評述

《白毛女》在流傳中得到了諸多文化權威的高度評價。這些權威大多爲當時全國著名的「民主人士」和專家，他們的聲音在《白毛女》傳播過程中起到了推波助瀾的作用。耐人尋味的是，與其說這些文化權威是從文藝專業的角度去評判，不如說他們的評述旨在「製造聲勢」。因爲這些精英甚至還沒有看到《白毛女》的演出或劇本，就已經迫不及待地「高談闊論」，判定其價值和命運了。

1946 年初，郭沫若正在重慶，那時他只是「道聽途說」《白毛女》的故事，僅內容而言，已經覺得「非常感動人」。至於因何動人，並沒有詳細解釋。因爲連劇本都不曾看過，音樂和演出效果就更是「風聞」了，竟以爲它主要採取了北方秧歌形式。儘管僅僅知道如許，郭沫若的想像卻要充實得多：「更加上形象化的表演和音樂的配合，那感人的力量，毫無疑問必然是很宏大的」。幾個月後，郭沫若終於讀到了陸定一寄來的劇本，由是更爲感歎「故事實在是動人」，但又遺憾「除當作一個故事閱讀之外，我便不能有進一步的領會了」〔註15〕。所以，「非常渴望能夠看到這劇的演出」〔註16〕。此時，郭沫若並沒

〔註15〕郭沫若：《序》，《白毛女》（6 幕），香港：海洋書屋刊行，1948 年 5 月再版，第 1 頁。

〔註16〕郭沫若：《序》，《白毛女》（6 幕），香港：海洋書屋刊行，1948 年 5 月再版，第 1〜2 頁。

有對歌劇敘事的意義發表更多的議論，只是籠統地稱其「是一件富有教育意義的力作」〔註17〕。相反，倒是對他不曾目睹的歌劇形式下了不少斷語：

> 這是在戲劇方面的新的民族形式的嘗試，嘗試得確是相當成功。這兒把「五四」以來的那種知識分子的孤芳自賞的作風完全洗刷乾淨了。雖然和舊有的民間形式更有血肉的關係，但也沒有故步自封，而是從新的種子——人民情緒——中自由地迸發出來的新的成長。〔註18〕

在這裏，是否看過《白毛女》並不重要，它的藝術形式意義和價值通過這位「新文化運動的主將」的口表達出來〔註19〕，其身價就不同了。

1948 年，在香港，郭沫若終於可以親眼目睹盼望已久的《白毛女》了。雖然尚未開始公演，這位「革命隊伍中人」〔註20〕已經按捺不住激情，情不自禁地爲其上演而歡呼「悲劇的解放」。與兩年前籠統地感動不同，這一次郭沫若對《白毛女》的敘事意義做出了理性的判斷，指出喜兒以其血肉之軀承載了中國婦女甚至中國人民的苦難，她的翻身也象徵著「大規模的悲劇解放時代」到來。因此，郭沫若特別告知觀眾「要從這動人的故事中看出時代的象徵」，「要從這動人的旋律中聽取革命的步伐」〔註21〕。這也正是延安全力「普及」《白毛女》的要義所在。郭沫若以其特殊的文化身份誘導觀眾如何觀看歌劇，試圖從觀眾那裏取得情感認同和價值認定。

與此同時，另一重要的知名人物茅盾也毫不保留地、坦率而熱情地「讚頌《白毛女》」。茅盾斷言：「《白毛女》是歌頌了農民大翻身的中國第一部歌劇」。這個簡潔的判斷句，其謂語部分的修飾語和中心語精練、明快地表達了讚頌的理由。接下來，茅盾指明了歌劇的敘事意義，認爲「這是從一個十七歲佃農女兒的身世表現出廣大的佃農階層的冤仇及其最後的翻身。這是從一個地主的淫威表現了封建剝削階級的反動、無人性，及其踐踏人民、出賣祖國的滔天罪惡」，並堅信「今天的更爲壯大的人民力量一定也能把民族的民主

〔註17〕郭沫若：《序》，《白毛女》（6 幕），香港：海洋書屋刊行，1948 年 5 月再版，第 2 頁。

〔註18〕郭沫若：《序》，《白毛女》（6 幕），香港：海洋書屋刊行，1948 年 5 月再版，第 2 頁。

〔註19〕周恩來：《我要說的話》，《新華日報》，1941 年 11 月 16 日。

〔註20〕周恩來：《我要說的話》，《新華日報》，1941 年 11 月 16 日。

〔註21〕郭沫若：《悲劇的解放》，《華商報》，1948 年 5 月 23 日。

的解放戰爭進行到最後勝利」〔註22〕。可見，所謂「讚頌《白毛女》」實際是在呼喚和謳歌一個新時代的到來，因為歌劇正描述了這樣的趨勢。同時，雖然茅盾並不認為它是最完美的歌劇形式，但是仍「毫不遲疑地稱揚《白毛女》是中國第一部歌劇」，認為它「比中國舊戲更有資格承受這名稱——中國式的歌劇」〔註23〕。於是，因為有敘事的深刻意義，有形式的開創之功，「讚頌」也就不是虛妄之辭了。

如果說，郭沫若和茅盾具有雙重身份——既是「民主人士」，也是中共的追隨者，那麼，歐陽予倩則以戲劇專家的身份「期待」了這個新歌劇，指出《白毛女》既富有戲劇性，也富有政治性。因為它將「民間傳說和現實生活巧妙地聯繫起來」，因為它「有力地暴露著豪紳地主的殘虐」。同時，歐陽予倩還從中國戲劇發展的進程上，從「人民的呼聲」出發肯定了《白毛女》在音樂和表演形式上的「革命意義」。所以，雖然還沒有看過演出，卻懷著「愉快的心情，祝其成功」〔註24〕。

總之，這些著名人士和專家因其在文化界的權威身份，他們關於歌劇《白毛女》的評述和高度讚揚對建構其「經典」地位，並使更多的人認同它，發揮了重要作用。

4.1.2.2 非解放區的演出

如果說，部隊文工團與解放區各個劇團的演出是在意識形態話語的規範、指導和組織下進行的，是政治權力有意識地推行和普及它的革命敘事，爭取最大多數的情感認同的話，那麼，《白毛女》在非解放區的演出，則是其它文化團體慕名渴求的結果。由於是在中共權力界限以外的活動，受政治環境的制約，演出時常以特殊的方式進行：或只在小範圍內演出，或周旋於當地的審查機關。這種神秘性，這種鬥智鬥勇的機巧，越發激發了人們的好奇心，使得《白毛女》通過各種渠道和形式傳到全國各地。

1947年，《白毛女》劇本輾轉流傳進北京大學，立即引起了學生們的極大興趣。他們顯然被歌劇曲折的情節所感動，被其中描述的新社會所吸引。當

〔註22〕茅盾：《讚頌〈白毛女〉》，《中國解放區文學書系·文學運動編》（二），重慶：重慶出版社，1992年3月，第1661頁。

〔註23〕茅盾：《讚頌〈白毛女〉》，《中國解放區文學書系·文學運動編》（二），重慶：重慶出版社，1992年3月，第1661頁。

〔註24〕歐陽予倩：《祝〈白毛女〉上演成功》，《華商報》，1948年5月27日。

年寒假，在慶祝北京大學民間舞蹈社成立的晚會上，即以《年關》為名演出了《白毛女》第一幕第一場。此後，又排演出整個第一幕，仍舊沿用《年關》的名稱，在國會街原北京大學第四院和清華大學連續演出了四場。不久，整本《白毛女》也排了出來，本準備在「五四」時演出。然而，時局發展出人意料。此刻，北平將近解放，城內鬥爭十分複雜，考慮到鬥爭策略，就沒有公演。不管怎樣，這是《白毛女》第一次進京。青年知識分子對《白毛女》的選擇，使歌劇超越了農村、超越了工農兵的接受範圍，擴展到城市，擴展到受著另一套文化理念薰陶的青年學生當中。而且，這個過程不是被動的，是他們主動的選擇。

非解放區的演出活動，無疑在最廣泛的意義上擴大了《白毛女》的影響。尤其 1948 年香港的演出，更有其特殊意義——「這次在香港的公演和在張家口的公演比較起來，在意義上是人民大眾新歌劇的又一次勝利收穫」，標誌著「這個新型歌劇在全中國範圍內的成功」〔註 25〕。整個演出規模宏大、影響廣泛，且極富有「戲劇性」。上述所謂文化權威的評述，在很大程度上是以這次為契機的。

演出由香港劇人發起，聯合當地有名的三個藝術團體——建國劇藝社、中原劇藝社、新音樂社共同製作完成。1948 年春，演員李露玲偶然在香港《華商報》的圖書資料室發現了《白毛女》的劇本。她與王逸（《白毛女》的執行導演）、洪遒等人商議，欲將其搬上香港的舞臺。在請示了時為中共華南局委員、香港工作委員會委員、書記的夏衍後，立即投入到緊張艱苦的排練中。5月 29 日，歌劇《白毛女》在香港九龍普慶大戲院首次公演。演出斷斷續續持續到 7 月 3 日，一共上演了 6 場。

由於香港特殊的地緣關係，宣傳、造勢活動也不同於內地。首先，通過邀請外國人士觀看，以擴大國際影響。第一場演出，前來觀看的外賓有前教育司華爾頓、中英學會戲劇組書記奇利上校，美領事謝維斯等。第二場演出，國際觀眾更多，有郵政總監李佐安及其夫人，理巴府巴勞等十餘人。第三場時，有香港福利部主任史葛小姐、西青年會總書記英格林夫婦，音樂部主任蕭夫婦，法國劇社奧路小姐、加當先生等十餘人。第四場演出時，則吸引了副教育司摩根，英國前任議員盧士比大律師，貝納奇大律師，奧華拉大律師，

〔註 25〕馮乃超：《從〈白毛女〉的演出看中國新歌劇的方向》，《大眾文藝叢刊批評論文選集》，北平：新中國書局，1949 年 6 月，第 315 頁。

中英學會秘書那夫等人。

　　這些港府知名外籍人士給予《白毛女》高度評價。中英學會甚至還召開了一個座談會，邀請英空軍劇社、西人青年劇社、葡萄牙劇社、法國劇社等代表和郵政總監李佐安夫人，戲劇評論家路蘭及《白毛女》的演職人員共同探討研究這齣新型的中國歌劇。從歌劇主題、結構到音樂直至藝術表演，他們都毫不吝嗇地奉獻出讚譽之辭——認爲「這是一個十分有趣而值得欣賞的演出」，戲劇樸素、眞實、緊湊，使「每一個人都看到中國的力量」，「激起全人類的同情心」。而中西樂器演奏出的簡單的旋律，既「表現出中國的東西」，也「傳達了劇的精神」〔註26〕，實在令人敬佩。中英學會秘書那夫甚至斷言，《白毛女》堪與蘇聯歌劇、英國歌劇、法國歌劇、德國歌劇的最佳者比美，他預言「像這樣的戲，可以在倫敦演幾個月」〔註27〕。這些聽上去似乎有些過譽的評價，無疑成爲提高《白毛女》的知名度，確立其典範價值的最有力的聲援之一。因爲它不僅肯定了《白毛女》的藝術價值，而且還出自他者的眼光。

　　第二，香港雲集的眾多媒體也也形成其特殊的資源優勢，它們爭相「炒作」這次演出，指認其「在藝壇是一件盛事，在市民生活裏是一服興奮而輕快的良劑，無論如何，是一樁值得大書特書的事情」〔註28〕。以《華商報》領銜的中共領導下的報紙或左傾刊物，在《白毛女》上演前後鼓譟一時。前文所述的文化權威的評點基本上都刊登於《華商報》：從尙未開演時的重量級宣傳——如5月23日郭沫若的《悲劇的解放》、5月25日劉尊棋的《〈白毛女〉在解放區》、5月27日歐陽予倩的《祝〈白毛女〉上演成功》、5月28日的頭版廣告，到開演當日的簡訊，以至演出期間不斷出現的廣告、啓示和評論文章等等，全方位地跟蹤報導演出訊息。此外，還有其它許多媒體，如《南華早報》、《德臣西報》、《中國文摘》、《華僑日報》、《星島日報》、《大公報》、《正報》、《星期報》以及《香港學生》、《新生晚報》、《華僑晚報》和《伶星》等也都爭先恐後地相繼報導了演出盛況和各界評價。一時間，《白毛女》的上演成爲香港一個重要的文化事件。

〔註26〕《白毛女演出手冊》（新訂本），建國劇藝社、中原劇藝社、新音樂社聯合公
　　　　演，1948年。

〔註27〕《白毛女演出手冊》（新訂本），建國劇藝社、中原劇藝社、新音樂社聯合公
　　　　演，1948年。

〔註28〕《華僑日報》，1948年6月9日。

　　不同媒體上的這些相關評論文章，聚集在一起，形成一種「話語霸權」，從敘事到表現形式，均給予《白毛女》相當高的評價——指出它不同於普通的悲劇，「這個戲說明幸福是能夠在合理與快樂的社會建立之後獲得的」〔註29〕；肯定其在歌劇音樂形式上的開創性貢獻：「採用了華北各地的民歌，在表演方法上也吸收了民間舊劇和秧歌劇的成分，但它又不是墨守成規，照抄舊套，而是大膽的加以改編和改造，使它和新的音樂新的表演方法交融起來，因而創造了一種新的歌劇」〔註30〕，並因此預言「中國的歌劇輝煌的前途是可以隱約預見的」〔註31〕——從而呼應了中共建構「革命經典」的意圖。這些宣傳導致的最直接的效果便是：歌劇連演 4 場，場場滿座，票房收入極其可觀。「排隊買票的人群把九龍普慶大戲院都圍成了個圈。有的甚至從澳門、新加坡等地趕來，有的還帶著行李在劇院門口過夜，就為了能買到一張《白毛女》的劇票」〔註32〕。這樣火爆的演出市場，使劇團不得不改變計劃，分別於 6 月 26 日和 7 月 3 日加演兩場。當時的票價分為四等，分別是 2.4 元、1.7 元、1.2 元和 0.7 元。這 6 場演出下來，票房收入一定是個很好的數目。

　　然而，《白毛女》在香港的演出並非只有華采照人的景象。當初為了順利通過「華民政務司」的審查，獲得演出證，善於周旋的符公望除塞給他們一筆不可缺少的鈔票以外，還在送審時特別強調了「白毛仙姑」的情節，告訴他們這是一齣「神怪劇」，一定很賣坐。審查劇目的人居然信以為真，爽快地發放了演出證。直到演出引起這麼大的轟動，「華民政務司」才反應過來：原來所謂「神怪劇」卻是這般模樣。但是既然已經放行，更有外國友人的捧場，就不好再禁演。無奈，只好找些流氓破壞劇場，卻又懼於多種原因並未得逞。於是，只得在報紙上打些筆墨官司，國民黨的《國民公報》稱「八路軍軍妓潛入香港，擾亂人心……」〔註33〕，以此來辱罵《白毛女》演出的全體成員。演出結束後，「華民政務司」派中英籍的便衣到中原劇社逮捕了郭傑和蔡餘文二人。這有些黯然和沉重的結局，也正象徵了在奪取全國政權以前，《白毛女》在傳播過程中所遇到的阻力。

　　總之，《白毛女》在歷經了誕生時刻的陣痛後，沿著文化遷徙的路線圖，

〔註29〕《南華早報》，1948 年 6 月 5 日。
〔註30〕《正報》，1948 年 5 月 29 日。
〔註31〕《大公報》，1948 年 6 月 5 日。
〔註32〕李露玲：《回憶歌劇〈白毛女〉在香港的演出》，《人民音樂》，1981 年第 5 期。
〔註33〕李露玲：《回憶歌劇〈白毛女〉在香港的演出》，《人民音樂》，1981 年第 5 期。

在演出中修改，在修改中演出，不但形式上（音樂、歌舞、配器、燈光、裝置、化裝等）適應了都市的舞臺，由簡陋而正規起來，使潛在的現代追求成爲現實；而且創作時「交鋒」的各種話語繼續對話，重新分配力量，最終政治話語逐漸取得了上風，借助於相互之間的張力關係，最大程度上把意識形態話語訴求內化爲人們的心理結構和情感認同。在政治力量的組織化、秩序化地推廣和普及下，在非政治力量的策應下，通過密集的演出、宣傳，尤其是文化權威的評述，《白毛女》被最大多數的人所知曉、所熟悉、所認同、所感動，眞正成爲一齣「著名」的革命歌劇，一個「著名」的翻身故事。到奪取全國政權以後，這個曾經在民族國家建立過程中感動和組織了最大多數中國人的歌劇終於寫入了歷史，成爲人們不斷回憶、紀念和引用的「革命經典」。

4.2 在意識形態國家機器的運轉中

如果說 1949 年以前，在對民族國家的追求中，《白毛女》發揮了現實的甚至是不可替代的作用，具有重要的實踐意義的話，那麼，當民族國家已經建立起來，新社會已經到來以後，《白毛女》就漸漸「歷史化」了。關於它的演出、評論和出版，更多地沉澱爲一種文化的象徵，更多地體現爲一種追憶，不斷提醒人們記起光明怎樣到來，黑暗如何消失。如果說 1949 年以前，《白毛女》的傳播過程其實就是認同和確立典範的過程的話，那麼，新中國成立以後，關於《白毛女》的傳播則明確地指向建構「革命經典」的目的。而且，與此前所有時候都不同，中國共產黨在掌握了鎮壓性國家機器的同時，也控制了意識形態國家機器的領導權。因爲「任何一個階級如果不在掌握政權的同時對意識形態國家機器並在這套機器中行使其領導權的話，那麼它的政權就不會持久」﹝註34﹞。這些機器包括政治的、教育的、傳播的和文化的、宗教的、家庭的、法律的等等。由於它們的相互合作，《白毛女》「經典化」的過程表現爲累積性因素——文學史寫作、大學教育、專業評獎、出版發行、廣告宣傳、學術批評、演出活動以及文化交流等——起作用的過程。因此，這個時候《白毛女》的傳播變成一種國家行爲，被主流意識形態話語所壟斷。

﹝註34﹞阿爾都塞：《哲學與政治》，長春：吉林人民出版社，2003 年 12 月，第 338 頁。

4.2.1 進入文學史

一旦取得全國政權，爲了論證和鞏固領導權的合法性，重新「修史」是每一個新政權首要的工作。尤其是在中國這樣一個有著深厚史學傳統的國度，更加看重「歷史」的評述和意義。文學史寫作，在某種意義上，是一種國家話語行爲。無論是個人撰寫，還是集體編著，都是在主流意識形態話語的授意下完成的，受到意識形態的規範，具有「正史」的特徵。1950 年 5 月，中央教育部頒佈了《高等學校文法兩學院各系課程草案》，對如何講述中國新文學歷史作了明確規定：「運用新觀點、新方法，講述自五四時代到現在的中國新文學的發展史，著重在各階段的文藝思想鬥爭和其發展狀況，以及散文、詩歌、戲劇、小說等著名作家和作品的評述」〔註 35〕。隨後，教育部組織的課程改革小組擬定了《〈中國新文學史〉教學大綱》，作爲高等學校教育的指導文件。這裏所謂「新觀點、新方法」即新的國家政權的理論指導思想。具體地講，就是延安時期確立的文藝思想，就是以《新民主主義論》和《在延安文藝座談會上的講話》爲核心的文藝思想。所謂「著名作家和作品的評述」，意味著通過文學史敘述重新排列「經典」秩序，並闡釋其原因。這個《大綱》頒佈不久，1951 年 9 月，王瑤的《中國新文學史稿》上冊就問世了〔註 36〕。教育部的《草案》「正是著者編著教材時的依據和方向」〔註 37〕。因此，「《史稿》既是在新政權剛剛取代了舊政權的歷史背景下產生，它就自然站在新政權一邊，歌頌爲新政權的誕生而克盡職守的文學，批判曾經反對過這種文學的其它各種文藝派別」〔註 38〕。雖然是個人寫作，也難避免國家話語的規範。

正是在這第一部縱慣 30 年的新文學史中，正是在這第一部用「新觀點、新方法」寫作的文學史中，史家爲歌劇《白毛女》舉行了隆重的加冕儀式。這儀式首先是從確立延安新文化秩序的歷史地位開始的。《史稿》以整整一編的篇幅，第一次將解放區文學寫進文學史。尤其值得注意的是，其中專門爲「新歌劇的產生」和「新歌劇」留出了醒目位置，描述了其出現的由來、經

〔註 35〕 轉引自：黃修己：《中國新文學編纂史》，北京：北京大學出版社，1995 年 5月，第 126 頁。

〔註 36〕 1953 年 8 月，下冊出版發行。

〔註 37〕 王瑤：《中國新文學史稿·初版自序》，上海：上海文藝出版社，1982 年 11月修訂重版，第 29 頁。

〔註 38〕 黃修己：《中國新文學編纂史》，北京：北京大學出版社，1995 年 5 月，第 140頁。

過和意義，從歷史的角度確認了延安新文化的必然性與價值。《史稿》將秧歌劇、改良舊劇和民族新歌劇統稱爲「新歌劇」，並從它們的內在關聯出發，第一次從文學史的角度定位了歌劇《白毛女》的歷史價值，指出它是「新歌劇的進步與發展的一座里程碑」，是「完全的新型的歌劇」〔註39〕，而且肯定了「劇本深刻地反映了中國農民遭受地主階級的迫害和他們翻身解放的經歷，指出了中國人民由自己的鬥爭經驗所認識了的革命的道路」的敘事意義。《史稿》第一次將《白毛女》寫入歷史，標誌著其「歷史化」的開始。

此後，各種新文學史著作如雨後春筍般層出不窮。不論它們隨著國內政治局勢的變化，隨著意識形態國家機器的加速運轉，史學眼光發生了怎樣的變化，彼此之間有過怎樣的超越、激進或理智，幾乎所有新文學史著作，無一例外地都將歌劇《白毛女》寫進歷史。史家常常「通過分配篇幅的長短來表示他們個人所要強調的重點」〔註40〕，對於作爲國家話語行爲的文學史編寫而言，也通過篇幅比例來顯示其好惡。《白毛女》在眾多史著中經常被單列爲一章或一節，通過闡釋其主題思想、分析其典型形象、透視其形式價值，從而確定其歷史位置、賦予其榮譽稱號。經歷了不同時代、不同作者的不斷讚頌——所謂「里程碑」、「最優秀的歌劇」〔註41〕、「現代文學史上稀有的名著之一」〔註42〕、「代表作作品」〔註43〕、「我國第一部社會主義現實主義的新歌劇」〔註44〕、「現代民族歌劇的奠基之作」〔註45〕等「桂冠」稱號；所謂、「創造新型歌劇的一個最初的成功的嘗試」〔註46〕、「開創了社會主義內容民

〔註39〕 王瑤：《中國新文學史稿》，上海：上海文藝出版社，1982 年 11 月修訂重版，第 719 頁。

〔註40〕 佛克馬、蟻布思：《文學研究與文化參與》，北京：北京大學出版社，1996 年 6 月，第 52 頁。

〔註41〕 劉綏松：《中國新文學史初稿（下）》，北京：人民文學出版社，1979 年 11 月新 1 版，第 572 頁。

〔註42〕 劉綏松：《中國新文學史初稿（下）》，北京：人民文學出版社，1979 年 11 月新 1 版，第 572 頁。

〔註43〕 丁易：《中國現代文學史略》，北京：作家出版社，1955 年 7 月第 1 版，第 422 頁。

〔註44〕 北京大學中文系編著：《中國現代文學史》，北京：北京大學出版社，1960 年 5 月，第 604 頁。

〔註45〕 錢理群、溫儒敏、吳福輝：《中國現代文學三十年》（修訂本），北京：北京大學出版社，1998 年 7 月第 1 版，第 622 頁。

〔註46〕 北京大學中文系編著：《中國現代文學史》，北京：北京大學出版社，1960 年 5 月，第 610 頁。

族形式的作品的先河」〔註47〕、「從『五四』運動以來，從沒有任何一部劇的
演出，能像《白毛女》這個劇本的演出產生那樣巨大的強烈的政治效果和藝
術效果」〔註48〕，「在中國現代文學史上，像這樣以無產階級觀點描寫農民對
地主世代仇恨和針鋒相對的鬥爭的作品，『白毛女』還是最初的一個重大收穫」
〔註49〕，「中國現代戲劇發展過程中迅速實現的一次飛躍」〔註50〕，「在中國
現代文學史上，像《白毛女》這樣兼有強烈的浪漫主義精神和大膽的浪漫主
義手法，兩者又能結合得相當和諧的作品，是不多見的」〔註51〕等歷史評價
——逐漸確立起《白毛女》的「經典」形象。

　　另一方面，這些文學史又是作為教材被編著的。中共取得全國政權以後，
規定「新文學史」為各大學中文系的必修課，教育部曾經多次制定統一的教
學大綱（如 1950 年、1956 年的大綱）、編寫統一的教材（如 1961 年高教部組
織的文科教材編寫工作），以圖控制「教育」這個意識形態國家機器的運轉。
文學史的排列結構折射出作品的「文化資本值」，在很大程度上保證了什麼樣
的作品能在這裏得以保存並成為廣為人知的「經典」，從而規訓人們的意識和
行為。「革命經典」對於教育系統具有極大的依賴性，因為後者具有對其加以
聖化、維護、傳播以及再生產的功能。而大學在文藝的「經典化」方面具備
尤其重要的作用，因為它擁有把特定的作家與作品加以「神聖化」的巨大的
權威，「大學聲稱擁有傳播被聖化的過去作品——被它當作經典——的壟斷
權，以及（通過授予學位以及其它東西）把與這些經典作品最一致的文化消
費者加以合法化與神聖化的壟斷權」〔註52〕。從 1950 年起，中國現代文學史
就一直是中國語言文學系的必修課程，每一個中文系的學生都從這裏接受這
個學科的相關知識，包括剪輯和闡釋歷史的觀念，確認經典的標準等等。待

〔註47〕北京大學中文系編著：《中國現代文學史》，北京：北京大學出版社，1960 年
　　　　5 月，第 610 頁。

〔註48〕吉林大學中文系編著：《中國現代文學史》（下），長春：吉林人民出版社，1962
　　　　年 8 月第 2 版，第 215 頁。

〔註49〕中國人民大學中文系編著：《中國現代文學史講義》（下），北京：中國人民大
　　　　學出版社，1962 年，第 509 頁。

〔註50〕黃修己：《中國現代文學簡史》，北京：中國青年出版社，1984 年 6 月，第 446
　　　　頁。

〔註51〕唐弢、嚴家炎：《中國現代文學史》（三），北京：人民文學出版社，1980 年
　　　　12 月，第 229 頁。

〔註52〕轉引自陶東風：《文學經典與文化權力》（上），《中國比較文學》，2004 年第 3
　　　　期。

到畢業時，他們就會帶著所獲取的這些觀念和意識投入到新的生產和工作中，在那裏開始傳播和運用學校裏所習得的知識。於是，文學史確立的「經典」通過學校教育的傳輸帶又一次回到社會。《白毛女》正是在這代代傳誦中，獲得了「經典」的所謂「永恆性」意義。

4.2.2 尋求國際認同

如果說，文學史的「冊封」儀典從歷史的角度鑄造了《白毛女》的「經典」地位，那麼，意識形態話語構造行為還延伸到橫向的文化交流領域。通過文化外交，在世界舞臺上展現新中國的文化成就，以尋求國際聲援和支持。這是一種主動的表達行為，也是期待回應的訴求意志。所謂「交流」，拿出去的自然都是「典範」，能夠代表新中國文化的風格；而所收穫的反響，又進一步確認了「典範」的不虛之名。

1951 年，以參加柏林第三屆世界青年與學生和平聯歡節為契機，剛剛取得全國政權的中國共產黨，第一次向世界展示了自己的文化成就，是「新中國向世界青年發言」〔註53〕。1951 年 6 月 20 日，由 222 人組成的中國青年文工團宣告成立。7 月 16 日，他們帶著由歌劇、京劇、舞蹈、雜技、合唱、獨唱和獨奏等組成的 6 份節目單離開北京，踏上了異國之土。「因為這是新中國第一次大規模的對外廣泛的宣傳工作」〔註54〕，所有節目都經過了中共中央的仔細審查和精心遴選。《白毛女》作為延安文藝的代表作當然在入選之列，而且還被單獨列為一份節目單，向世界展示「民族新歌劇」的風貌，宣講中華民族怎樣從舊社會步入新社會。

夏去夏又來，399 天的海外巡演，文工團出訪了前民主德國、匈牙利、波蘭、蘇聯、羅馬尼亞、保加利亞、捷克斯洛伐克、奧地利和阿爾巴尼亞等 9 個國家，足跡遍及 152 個大小城市。《白毛女》「在每一城市中都至少演出一回，舞臺條件不好也爭取演出」〔註55〕，有的國家和城市甚至連續演出多場，比如在羅馬尼亞 51 場演出中《白毛女》就佔據了 7 場之多。《白毛女》

〔註53〕馬格銳次：《新中國向世界青年發言》，《新德意志報》，1951 年 8 月 6 日，轉引自《中國青年文工團在柏林》，《當我們再次相聚》，北京：文化藝術出版社，2004 年 6 月，第 302 頁。

〔註54〕政務院文教委員會、軍委總政治部、外交部公函，1952 年 1 月。

〔註55〕周巍峙：《中國青年文工團在德國工作總結》，《當我們再次相聚》，北京：文化藝術出版社，2004 年 6 月，第 302 頁。

以其在延安首演時的強大陣容，幾乎轟動了所有駐足過的劇場、城市和國家。這些歐洲觀眾一面懷著好奇、新鮮的心情欣賞這個來自古老而神秘的東方國度的戲劇，一面又從偉大的「階級友愛」出發同情、理解，進而激賞誕生於現代中國的這個革命敘事。也就是說，《白毛女》之所以獲得國際社會的認可，不僅源於東西方文明相異的吸引力，還源於一個赤色歐洲的國際歷史環境。

於是，歐洲人被這陌生奇麗的歌劇風格征服了，並且從中獲得了拯救西方藝術的希望。柏林國家獎章獲得者梅耶教授聲稱「中國歌劇《白毛女》在柏林初次演出是件大事」，因為「在這裏我們見到歌劇創作第一個重要的革新」〔註56〕。《白毛女》那區別於歐洲歌劇的音樂形式、頗具民族特色的道白、旋律曲調、中西混合樂隊整一而協調的演奏效果、美麗而簡約的舞臺布景等等，不僅使歐洲觀眾感受到「一種遠方的、生疏的、神話性的，夢幻式的神秘的氣氛」〔註57〕，意大利保衛和平委員會副書記菲諾阿爾德甚至認為「有著引人的新的創造」〔註58〕，給已經枯竭的只能從布景和燈光上尋找樂趣的西方舞臺藝術以衝擊。

於是，訴說中國人民怎樣從苦難中取得勝利，訴說從舊社會到新社會的歷史合理性，就不只是中國一個國家的敘事，而成為一個「陣營」的偉大嚮往。所以，世界和平理事會秘書長拉斐德才讚歎：「歐洲的歌劇我看過許多，從沒有像《白毛女》這樣易於理解的，這完全看出毛澤東同志文藝思想的領導作用，毛主席太偉大了」，他通過《白毛女》「更生動地、深刻地看出中國人民的不可戰勝的力量，中國人民真正是保衛世界和平的有力支柱」〔註59〕。

於是，歐洲觀眾被這個離奇的故事深深感動，「當金碧輝煌的劇院只剩下兩盞孤獨的射燈，追隨著楊白勞衰老的身影踽踽於鹵缸和喜兒之間的時候，一千三百個座位上的觀眾，幾乎是氣屏息室，任何聲音都被驅逐出了劇

〔註56〕梅耶：《中國歌劇〈白毛女〉在柏林初次演出是件大事》，《當我們再次相聚》，北京：文化藝術出版社，2004 年 6 月，第 261 頁。

〔註57〕J・馬克斯：《中國的歌劇藝術》，《維也納報》，1952 年 6 月 15 日《當我們再次相聚》，北京：文化藝術出版社，2004 年 6 月，第 294 頁。

〔註58〕《在捷克斯洛伐克工作彙報》，《當我們再次相聚》，北京：文化藝術出版社，2004 年 6 月，第 351 頁。

〔註59〕《在捷克斯洛伐克工作彙報》，《當我們再次相聚》，北京：文化藝術出版社，2004 年 6 月，第 351 頁。

場」〔註60〕。雖然語言不通，但是由音樂、表演所構成的聽覺和視覺衝擊，加以翻譯的輔助，《白毛女》還是感動了不少歐洲人。

總之，歌劇《白毛女》的歐洲之旅順利地實現了預期的目的。1952 年 8月，文工團載譽歸來。在文化部舉辦的慶祝會上，周揚盛讚他們完成了出國任務，「通過文藝表演，宣傳了新中國，向世界介紹了中國文藝事業發展情況，為新中國的文化交流事業做出了重要貢獻」〔註61〕。正是在這樣的「交流」中，《白毛女》從世界獲得了讚賞，所有的美譽都在確認著它的「經典」地位。

如果說，從邊區政府到全國政權的過程，是歌劇《白毛女》從鄉村到城市的轉移過程，逐漸實現了舞臺形式的正規化，豐富和完善了這個延安新文化的代表作的話，那麼，這次海外巡演則是從中國到世界的表達過程，贏得了國外藝術界的高度評價和普通觀眾的熱烈歡迎，不僅使其認識、熟悉以至喜愛這齣「民族新歌劇」，而且借用他們的目光「經典」了《白毛女》。

4.2.3 系統的文化運作

1949 年以後，《白毛女》的傳播被納入到系統的「文化運作」當中，通過出版、評獎、演出體制、廣告宣傳、學術批評式的促銷等方式確立起「經典」地位。也就是說，《白毛女》之所以成為「革命經典」還依賴於文化的制度化環境。

首先，出版的推動。從 1949 年 5 月開始，新華書店陸續出版《中國人民文藝叢書》，開始署周揚、柯仲平、陳湧主編，後來改署「中國人民文藝叢書編輯委員會」。該叢書選入 177 篇解放區文藝作品，包括歌劇、話劇、小說、報告文學和敘事詩等。歌劇《白毛女》作為延安新文化的代表作，自然入選其列。這是新中國確立「文學新方向」之初，通過編輯出版的方式，為解放區文學在全國的文化地位造勢、助威。因此，所有入選作品都有一種「典範」、「規範」的意義和作用。它們既展示了解放區文學所取得的輝煌成就，也成為國統區文學學習的「榜樣」。歌劇《白毛女》藉「叢書」的出版，得到進一步的傳播。

1949 年 10 月 3 日到 19 日，新中國第一次全國出版工作會議隆重召開。

〔註60〕 雪立：《中國青年文工團在柏林》，《當我們再次相聚》，北京：文化藝術出版社，2004 年 6 月，第 246 頁。

〔註61〕 《中國青年文工團出訪日志》，《當我們再次相聚》，北京：文化藝術出版社，2004 年 6 月，第 476 頁。

朱德在開幕式上號召全國出版工作者準備迎接隨著經濟建設高潮而到來的文化建設高潮。於是,在出版事業熱情澎湃的發展中,《白毛女》以從來沒有過的速度和數量出現在全國各地新華書店的書架上。此前,它的出版主要局限於解放區範圍,多為地方小型出版社,如冀南書店、陝西新華書店、鹽城韜奮書店、太嶽新華書店、射陽韜奮書店、東北書店、渤海新華書店、吉林書店等。由於受紙張設備等物質條件和政治條件的限制,發行量十分有限:比如,鹽城韜奮書店 1947 年 7 月再版時,只付印了不到 5000 冊。建國以後,《白毛女》的出版基本上收歸於人民文學出版社出版。因為「在五六十年代,不同的出版社出版的作品的『經典』性程度是有區別的,如北京的人民文學出版社有較高級別,而作家出版社則主要出版未經「經典化」鑑別、還難以確定的作品」〔註 62〕。而且,再版的頻率越來越高,印刷的次數越來越密集,發行量越來越大。比如,1953 年 3 月第 4 版付印時,發行了 34801～54800 冊;1954 年 10 月第 2 版,1960 年 2 月第 6 次印刷時,印數為 10801～16800;到第 12 次印刷時,居然付印 88401～103900 冊。如此飛速增長的數字,不能不與文化市場的消費需求有關。因此,一面是出版的推動,一面是讀者的需求,供需雙方共同推進了《白毛女》的「經典化」歷程。換言之,「經典」建構不只是意識形態單方面的意志,讀者的閱讀行為也參與進來。文化市場在歌劇《白毛女》的「經典化」中發揮了不可忽視的作用。

　　第二,演出體制。畢竟歌劇不同於小說,它的效應從舞臺上才能夠充分體現出來。建國以後,關於《白毛女》的演出越來越成熟。這不僅是指舞臺技術和藝術表現力有了質的飛躍,而且也逐漸摸索出了一套成熟的演出體制。首先,演出單位分出國家和地方兩個層級。前者以中央歌劇舞劇院為代表,它基本上吸納了延安及此後所有《白毛女》的骨幹演員,比如郭蘭英、羅民池等,保留了「經典」的演員隊伍。中央歌劇舞劇院關於《白毛女》的每一次演出或重排都體現了國家的文化動向。後者則是指各地方歌劇舞劇團,它們通過不斷地學習和模擬前者,將《白毛女》搬上各地方舞臺,使其可以被更多的人所欣賞。當然,中央歌劇舞劇院也常年在全國各地巡演,有時不只是幾場,而是連續地長時間地演出。比如,1963 年 11 月 10 日,中央歌劇舞劇院在廣州中山音樂紀念堂進行公演,舒強任導演,主要演員有郭蘭英、李波、於夫、羅民池和方元等,全部是該院的骨幹力量。演出一直持續

〔註62〕洪子誠:《中國當代的「文學經典」問題》,《中國比較文學》,2003 年第 3 期。

到 12 月 1 日方才結束。在中央和地方兩級演出團體的配合下，歌劇演遍了大江南北。

其次，《白毛女》成為國家級演出單位的保留劇目。經過初期頻繁而長時間的演出和錘鍊，《白毛女》以「統治文本生產的條例因素的集合」的權威形象確立了在演出團體中的穩固地位〔註 63〕。所以，每到象徵性日期，重排或復演《白毛女》就變成了一種儀式。正是通過這種儀式，《白毛女》被「神聖化」，「歷史化」，不斷地累積為「經典」。一般地說，每逢紀念《講話》的時候，《白毛女》是必演無疑。如果遇整週年的大紀念，則還要重新修改劇本，重新潤色音樂，重新組織舞臺。比如 1962 年，為紀念《講話》20 週年，集中了延安時代的主要演員如王昆、郭蘭英（1948 年開始演喜兒）、陳強、李波等，重新排演，在音樂、配器、劇本、舞臺等各個方面都做了比較大的改動〔註 64〕。此外，逢紀念抗日戰爭勝利的日子一般也會重排，比如 1985 年 7 月 1 日，為紀念抗戰勝利 40 週年、世界反法西斯戰爭勝利 40 週年，中國歌劇舞劇院再度演出《白毛女》。1995 年 5 月 18、19 日，為紀念抗戰勝利 50 週年，世界反法西斯戰爭勝利 50 週年，中國歌劇舞劇院又一次重新排演該劇，於夫擔任導演。這一次，從劇本、音樂到舞臺設計等方面都做了大膽改動〔註 65〕，以適應時代的發展。此外，在其它有象徵意義的時間，也會演出《白毛女》。如 1984 年 1 月，為紀念毛澤東 90 週年誕辰，中國歌劇舞劇院將歌劇《白毛女》第一幕搬上銀幕。總之，這些形形色色的演出，隨著時間的流逝，逐漸脫離了直接的「功利性」目的，而是作為「經典」不斷地被人們所回味、追憶和紀念。

第三，廣告宣傳。演出不僅是文化行為，也是市場行為。沒有觀眾，也

〔註 63〕斯蒂文・托托西：《文學研究的合法化》，北京：北京大學出版社，1997 年 8 月，第 43 頁。

〔註 64〕全劇由五幕改為了四幕，即將原四幕一場與五幕二場合併，五幕一場壓縮，取消了黃世仁奶奶廟遇鬼與穆仁智當眾造謠等場面，增加了「恨是高山仇是海」和「我是人」等唱段。

〔註 65〕劇本上，原準備削弱部分階級鬥爭色彩太濃的戲，刪去黃母虐待喜兒及黃世仁被槍斃等情節；另一方面，加強了喜兒和大春的感情戲：特別設計了「木梳傳情」等細節；第一場和山洞相逢一場中增加了喜兒和大春的二重唱。全劇由 200 分鐘壓縮到 120 分鐘。但是，由於賀敬之等人的堅決反對，這些改動並沒有兌現。

音樂上，在保留原來旋律性強的特點的基礎上，加強了交響性，使之更歌劇化，同時刪去哀婉的枝蔓，突出抗爭的音樂。

舞美上，改變了帷幕結構，使用轉臺布景。服裝和化妝也更細膩自然。

就失去了所謂「紀念」的意義。或者，「經典」的構建從某種意義上說與廣告宣傳、「文化炒作」有相當程度的關聯。其實，這個套路在從延安走向北京的途中就已經成功地使用過了。建國以後，由於掌控了傳播的 AIE，宣傳手段和力度都得到了大力加強。以演出時期為核心，各類報紙、刊物紛紛開闢空間談論《白毛女》：或者發表「觀後感」，或者召開座談會，或者刊登廣告等等，不一而足。比如，1962 年 5 月 5 日，山西人民歌舞劇團在山西大劇院上演《白毛女》，《山西日報》從 5 月 5 日就開始做廣告，一直持續到 6 月 3 日最後一場演出。更有甚者，湖南長沙市實驗劇團從 1963 年 9 月 30 日開始上演 4 幕 14 場歌劇《白毛女》（即根據 1962 年中央歌劇舞劇院的演出本），每日兩場或一場，參差演出，直到 12 月 10 日，方才落下帷幕，歷時 70 餘天。期間，《新湖南報》幾乎不間斷地刊有追蹤廣告。

此外，還有一種非常特殊的促銷方式——即學術批評。除了新聞紙上登載的具有時效性的觀感、回憶或排演經驗外，一些學術類刊物——比如各大學學報——也時常發表關於《白毛女》的批評文章。作者多為大學或專業領域內的精英，他們的批評意見總是圍繞著意識形態話語的意志展開鋪陳，復述後者所認定的主題意義、歷史價值，累積起「經典」的資本。權威的另一代表是評獎機構。1951 年，《白毛女》劇本榮獲斯大林文學獎金二等獎。這些權威的意見實際上介入到了文化市場運作當中，因為他們的意見在很大程度上影響到觀眾的選擇和消費決策。當然，那個時期的文化市場是不完全的，或者說，消費在一定意義上是被計劃的。除卻售票亭前的個人購買行為，團體購票，組織各機關、學校集體觀看的包場消費方式也佔了不小的比重。所以，像上文提到的長沙實驗劇團演出才常常發生票源告罄的事情。

第四，其它藝術形式的改編。1951 年，東北電影製片廠攝製完成黑白故事片《白毛女》。改編：水華、王濱、楊潤身。導演：王濱、水華。攝影：錢江。演員：田華（飾喜兒）、李百萬（飾大春）、陳強（飾黃世仁）等。影片在全國 20 家影院首映第一天，觀眾即達 47 萬多人。1951 年 7 月，在捷克斯洛伐克舉行的第六屆卡羅維·發利國際電影節放映時，座無虛席，並榮獲該電影節的第一個特別榮譽獎。捷文化宣傳部長認為：「影片不僅充滿了深情與優美的民歌，令人體會到中國悠久的民族藝術，而且巧妙地引用了民間傳奇，動人地刻畫出中國農民在封建壓迫下艱苦鬥爭的史蹟」。此後，《白毛女》還獲得中華人民共和國文化部 1949～1955 年優秀影片一等獎。與舞臺演出相

比，電影拷貝的發行致使觀眾數量幾何級地飛速增長。從此，沒有舞臺條件的廣大農村可以通過銀幕（甚至是露天放映的形式）再次回味這個革命故事，使廣大農民再一次地被感動，被教育，提醒他們所經歷的苦難，以調動「不斷革命」的民間情緒。

在此前後，歌劇《白毛女》的革命敘事作爲「典範」被各種藝術形式所模仿，被改編爲京劇和各種地方戲曲——如粵劇、滬劇、瓊劇、河北梆子等。這一方面擴大了故事的影響範圍，一方面也鞏固了歌劇的「經典」地位。

總之，「文學經典總是依附於文化體制的存在、地位和持久性上」〔註66〕。歌劇《白毛女》在意識形態國家機器的運轉中，通過一系列的文化運作，與意識形態話語更直接的「建構」行爲相配合，經由幾十年的不懈努力，終於成爲「經典」之作。然而，弔詭的是，正當這些努力如火如荼地開展時，卻突然戛然而止，歌劇《白毛女》一夜間成爲被批判的對象，經典的「建構性」暴露無餘。

4.3 「解經典」：舞劇取代歌劇

1964年2月2日，《河南日報》刊登署名荊樺的文章《〈白毛女〉——階級的教課書》，2月5日，《鄭州晚報》登載《新歌劇民族化的榜樣——看中央歌劇舞劇院〈白毛女〉》的觀後感。這兩篇文章盛讚《白毛女》是《講話》以後產生的第一個大型的新歌劇，「在全國解放十五年的今天，《白毛女》又成爲階級鬥爭的活教材」，「不僅具有重要的歷史價值，而且有深刻的現實意義」〔註67〕。這是中央歌劇舞劇院一團巡演到鄭州時，當地各媒體的反應。這一切似乎並沒有什麼特別之處，和此前的許多報導、宣傳一樣，繼續呵護歌劇《白毛女》的「經典」地位。但是，在這花團錦簇的歌頌聲中，歌劇的「厄運」悄悄襲來。

大概就在同一時間，即1964年春節前後，上海舞蹈學校正熱情澎湃地醞釀著一臺新的節目——決定將歌劇《白毛女》改編爲芭蕾舞劇。在當時改編《白毛女》的流行風潮中，這似乎也是追趕時尚的一種表現。然而，上海顯然不甘

〔註66〕斯蒂文・托托西：《文學研究的合法化》，北京：北京大學出版社，1997年8月，第55頁。

〔註67〕荊樺：《〈白毛女〉——階級的教課書》，《河南日報》，1964年2月2日。

心於追隨者的角色。因此，芭蕾舞劇《白毛女》不僅以典型的西方舞蹈形式演繹了這個中國民間傳說，而且在敘事上超越了歌劇《白毛女》，是一種質的飛躍。值得注意的是，上海的改編並不以否定歌劇爲出發點，後者此時還正作爲「榜樣」和「教科書」風行全國。可以說，芭蕾舞劇最初的出現只是一個地方文化事件。但是，兩年後，它卻成爲了爭奪國家權力的一張王牌。

1965 年第 6 屆「上海之春」時，大型芭蕾舞劇《白毛女》首次公演。1967年 4 月 24 日，毛澤東在北京第一次觀看了舞劇。1967 年 5 月 19 日，《光明日報》發表李希凡的著名檄文《在兩條線路尖銳鬥爭中誕生的藝術明珠》。從此，歌劇《白毛女》的「經典」塑像轟然倒塌。從 1965 到 1967，這是一個非常有意味的時間差，因爲從這裏可以清晰地看到歌劇《白毛女》戲劇性命運的全過程。事實本身是什麼已經不重要，重要的是它需要被講述成什麼。或者說，所謂「事實」只是講述的結果。從 1965 到 1967，從歌劇到舞劇，從「典範」到「文藝黑線」，「經典」的建構性和操作性被暴露無餘。所謂「經典」不過是權力鬥爭的場域。

4.3.1 一個地方文化事件：超越歌劇

1964 年初，爲了響應文藝工作「革命化、民族化、群眾化」的號召，在北京舞蹈學校芭蕾舞劇《紅色娘子軍》的啓發下，上海也不禁雄心勃發。上海舞蹈學校校長李慕琳組織了由編導胡蓉蓉、傅艾棣、作曲嚴金萱組成的三人創作組，試圖將《白毛女》改編成芭蕾舞劇。創作得到當時上海市委第一書記、市長柯慶施的支持和鼓勵，對改編作了具體的指示：「芭蕾要改革，應該創作我們自己的芭蕾舞劇。群眾喜歡載歌載舞，舞蹈必須加唱，工農兵才能接受」〔註 68〕。並委派上海市宣傳部長楊永直、文化局長孟波直接主抓改編工作。可以說，芭蕾舞劇《白毛女》最初只是上海文藝界的一個地方文化事件。

上海期待舞劇能夠在全國的文藝較量中嶄露頭角，如何從歌劇《白毛女》「這座藝術高峰上再創新聲，把濃厚的民族色彩與西方的芭蕾舞結爲連理，任務極爲艱巨」〔註 69〕。所以，創作組採取了循序漸進的方案，先片段、後

〔註 68〕上海舞蹈學校集體討論，李慕琳、嚴金萱執筆：《芭蕾舞劇〈白毛女〉的創作與演出》，《新文化史料》，1995 年第 2 期。

〔註 69〕上海舞蹈學校集體討論，李慕琳、嚴金萱執筆：《芭蕾舞劇〈白毛女〉的創作與演出》，《新文化史料》，1995 年第 2 期。

全劇，邊實驗，邊改進。經過幾個月的努力，1964 年 5 月，只有一幕的小型芭蕾舞劇《白毛女》在「上海之春」期間試演，蔡國英、顧峽美擔任主演，劇情基本上仍舊依據了歌劇的情節：表現風雪除夕夜，楊白勞躲債歸來，正與喜兒歡聚時，穆仁智突然闖入，打破了楊家和諧的日常生活。楊白勞無力還債，被逼畫押，走投無路，不得不悲憤自殺。喜兒最終落入虎口。但是，試演無論在舞蹈語言和敘事上，均受到質疑。創作組必須尋找新的突破。

5 個月後，即 1964 年 10 月，5 幕中型芭蕾舞劇排出。鑒於前一次的教訓，舞劇試圖超越歌劇：在肯定「歌劇《白毛女》是產生於民主革命時期的優秀劇作」的前提下，「立足於今天，以毛澤東思想為指導，既力求保持原著的特色，又使作品更深刻地揭露當時的歷史的本質」〔註 70〕。因此，舞劇強化了階級鬥爭，變楊白勞的自殺為拿起扁擔奮起反抗而身亡。這次演出，得到上海市黨政領導和觀眾的好評。

第二次嘗試的突破給創作組很大的信心，沿著這個思路，8 幕的大型芭蕾舞劇《白毛女》於 1965 年第 6 屆「上海之春」時與觀眾見面。演出轟動一時。1965 年 7 月 19 日，楊永直邀請正在上海的周恩來和陳毅前來觀看。兩人高度評價了他們的改編成績〔註 71〕。至此，完整的芭蕾舞劇《白毛女》終於完成，實現了對歌劇的全面超越。除卻舞蹈語言，音樂形式等方面的創新，敘事上「把階級鬥爭的紅線貫串得更鮮明，把武裝鬥爭的思想強調得更突出，加強了正面人物的性格」〔註 72〕。舞劇從序幕開始就展現了農民階級的反抗和鬥爭。劇中的正面人物成長起來：楊白勞已不是一個軟弱、無力的悲憤老人，一出場就是一個堅強不屈的英雄形象；喜兒也拋棄了諸多複雜心緒，刪去了歌劇中那些無助、順從、被姦、幻想等情節，從大幕拉開時內心就燃燒著強烈的階級仇恨，與黃世仁始終處於對立地位，尤其佛堂裏高舉蠟臺的一擲，「矗立起一個英勇不屈貧農女兒的高大形象」〔註 73〕；而趙大叔則搖身變為了一名地下黨員；大春避難參軍也改為一群青年為階級解放而投奔共產黨。舞劇

〔註 70〕 於學雷：《芭蕾舞革命的新花》，《文匯報》，1965 年 6 月 11 日，第 4 版。

〔註 71〕 周恩來指出「舞劇《白毛女》是個成功的戲，戲的基礎好，上海可愛，勇於創造」；陳毅也讚揚「上海可愛，《東方紅》大歌舞出自上海，現在又有了芭蕾舞劇，最新的現代化都有了」（上海舞蹈學校集體討論，李慕琳、嚴金萱執筆：《芭蕾舞劇〈白毛女〉的創作與演出》，《新文化史料》，1995 年第 2 期）。

〔註 72〕 瞿維：《喜看芭蕾舞劇〈白毛女〉》，《人民音樂》，1965 年第 5 期。

〔註 73〕 李希凡：《在兩條線路尖銳鬥爭中誕生的藝術明珠》，《光明日報》，1967 年 5 月 19 日。

最後，喜兒從山洞中被解救，胸帶紅花，手持鋼槍，隨著大部隊浩浩蕩蕩出發，投身於革命鬥爭中。

為什麼舞劇會做出這樣的改編？它與歌劇的關係怎樣？從小型舞劇發展為大型舞劇的經過可以看出，歌劇始終是舞劇的一個基礎，一個試圖超越的對象。也就是說，舞劇創作的動機和整個過程並不是建立在批判歌劇的基礎上，它並不是從否定歌劇的歷史價值和貢獻出發的。之所以要「超越」，只是因為「時代不同，應該突出和強調的思想，自然應該有所不同」〔註 74〕。時隔 30 多年後，有研究者從現代性發展邏輯的角度闡釋了《白毛女》從歌劇變遷到舞劇的原因，指出歌劇是敘事時期的產物，「敘事的目標在於建立起抽象的國家本質，由於這是將具體自然的生活組織起來的過程，因此，敘事總需要將這種不自然的組織過程自然化，努力將敘事變成『現實』，讓被敘述者盡可能感到本質的生成過程是自然的、只能如此的過程」。農民在敘事時期只是新社會意義的被動接受者。因此，其「本質是外來的，不斷成長的」。而到了以重建他性為主題的象徵時期，「每一個人物形象的意義不是成長出來的、也不是外來的，而是它本身具有的本質。因此，他們天生具有與擁有『資產階級』本質的『地主階級』的對抗性」〔註 75〕。所以，才有了芭蕾舞劇對歌劇的超越，才有了階級鬥爭貫穿始終的紅線。

然而，進入 1966、1967 年，事情卻逐漸發生了變化。歌劇《白毛女》從被超越的對象變為了被批判的靶子。

4.3.2 有限度的否定：「解構」中的歌劇

如果說，1964～1965 年間芭蕾舞劇創作時期自覺到「在社會主義革命和社會主義建設時期改編這部作品（《白毛女》——筆者注），仍舊有一個再認識、再創造的過程」〔註 76〕，歌劇《白毛女》至少還作為「過去的經典」被肯定，承認它是優秀的劇作，「為廣大群眾所熟知，影響深遠」〔註 77〕的話，那麼，到了 1966、1967 年，在舞劇已經上演了許許多多場次以後，歌劇《白毛女》突然遭到有限度的否定，直至全面的否定，甚至批判。

1966 年 6 月 10 日，丁毅在《解放軍報》上發表《文化大革命中的一朵香

〔註 74〕於學雷：《芭蕾舞革命的新花》，《文匯報》，1965 年 6 月 11 日，第 4 版。
〔註 75〕李楊：《抗爭宿命之路》，長春：時代文藝出版社，1993 年，第 287 頁。
〔註 76〕於學雷：《芭蕾舞革命的新花》，《文匯報》，1965 年 6 月 11 日，第 4 版。
〔註 77〕於學雷：《芭蕾舞革命的新花》，《文匯報》，1965 年 6 月 11 日，第 4 版。

花》，祝賀革命芭蕾舞劇《白毛女》演出成功。6 月 12 日，《人民日報》全文轉載。這位歌劇執筆者熱情歌頌舞劇《白毛女》「爲革命的文藝樹立了一個很好的樣板」〔註 78〕。所謂「樣板」即是「經典」、「典範」、「範本」的通俗用法。與此同時，丁毅承認歌劇「受著一定時代的局限」，在人物形象的塑造上是有缺陷的。比如「它不眞實地描寫了喜兒性格的柔順和屈從，過多地描寫了她所遭遇的不幸和屈辱。直到一忍再忍，毫無退路的時候，才表現了她的反抗。這就降低了這一人物的精神面貌，降低了她的階級品質，沒有充分展示一個被壓迫階級的典型人物的典型性格」。所以，有必要「根據原歌劇進行再創造」〔註 79〕。但是，此時丁毅並沒有完全否定歌劇《白毛女》，仍舊認爲它在一定程度上反映了階級鬥爭，只是「由於時代的限制，由於原作者階級覺悟、思想水平的限制，反映得不深刻」而已〔註 80〕。

可見，這個時期對於歌劇《白毛女》的評價逐漸發生了微妙的變化：從肯定前提下的超越追求，變爲了有限度的否定。歌劇的「典範性」正被削弱，舞劇的「樣本」意義卻在崛起。「舞劇《白毛女》的可貴之處，正是在於它充滿了敢於革命，敢於創社會主義之新，敢於破傳統觀念的束縛，無論從內容到形式，都敢於提出自己的看法，並取得了很好的成績」〔註 81〕。不過，此時所謂「樣本，主要是就改造芭蕾舞，使之中國化、大眾化而言的，並不著意於與歌劇敘事的對立，只是從正面讚頌了舞劇「突出了階級鬥爭的思想」，「成功地重新塑造了貧下中農形象」〔註 82〕，進而確立起舞劇在新時代的「典範」價值。

值得注意的是，對「革命現代芭蕾舞劇」的歡呼實際是權力鬥爭的表徵，「歡呼」是由於無產階級對資產階級的勝利。這個他者是現代性二元對立邏輯的產物，是構造的結果。也就是說，所謂「資產階級」是否爲一個眞實的存在並不重要，重要的是需要這樣一個標的以證實無產階級的存在。因爲「在文化藝術領域裏，無產階級如不對資產階級、封建主義的文藝進行徹底的批判、改造，也就無從建立自己的文藝」〔註 83〕。而這個抽象的運行邏輯落實

〔註 78〕 丁毅：《文化大革命的一朵香花》，《人民日報》，1966 年 6 月 12 日。
〔註 79〕 丁毅：《文化大革命的一朵香花》，《人民日報》，1966 年 6 月 12 日。
〔註 80〕 丁毅：《文化大革命的一朵香花》，《人民日報》，1966 年 6 月 12 日。
〔註 81〕 葉林：《不斷革命，不斷勝利》，《光明日報》，1966 年 5 月 17 日。
〔註 82〕 丁毅：《文化大革命的一朵香花》，《人民日報》，1966 年 6 月 12 日。
〔註 83〕 丁毅：《文化大革命的一朵香花》，《人民日報》，1966 年 6 月 12 日。

在具體現實中，不得不以權力鬥爭的形式表現出來。於是，矛頭就指向了具體的人事與權力。在文化領域內，什麼作品可以成爲「經典」，取決於權力鬥爭的結果。不久，這鬥爭就從形式轉向了敘事。歌劇《白毛女》成爲權力鬥爭的靶子，它的「經典」地位被解構。

4.3.3　一場權力話語的爭奪：批判歌劇

　　從 1964 到 1967，歌劇《白毛女》的命運悄然發生了變化。改編舞劇的時候並沒有「解構」歌劇的企圖，爲什麼舞劇上演 2 年以後，歌劇忽然「失寵」了呢？忽然從歌頌的對象變爲了批判的靶子了呢？舞劇改編與歌劇遭際的時間差清晰地表明了「革命經典」的話語建構性和操作性。所謂「革命經典」不過是權力爭奪的場域。權力話語內部的分裂，構造出歌劇與舞劇的對立；權力話語內部的勝負，導致了歌劇《白毛女》的戲劇性命運。

　　1966 年 11 月，在由中央文化革命領導小組召開的「首都文藝界無產階級文化革命大會」上，中央「文革」小組組長康生宣佈京劇《智取威虎山》、《海港》、《紅燈記》、《沙家浜》、《奇襲白虎團》，芭蕾舞劇《白毛女》、《紅色娘子軍》和交響音樂《沙家浜》8 部文藝作品爲「革命樣板戲」。從此，舞劇《白毛女》被正式冊封爲「典範」，取代了歌劇的顯赫地位。後者不但被摘去「經典」桂冠，而且轉瞬間成爲「文藝黑線」，因爲它「赤裸裸地暴露了他們的地主、資產階級的反動立場」〔註 84〕。

　　短短一兩年間，歌劇《白毛女》的命運發生了戲劇性的變化。歌劇與舞劇之間的關係從先前的「基礎」或「超越」演變爲了兩條路線之間的尖銳鬥爭，演變爲了兩種世界觀、兩種創作方法的鬥爭。

> 　　一個是站在資產階級的立場上，嚴重地歪曲農民的形象，一個是站在無產階級的立場上，正確地塑造農民的形象；一個是用資產階級人性論、人道主義的觀點來塑造劇中人物，一個是用無產階級的階級鬥爭的觀點來塑造劇中人物；一個是用資產階級舊現實主義的方法，止於揭露舊社會的黑暗；一個是用革命現實主義與浪漫主義相結合的方法，通過對現實生活中階級鬥爭的描寫，給廣大人民指出了戰鬥的道路。〔註 85〕

〔註 84〕 李希凡：《在兩條路線尖銳鬥爭中誕生的藝術明珠》，《光明日報》，1967 年 5 月 19 日，第 5 版。
〔註 85〕 公盾：《毛主席革命文藝路線的偉大勝利》，《人民日報》，1967 年 6 月 11 日，

　　所謂「兩條路線」、「兩種世界觀」、「兩種創作方法」其實正是權力話語內部分裂的結果。歌劇的「失寵」源於其中一方的「失勢」，源於當年主張和支持歌劇創作的「人」的「倒臺」。因此，關於歌劇《白毛女》的「批判」充分地表現出「話語霸權」的力量，也表現出「經典」如何在「話語」中被「建構」或被「解構」。

　　在權力話語的爭奪中，舞劇被賦予了「特殊的戰鬥任務」，即「以歌劇《白毛女》爲靶子，對周揚修正主義文藝黑線進行了一場短兵相接的白刃戰」〔註86〕。這樣的解釋顯然是一種「追加」行爲，重新表達了改編舞劇的初衷。因爲只有如此，才能夠突出芭蕾舞劇是一個「批判的革命的再創作過程」，才能夠建構起舞劇的「樣板」地位，才能夠將舞劇取代歌劇的意義描述爲「革命文藝路線反擊周揚一夥的文藝黑線及其總後臺的偉大勝利」〔註87〕。

　　與此同時，歌劇價值也在「話語霸權」中得到重新評價。重要的不是事實究竟怎樣，而是它需要被講述成什麼。李希凡的檄文並不迴避「話語霸權」，甚至還爲此開脫：「歷史眞實，絕不是什麼超階級的客觀存在……在不同階級的世界觀裏，社會存在就有不同的『眞實』，同時，不同階級對於文藝的眞實性的要求，也完全是從自己階級利益的功利目的出發的」。於是，他重新闡釋了歌劇《白毛女》的時代意義和歷史價值，認爲它「所以能在民主革命時期起過一定的啓蒙作用」，是由於「傳說故事本身就充滿著貧苦農民對地主階級殘酷壓迫的強烈的階級仇恨」。如果說歌劇曾經產生過有益的影響，那也是根據群眾意見進行修改的結果，「不能只歸功於原歌劇創作」，甚至認爲「僅就原歌劇《白毛女》的創作來看，它絲毫沒有提高傳說故事的主題思想」，「只是對中國農村的階級壓迫有所暴露，根本談不上什麼『尖銳地提出了階級鬥爭的主題』」，劇中的農民「愚昧、屈辱和落後」，「只是毫無造反精神的被憐憫的『奴隸』」。因而，斷定歌劇《白毛女》「只有血淚史、屈辱史，而無反抗史、鬥爭史」〔註88〕。這樣，曾經被轟轟烈烈構造起來的「革命經典」形象

第 6 版。

〔註86〕李希凡：《在兩條路線尖銳鬥爭中誕生的藝術明珠》，《光明日報》，1967 年 5
　　　月 19 日，第 5 版。

〔註87〕李希凡：《在兩條路線尖銳鬥爭中誕生的藝術明珠》，《光明日報》，1967 年 5
　　　月 19 日，第 5 版。

〔註88〕李希凡：《在兩條路線尖銳鬥爭中誕生的藝術明珠》，《光明日報》，1967 年 5
　　　月 19 日，第 5 版。

在權力話語爭奪中被徹底「解構」。

　　另一方面，「話語霸權」還表現在對歌劇創作過程的重新講述。它通過剪輯、拼貼、再解釋歷史細節，使批判對象「罪孽深重」，從而取得權力爭奪中的有力位置。於是，歌劇中的許多「劣跡」——比如，喜兒對黃世仁的幻想、紅襖舞、黃世仁的處置、「小白毛」的處理等等，原本是集體創作的產物——都被改寫爲某一個人的「專斷」行爲。總之，歌劇《白毛女》在新崛起的「話語霸權」中，從「典範」淪落到了批判的對象。所謂「革命經典」原來是如此容易地就被「顛覆」了。

　　1977 年春節期間，封殺 10 年之久的歌劇《白毛女》在北京天橋劇場重新上演。郭沫若不禁揮毫而就《憶秦娥》二首，其一曰：「紅旗舉，紅軍解放白毛女。白毛女，舞臺一去，人人思汝。⋯⋯」；其二曰：「紅旗舉，紅軍解放白毛女。白毛女，舞臺重上，淚飛如雨。」〔註 89〕可謂百感交加。從此，歌劇《白毛女》又恢復了其「革命經典」的封號。無奈，滄海桑田，時世已變。歌劇實在難以呈現往日輝煌。只是每逢重大紀念日，或能上演幾場。據悉，2005 年爲紀念歌劇《白毛女》誕生 60 週年，中央歌劇舞劇院又將重排此劇。

〔註 89〕郭沫若：《憶秦娥》，《人民戲劇》，1977 年第 2 期。

餘　論

　　歌劇《白毛女》歷經了誕生時分的曲折，修改時候的較量，直至流行全國，成為家喻戶曉的故事。那麼，成為革命經典需要具備什麼樣的條件？或者什麼是革命經典？它與一般意義上的經典有何不同？《白毛女》提供了「一個引發可能的問題和可能的答案的發源地」〔註1〕。

　　從詞源學上來講，最早「經」與「典」分別是兩個詞。《說文解字》中釋「經」為「織也。」《辭海》則進一步闡釋為：「經，織物的縱線，與『緯』相對」。「典」，本義為常道、法則。《爾雅‧釋話》中解釋：「典，常也」，引申為可作典範、法則的重要書籍。直到戰國以後，「經」才有了現代意義上的「經典」的意義。《文心雕龍‧宗經》篇說：「經也者，恒久之至道，不刊之鴻教也」。而在西方，「經典」（canon）源於古希臘 kanon 一詞，意為用作測量儀器的「葦杆」或「木棍」，後來引申為「規範」、「規則」或「法則」。因此，所謂「經典」可以理解為在歷時過程中演變而成的規範。正如艾略特所指明的，「經典作品只是在事後從歷史的視角才被看作是經典作品的」〔註2〕。這種意義對於那些我們現在已經熟知的所謂「恒態經典」（static canon）尤其有效〔註3〕。很長時間內人們都認為，這些作品所以經歷時間的沖洗得以

<hr>

〔註1〕佛可馬、蟻布思：《文學研究與文化參與》，北京：北京大學出版社，1996 年
　　　　6 月，第 39 頁。
〔註2〕〔英〕艾略特：《艾略特詩學文集》，北京：國際文化出版公司，1989 年，第
　　　　189～190 頁。
〔註3〕Itamar Even-Zohar 將經典區分為「恒態經典」（static canon）和「動態經典」
　　　　（dynamic canon）前者是指神聖化的文本，高雅文學；後者是指「試圖通過
　　　　文學體系的保留節目，將自己確立為創作原則的某種文學模式」。（轉引自斯

「永恒」，所以在歷時演變中成為規範，是由於其文學價值或美學自足性決定的。

> 我們一旦把經典看作為單個讀者和作者與所寫下的作品中留存下來的那部分的關係，並忘記了它只是應該研究的一些書目，那麼經典就會被看作與作為記憶的文學藝術相等同，而非與經典的宗教意義相等同。〔註4〕

這就是說，一部作品能否成為經典取決於其自身價值，在經受漫長的時間考驗後化入傳統。因此，「經典化」被理解為一個舒緩的、雍容的、溫和的漂流過程。

然而，當人們沉靜地去清理歷史時，卻發現了經典的變動性。在一個時代曾被標榜的作品，到另一個時代卻不必然受尊敬。在一種價值觀內成為典範的作品，在另一種價值觀下可能有完全不同的遭際。比如，從中世紀向文藝復興過渡時期，拉丁語經典就受到了越來越多的方言作品的挑戰，「導致了一種全新的經典，事實上是各種各樣的方言文學經典」產生〔註5〕。而在從古典主義到浪漫主義過渡時期也發生了類似的更迭，由於「審美」作為一個獨立的範疇得到承認，浪漫主義「不但使自身脫離了受人尊崇的經典，而且也使自己擺脫了舊有經典所傳達的世界知識，擺脫了一脈相承的修辭規則和道德標準」〔註6〕。而在中國，自1906年取消科舉考試以後，經典序列頻繁調整，先是儒家傳統經典的崩潰，後又經歷了不同意識形態的不同選擇，不同時期政治權力的不同裁定。總之，「誰是經典」並非一個永恒的次序。

那麼，這種變動性是究竟如何可能的呢？於是，「誰是經典」的追問演化為「誰的經典」、「誰維護著何種經典」的疑問。伴隨著文化研究的興起，伴隨著後殖民主義、女性主義以及新歷史主義等理論思潮的發軔，那種認為經典是由於經歷時間的淘洗、沖刷，而以其純粹的美學和文學價值沉澱下來的

蒂文·托托西：《文學研究的合法化》，第43頁，北京大學出版社，1997年8月。）

〔註4〕Harold Bloom, The Western Canon: The Books and School of the Ages. New York: Harcourt Brace&Company, 1994, p.17. 轉引自王寧：《文學經典的構成重鑄》，《當代外國文學》2002年第3期。

〔註5〕佛可馬、蟻布思：《文學研究與文化參與》，北京：北京大學出版社，1996年6月，第42頁。

〔註6〕佛可馬、蟻布思：《文學研究與文化參與》，北京：北京大學出版社，1996年6月，第44頁。

普遍認識受到了質疑。人們發覺了經典與權力之間的隱秘關係，注意到經典的歷史性、階級性、地方性和政治性，認識到經典是與民族國家認同、意識形態話語、性別霸權、西方中心主義等等密切相關的，它甚至可以作爲一種政治工具被利用。伊格爾頓明確指出，「所謂文學經典和不容置疑的民族文學的偉大傳統，必須被看成是由某些人出於某種原因在某一時間所做出的一種建構」〔註7〕。這在很大程度上解構了「恒態經典」。比如，「對席勒和歌德的經典化已具有了一種向心力，人們確信它是爲一個德意志民族國家的形成而服務的」〔註8〕。而莎士比亞的經典化也被看作是一個權力發生作用的過程，因爲莎劇的典範意義並非只是由於其優美的文辭和戲劇性的結構等「審美價值」，它還是一個逐漸被發現和建構的文化現象，與「英國性」（Englishness）的認同和培養分不開。

　　對「經典」的解構，引起人們對「革命經典」的反思。因爲所謂「革命經典」，有其特定內涵，它是指在意識形態話語奪取或鞏固其領導權的過程中，賦予革命合法性，引導民眾意志，並化入民眾的情感結構，深刻影響著他們的生活方式與思維方式，被保存爲革命傳統的一部分，爲國家利益和統治服務的那些文藝作品。「革命」而「經典」的命名就已經顯露出它與權力、與意識形態話語難以剝離的關係。因此，與「恒態經典」相比，革命經典的建構性、運作性、操作性和功能性就更加分明。「不研究經典的形成就無從充分探討經典——在其已有經典的層面上。不研究經典如何形成，對經典是什麼的探討就不會完滿」〔註9〕。對於「革命經典」而言，它怎樣形成、何以可能等問題就更加難以迴避。歌劇《白毛女》作爲這個家族中的重要成員，它的經典化過程爲解答這些疑問提供了具體而典型的途徑。

　　雖然「革命經典」注定了與意識形態的親密關係，但它的形成卻是一個整體性的建構過程，包含了文本與生產者的關係、文本的生產過程、文本的接受以及生產後的處理等一系列環節。《白毛女》之所以成爲經典首先是由「民族新歌劇」的美學特徵和敘事的多義結構所決定的。是什麼使它比其它革命作品贏得了更多的讀者和觀眾，是什麼使它具有相對長久的生命力？「一部

〔註7〕伊格爾頓：《文學的理論》，明尼蘇達大學出版社，1983年，第11頁。

〔註8〕佛可馬、蟻布思：《文學研究與文化參與》，北京：北京大學出版社，1996年6月，第45頁。

〔註9〕斯蒂文・托托西：《文學研究的合法化》，北京：北京大學出版社，1997年8月，第42頁。

作品的主要內容和形式特點也是決定生存可能性的一個因素」〔註10〕。《白毛女》是延安創新衝動的結果，也是延安文化資源重組後的代表作，無論音樂旋律、樂隊配器還是表演形式、戲劇結構，都在「民族化」與「現代化」之間尋找到了一個恰當的平衡點。因此，才贏得了廣大觀眾的認可。另一方面，由於集體創作帶來的話語民主，不同意願都參與了敘事，使得《白毛女》並不完全被政治話語所壟斷。所謂民間傳說、日常倫理、情愛原則、政治話語等在其中相互交錯、利用。正是這種多義結構，使《白毛女》獲得了最大的解讀和闡釋空間，以至於不同文化背景的觀眾都能夠在其中找到自己的情感契合點，從而接受意識形態話語的「詢喚」，認同新社會及其領導者的合法性。可以說，文本內部的這種張力關係正是《白毛女》廣為流傳並成為經典的原因之一。

> 執著於某些主題（和更為個人化的生活領域有關的：真愛和死亡。家庭關係，個人在面對外部世界時進退兩難的困境。）和保持某些形式上的特色〔某種形式上的複雜性，它源於勞特曼（1977）提出的反覆的編碼（repeated coding），當然包括和讀者依條件而定的期待聯繫在一起的零度器和 minus priyom〔註11〕的可能性〕的問題仍然是一個重要的研究課題。〔註12〕

當然，尤其值得注意的是「革命經典」的建構方式。雖說「恒態經典」文學價值的自足性遭到解構，暴露了經典形成過程中的操作性，然而人們不得不承認這種操作性是非常隱蔽的，它借助於歷史而變得自然起來。比如，但丁、莎士比亞、歌德等人的作品，如果不是在「誰的經典」的問題的關注下，它們的永恒性將很難受到質疑。但是，「革命經典」則不同。儘管它也名之為「經典」，但實際上並沒有經過多長時間的歷史漂流與沖刷，甚至於它的「典範」價值在其生產時分就已經被欲設，因為「意識形態的灌輸使得一種嚴格的經典成為必要」〔註13〕。

〔註10〕佛可馬、蟻布思：《文學研究與文化參與》，北京：北京大學出版社，1996年6月，第53頁。

〔註11〕意義不詳。

〔註12〕佛可馬、蟻布思：《文學研究與文化參與》，北京：北京大學出版社，1996年6月，第54頁。

〔註13〕佛可馬、蟻布思：《文學研究與文化參與》，北京：北京大學出版社，1996年6月，第49頁。

歌劇《白毛女》從創作伊始就捲入到「經典化」的宿命當中。作爲「七
大」的「獻禮」之作，其「典範」意義不言自明。首演後中共中央書記處的
三條意見，顯露出要將其打造爲「革命經典」的決心。除了第二條意見——
「黃世仁應當槍斃」——是針對戲劇情節的具體指示以外，第一條和第三條
意見——「這個戲是非常適宜的」；「藝術上是成功的」——分別從革命性和
藝術性上毫無保留地肯定了《白毛女》的成績，這實際也是肯定了它作爲「革
命經典」的資格，而傳達者的解釋無疑更清晰地點明了這種意圖：

　　　　農民是中國的最大多數，所謂農民問題，就是農民反對地主階
　　級剝削的問題。這個戲反映了這種矛盾。在抗日戰爭勝利後，這種
　　階級鬥爭必然尖銳起來，這個戲既然反映了這種現實，一定會很快
　　廣泛地流行起來的。〔註14〕

所謂「一定會很快廣泛地流行起來」的判斷，其潛臺詞就是「一定要讓
它流行起來」，使之成爲經典之作。此後，延安調用了當時所有可能的手段來
打造這部「民族新歌劇」。首先，是密集型的演出。自「七大」首演以後，在
相對集中的時間內又連續上演了 30 多場，這在延安的戲劇演出中尚屬罕見。
其次，是黨報的宣傳。《解放日報》特別開闢的「書面座談」欄目，其眞意即
在誘導民眾對《白毛女》的認同。雖然最後遭遇到不曾預料的尷尬，但是利
用黨報以「爭鳴」的方式，爲一齣戲劇大張旗鼓地做宣傳，這實在是很「隆
重」了。第三，是出版的推動。1945 年，在紙張和油墨十分緊張的情況下，
延安新華書店仍舊出版發行了六幕歌劇《白毛女》。

離開延安以至奪取全國政權以後，主流意識形態的經典建構行爲更加主
動。在演出、出版、宣傳、新聞報導、批評、文學史寫作、文學獎評選以及
其它藝術形式的改編和模仿等多重因素作用下，《白毛女》成爲引人注目的作
品，被「保存爲歷史傳統的一部分」〔註15〕。也就是說，「革命經典」的形成
不是整個過程中某一兩個突出因素的結果，而是「產生在一個累積形成的模
式裏，包括了文本、它的閱讀、讀者、文學史、批評、出版手段（例如，書
籍銷量，圖書館使用等等）、政治等等」〔註16〕，形成於生產、傳播和接受以

〔註14〕　張庚：《回憶〈講話〉前後「魯藝」的戲劇活動》，《文藝啓示錄》，北京：中
　　　　　國戲劇出版社，1992 年，第 152 頁。
〔註15〕　斯蒂文・托托西：《文學研究的合法化》，北京：北京大學出版社，1997 年 8
　　　　　月，第 44 頁。
〔註16〕　斯蒂文・托托西：《文學研究的合法化》，北京：北京大學出版社，1997 年 8

及歷史化的過程中。

總之，相比所謂「恆態經典」從容不迫的、沉緩的形成過程而言，「革命經典」則是在急功近利地、大規模地動用意識形態國家機器和現代傳媒手段過程中快速形成的，有時甚至是被命名的、先天性的、無歷史的規範性存在，在確立國家意識形態合法性方面發揮了重要而不可替代的作用。

雖然所謂「恆態經典」也不可避免地捲入政治潮流中，但是因爲「革命經典」與意識形態話語非同一般的特殊關係，它的命運更依賴於政治形勢的變化。1967 年以後，歌劇《白毛女》遭受的「厄運」典型地體現了「革命經典」的命運遭際。而當它重新恢復原來的聲譽，再次回到「經典」之位時，一個「後革命」時代卻漸漸臨近。

在新的時世裏，「革命經典」遭遇到「新解」或「戲仿」。1993 年 7 月號《讀書》雜誌上發表了署名「遠江」一篇文章。作者「撇開貧富差距這個社會論題，而從經濟關係的角度考察」，得出了相當「革命」的結論，指出「黃世仁和楊白勞在債務問題上的糾紛所造成的悲劇表明，人們圍繞經濟問題所構成的某些社會關係往往不是協調的、合作性的，這種關係內部的衝突如果任其激化，會給人們帶來極端的後果」〔註 17〕。於是，黃、楊兩家的階級仇恨和矛盾被轉化爲「債權人和債務人之間的關係」，「債權人以適當的方式向債務人索取債務應當受到法律的保護」。楊白勞作爲一個赤貧者，「根本沒有償還債務的能力，因此這一借貸關係本不應當成立」，但實際上卻發生了。作者還對曾經作爲階級壓迫罪證的高利貸做出辯護，認爲「所謂高利貸即是高利率的有息貸款，它是一個經濟問題，而不是道德問題」〔註 18〕，因此剝奪黃世仁們的財產的辦法就值得商榷，等等。這些從現代經濟法角度做出的新解，徹底離開了革命和歷史語境，將一個翻身故事解讀爲一個經濟案例。這不能不說是「革命經典」在「後革命」時代的戲劇性遭遇。

而且，這也是一個新的媒體崛起的時代，許多「革命經典」——比如《烈火金剛》、《紅旗譜》、《林海雪原》、《紅色娘子軍》、《紅燈記》、《沙家浜》等——被改編爲電視劇。它們大多重新講述了革命故事，往往將崇高的、莊嚴的革命人物世俗化，尤其增加了感情戲——楊子榮有了「初戀情人」，與匪首

月，第 44 頁。
〔註17〕 遠江：《故事新解》，《讀書》，1993 年 7 月號。
〔註18〕 遠江：《故事新解》，《讀書》，1993 年 7 月號。

成爲情敵，少劍波陷入了三角戀愛；《紅色娘子軍》被定位爲青春偶像劇，洪常青與吳瓊花有了「感情糾葛」——增強了故事的浪漫情調，致力於挖掘英雄人物的多重性格，刻畫反面人物人性化的一面等等。總之，改編後的電視劇與原著的核心精神和思想內涵相距甚遠。

於是，「革命經典」在新時代的命運就成爲了一個新的課題。主流意識形態自然要繼續維護它們的「經典」形象。針對電視劇改編情況，2004 年 4 月 9 日，國家廣電總局向各省、自治區、直轄市廣播電視局（廳）、中央電視臺、中國教育電視臺、解放軍總政藝術局、中直有關單位發出《關於認眞對待「紅色經典」改編電視劇有關問題的通知》，要求各省級廣播影視管理部門要加強對「紅色經典」劇目的審查把關工作，要求有關影視製作單位在改編「紅色經典」時，必須尊重原著的核心精神，絕不允許對「紅色經典」進行低俗描寫、杜撰褻瀆，確保「紅色經典」電視劇創作生產的健康發展。

然而，整個時代的主題改變了，現時代人們的情感結構和審美趣味也發生了很大的變化。這種情況下，被建構起來的「革命經典」如何繼續享有它的經典地位，如何繼續發揮組建政治秩序的作用，至少從接受者認同的角度向主流意識形態提出了新的挑戰。也許後者不得不將革命經典「博物館化」，即「把某一文化文本與社會現實剝離，置放於一個安全的距離中，予以審美和學理的欣賞和反思，並標以『傳統』、『經典』的標籤來教育後代和昭示世界，旨意在塑造民族國家的文化認同和意識形態」〔註 19〕。

總之，這又回到了最初的問題，即所謂「革命經典」的形成是一個包含其文學價值在內的整體化過程。由於它和意識形態話語的親密關係，其建構性和操作性就比一般意義上的經典更加鮮明。因而，它的命運也就具有更多戲劇性。

〔註 19〕劉康：《在全球化時代「再造紅色經典」》，《中國比較文學》，2003 年第 1 期。

主要參考文獻

（一）文獻

1. 《解放日報》，延安：解放日報社，1942～1945 年。

2. 《新中華報》，延安：1937～1938 年。

3. 《中國文化》，延安：第 1 卷第 1 期～第 2 卷第 6 期，1940～1941 年。

4. 《戲劇時代》，重慶：中國青年劇社，1943～1944 年。

5. 《讀書生活》，上海：上海雜誌公司，1934～1936 年。

6. 《光明》，上海：光明半月刊，1936～1937 年。

7. 《新青年》，新青年社，第 5 卷

（二）書目

1. 程光煒：《文化的轉軌──「魯郭茅巴老曹」在中國》，北京：光明出版社，2004 年 1 月。

2. 洪子城：《問題與方法》，北京：三聯書店，2002 年 8 月。

3. 洪子城：《中國當代文學史》，北京：北京大學出版社，1999 年 8 月。

4. 黃修己：《中國新文學史編纂史》，北京：北京大學出版社，1995 年。

5. 李歐梵：《徘徊在現代和後現代之間》，上海：上海三聯書店，2000 年 3 月。

6. 李歐梵：《現代性的追求》，北京：三聯書店，2000 年 12 月。

7. 黃子平：《灰闌中的敘述》，上海：上海文藝出版社，2001 年 1 月。

8. 黃子平：《革命‧歷史‧小說》，香港：香港牛津大學出版社，1996 年。

9. 王德威：《小說中國：晚清到當代的中國小說》，臺北：麥田出版公司，1993 年。

10. 劉禾：《跨語際實踐──文學、民族文化與被譯介的現代性》，北京：三聯書店，2002 年 6 月。

11. 唐小兵:《再解讀:大眾文藝與意識形態》,香港:香港牛津大學出版社,1993 年。

12. 唐小兵:《英雄與凡人的時代》,上海:上海文藝出版社,2001 年 1 月。

13. 李書磊:《1942 走向民間》,濟南:山東教育出版社,1998 年 5 月。

14. 錢理群:《1948 天地玄黃》,濟南:山東教育出版社,1998 年 5 月。

15. 王曉明:《二十世紀文學史論》,上海:東方出版中心,2003 年。

16. 李揚:《抗爭宿命之路》,長春:時代文藝出版社,1993 年 6 月。

17. 李揚:《50～70 年代中國文學經典再解讀》,濟南:山東教育出版社,2003 年 11 月。

18. 賀桂梅:《轉折的時代──40～50 年代作家研究》,濟南:山東教育出版社,2003 年 12 月。

19. 戴燕:《文學史的權力》,北京:北京大學出版社,2002 年 3 月。

20. 陳平原主編:《中國文學研究現代化進程二編》,北京:北京大學出版社,2002 年 4 月。

21. 陳思和:《中國新文學整體觀》,上海:上海文藝出版社,2001 年 1 月 2 版。

22. 陳思和:《雞鳴風雨》,上海:學林出版社,1994 年。

23. 李澤厚:《中國思想史論》,合肥:安徽文藝出版社,1999 年 1 月。

24. 〔美〕馬丁:《當代敘事學》,北京:北京大學出版社,1990 年 2 月。

25. 〔法〕米歇爾·福柯:《知識考古學》,北京:三聯書店,2003 年。

26. 〔英〕厄內斯特·蓋爾納:《民族與民族主義》,北京:中央編譯出版社,2002 年月。

27. 〔美〕杜贊奇:《從民族國家拯救歷史:民族主義話語與中國現代史研究》,北京:社會科學文獻出版社,2003 年 2 月。

28. 〔美〕本尼迪克特·安德森:《想像的共同體》,上海:上海世紀出版集團,2003 年 1 月。

29. 〔美〕馬克·賽爾登:《革命中的中國:延安道路》,第 304 頁,社會科學文獻出版社,2002 年 3 月。

30. 〔美〕馬泰·卡林內斯庫:《現代性的五副面孔》,北京:商務印書館,2002 年 5 月。

31. 〔蘇〕彼得·弗拉基米洛夫:《延安日記》,北京:東方出版社,2004 年 9 月。

32. 〔美〕海淪·福斯特·斯諾:《紅都延安採訪實錄》,中國社會出版社,2004 年 1 月。

33. 〔意〕安東尼奧·葛蘭西:《獄中札記》,北京:中國社會科學出版社,

2000 年 10 月。

34. 陳越：《哲學與政治：阿爾都塞讀本》，長春：吉林人民出版社，2003 年 12 月。

35. 〔荷蘭〕D・佛克馬、E・蟻布思：《文學研究與文化參與》，北京：北京 大學出版社，1996 年。

36. 斯蒂文・托托西：《文學研究的合法化》，北京：北京大學出版社，1997 年 8 月。

37. 斯拉沃熱・齊澤克、泰奧德・阿多爾諾等：《圖繪意識形態》，南京：南 京大學出版社，2002 年 6 月。

38. 劉曉楓：《現代性社會理論緒論》，上海：上海三聯書店，1998 年。

39. 歐達偉：《華北民間文化》，石家莊：河北教育出版社，1995 年。

40. 歐達偉：《中國民眾思想史論；20 世紀初期～1949 年華北地區的民間文 獻及思想觀念研究》，北京：中央民族大學出版社，1995 年。

41. 董曉萍、歐達偉（美）：《鄉村戲曲表演與中國現代民眾》，北京：北京師 範大學出版社，2000 年 12 月。

42. 洪長泰：《到民間去──1918～1937 年中國知識分子與民間文學運動》，上海：上海文藝出版社，1993 年。

43. 趙世瑜：《眼光向下的革命──中國現代民俗學思想史論：1918～1937》，北京：北京師範大學出版社，1999 年。

44. 《延安民主模式研究資料選編》，西安：西北大學出版社，2004 年 10 月。

45. 《魯藝在東北》，瀋陽：遼海出版社，2000 年 6 月。

46. 艾克恩編：《延安藝術家》，西安：陝西人民教育出版社，1992 年 8 月。

47. 程遠編：《延安作家》，西安：陝西人民教育出版社，1992 年 8 月。

48. 黃仁柯：《魯藝人──紅色藝術家們》，北京：中共中央黨校出版社，2001 年。

49. 王敬：《延安〈解放日報〉》，北京：新華出版社，1998 年 4 月。

50. 趙超構：《延安一月》，上海：上海書店，1992 年 11 月。

51. 陳學昭：《延安訪問記》，廣州：廣東人民出版社，2001 年 9 月。

52. 舒湮：《戰鬥中的陝北》，《民國叢書》，第 5 編第 79 冊，上海：上海書店。

53. 徐慶全：《知情者眼中的周揚》，北京：經濟日報出版社，2003 年 3 月。

54. 張庚：《張庚自選集》，北京：中國戲劇出版社，2004 年 3 月。

55. 周寧：《想像與權力：戲劇意識形態研究》，廈門：廈門大學出版社，2003 年 2 月。

56. 施旭升編：《中國現代戲劇重大現象研究》，北京：北京廣播學院出版社，

2003 年 5 月。

57. 周靖波：《中國現代戲劇論》，北京：北京廣播學院出版社，2003 年。

58. 戴嘉枋：《樣板戲的風風雨雨》，北京：知識出版社，1995 年。

59. 戴淑娟：《文藝啟示錄》，北京：中國戲劇出版社，1992 年 4 月。

60. 鍾敬之：《延安十年戲劇圖集》，上海：上海文藝出版社，1992 年 12 月。

61. 周而復：《新的起點》，上海：上海新文藝出版社，1952 年。

62. 《晉察冀文藝叢書之四——敵後的文藝隊伍（二）西北戰地服務團 1944 年大事記》，北京：文化藝術出版社，1989 年 10 月。

63. 《中國解放區文學書系‧文學運動‧理論編》，重慶出版社，1992 年 3 月。

64. 《延安文藝叢書》，長沙：湖南文藝出版社，1987 年 10 月。

65. 徐迺翔：《文學的「民族形式」討論資料》，南寧：廣西人民出版社，1986 年 5 月。

66. 《江青同志關於文藝工作的指示彙編》，《文藝批判》增刊之二，新北大公社《文藝批判》編輯部，1967 年 10 月。

67. 張庚：《秧歌劇選》，北京：中國戲劇出版社，1962 年 9 月。

68. 張庚：《論新歌劇》，北京：中國戲劇出版社，1958 年 6 月。

69. 中國戲劇家協會編：《新歌劇問題討論集》，北京：中國戲劇出版社，1958 年 3 月。

70. 舒強：《新歌劇表演的初步探索》，上海：新文藝出版社，1953 年 3 第 2 版。

71. 中華文化協會編：《大眾文藝的理論和實驗》，出版地不詳，約 40 年代。

附　錄

附錄 1：歌劇《白毛女》的部分版本

1、《白毛女》（6 幕），陝北新華書店出版，1946 年。

2、《白毛女》，延安魯迅藝術學院油印，1945 年 7 月。

3、《白毛女》（6 幕），太嶽新華書店，1946 年。

4、《白毛女》（6 幕），威縣冀南書店，1946 年 10 月。

5、《白毛女》（6 幕），鹽城韜奮書店，1946 年 11 月。

6、《白毛女》（6 幕），黃河書店，1947 年 2 月。

7、《白毛女》（6 幕），射陽韜奮書店，1947 年 7 月。

8、《白毛女》（5 幕），佳木斯東北書店，1947 年 10 月。

9、《白毛女》（？幕），渤海新華書店，1947 年 11 月。

10、《白毛女》（6 幕），周而復主編「北方文叢」，海洋書屋，1948 年。

11、《白毛女》，華北大學第一文工團編印，出版日期不詳。

12、《白毛女》（5 幕），吉林書店，1949 年 1 月。

13、《白毛女》（5 幕），華東新華書店，1949 年 1 月。

14、《白毛女》（6 幕），華中新華書店，1949 年 3 月。

15、《白毛女》（5 幕），天津新華書店，1949 年 5 月初版，1950 年修訂 4 版，1950 年 11 月重印。

16、《白毛女》（5 幕），華東人民出版社，1949 年 5 月天津初版，1951 年 11 月上海重印修訂 3 版。

17、《白毛女》（6 幕），西北新華書店，1949 年 7 月。

18、《白毛女》（5 幕），上海新華書店，1949 年 9 月。

19、《白毛女》，中華書局，出版日期不詳。

20、《白毛女》（5 幕），人民文學出版社，1952 年 4 月新 1 版，1954 年 10 月北京 2 版。

附錄 2：西戰團和歌劇《白毛女》
——訪原西戰團主任周巍峙先生

（未經受訪者審閱）

　　周巍峙：1916 年出生，江蘇東臺人。1934 年在上海參加進步出版工作及抗日救亡活動。1936 年開始創作歌曲。1937 年抗戰爆發後，去山西前線開展抗戰宣傳組織工作，不久在西安參加西北戰地服務團。1938 年 7 月 17 日加入中國共產黨，同年 11 月任西北戰地服務團副主任，率團到晉察冀邊區工作，並任北方分局文委委員和晉察冀邊區音協主席。1944 年奉命率團回延安，在魯藝戲音系任助理教員及魯藝文工團副團長。1945 年抗戰勝利後回到晉察冀邊區張家口市，歷任張家口市委文委書記、華北聯合大學文藝學院文工團團長和音樂系主任、華北人民政府文委委員等。建國後，歷任中央實驗歌劇院院長，文化部藝術局局長、第一副部長、代部長，中國音樂家協會、舞蹈家協會、曲藝家協會副主席等職。並任全國政協常委。創作歌曲有《中國人民志願軍戰歌》、《十里長街送總理》等。曾參加領導音樂舞蹈史詩《東方紅》、《中國革命之歌》的創作演出。出版有《文藝問題論集》。現任中國文聯主席，文化部黨史徵集委員會主任等職。

　　採訪人：孟遠

　　採訪時間：2004 年 10 月 28 日下午

　　採訪地點：周巍峙先生家中

孟遠（下簡稱孟）：首先，請您談一談您和西戰團的情況吧！

周巍峙（下簡稱周）：我在上海就開始了革命工作。最初，在《申報》當學徒。1934 年底 1935 年初參加了左翼的文藝活動、歌詠活動。1935 年參加了田漢領導的一個黨的外圍組織。然後先去山西，1938 年才到延安，在那裏呆了兩個月，就去了前方，帶領西戰團到晉察冀去了。我們一去就 5 年半，44 年 5 月才回到延安。因為我們是中央直接組織的團體，到時候要回去彙報工作，重新給任務。此前，曾回過一次，但敵人封鎖得很緊，沒有回成。彭眞等回延安籌備「七大」，他們少數人走了，我們這個團走不了。這次回的時候，封鎖依然很緊。記得一次我們從第一天下午走一直走到第二天天明，一走就是 20 多個小時。天一亮，大家一看，都嚇壞了，因為我們都穿著老百姓的皮襖，皮襖一打水，都長了，好像弔死鬼一樣。

孟：在晉察冀的時候，您聽說過「白毛仙姑」的傳說嗎？當時，老百姓是怎麼講述的？

周：我聽說過。都是老百姓的傳說，說仙姑爬山越嶺，如走平路，像仙家一樣，騰雲駕霧的。這個故事在唐縣、完縣、阜平一帶多一些。

孟：是不是西戰團的團員都聽說過呢？

周：不一定都聽說過，和老百姓在一起的時候，就聽說了。邵子南收集了很多關於這個傳說的資料。

孟：請您談一談邵子南在前方有關「白毛女」的創作情況？

周：沒寫歌劇之前，邵子南在敵後已經開始醞釀寫「白毛女」詩歌了。他是有準備的。但完成是在寫完歌劇《白毛女》以後，1951 年由西南人民出版社出版。

孟：您看過邵子南在前方創作的詩歌「白毛女」嗎？它和後來出版的長詩有什麼不同？

周：我看過，在我們的文學組已經討論過這個事。那時的人物情節和後來出版的差不多，前邊差不多，後邊就是另外寫的了，我也沒有對照過。

孟：回到延安以後，「白毛仙姑」的故事怎樣引起了人們的注意？

周：回延安以後，為籌備「七大」的獻禮節目，周揚開會，問我們前方的人員，有沒有什麼素材提供。邵子南就介紹了「白毛仙姑」的傳說。周揚

說，一個女孩子逃到山溝裏三年，頭髮都變白了，很有浪漫色彩啊，可以寫個歌劇嘛。因為邵子南非常熟悉這個故事，在前方搜集了很多資料，又寫過「白毛女」詩，所以就由他執筆寫了。1944 年夏秋之間開始寫作。我沒有參加是因為給我的任務是要排三個前方的話劇，一個是《糧食》，一個是《敵後合作社》，一個是《突圍》，也是準備給「七大」獻禮的。當時，我在魯藝負責「前幹班」，（就是「前方幹部訓練班」）和「地幹班」，（「地方幹部訓練班」）。「前幹班」大部分是從晉察冀回來的，也有少數其它地方的。所以，魯藝是準備拿這兩個晚會——三個話劇，一個歌劇——獻給「七大」的。我沒有具體參加《白毛女》的創作和排演，但許多排練和討論我都參加了，提了很多意見。所以，過程我還是比較清楚的。因為這個歌劇主要演員都是西戰團的：一個王昆、一個陳強。張庚有一篇文章專門談到西戰團帶回一個「白毛女」的故事。

《白毛女》排了一幕後，為了配合整風運動，主要演員都到中央黨校，去排蘇聯的話劇《前線》，反對官僚主義。排完這個話劇以後，回來又接著排《白毛女》。那時候，組織了三人小組，有賀敬之、王濱，邵子南也在。丁毅後來才加入。具體領導是張庚。邵子南那時還是單獨寫，後來才組織了一個集體。

孟：據說，後來邵子南退出了創作組，他為什麼要退出呢？是創作組內部有分歧嗎？分歧在什麼地方？

周：邵子南在寫作中間申明退出。他當時在魯藝文學系，我們在戲音戲，他在文學系貼了一個大字報，將創作分歧寫出來，聲明退出。為什麼分歧？就是因為對於喜兒所謂動搖的處理，我們都不同意。她的父親死在黃世仁手中，那麼慘，自己又被抓來、被強姦，當個僕人還有幻想，好像嫁給他就可以，和後來的性格完全不同。邵子南不同意這麼寫喜兒。現在歌劇中的一些人名、情節等還是沿用邵子南的，歐陽山在他的文集中有專門的敘述。

孟：除此之外，還有別的方面的分歧嗎？

周：分歧主要在這一方面，其它我就記不得了，因為這一點我也有懷疑，和邵子南有同樣的意見，所以記得比較清楚。後來有人說，人都有一分鐘的動搖。創作是一個整體，一個人物。這麼慘的故事，突然黃世仁說要

娶她，說你的好日子到了……騙她，她就接受了。這樣寫不下去。後來改了，改成動搖，大家都反對。藝術創作，要創作典型，思想變化有一個過程，否則，根據不足。要是普通農村女子被強姦了，鬥不過地主，也就認了，做個小啊，什麼的。有人說服我，生活中不是有這樣的人物嗎。我說農民女兒有各式各樣，爲什麼非要選這個動搖呢？她有血債，她要報仇的。

另外，就是話不投機。這也跟邵子南性格有關，比賽吃餃子，吃 100 個，比賽吃辣椒，一吃一碗。性格很倔強，很有個性。

孟：邵子南執筆的那一稿爲什麼後來被否定了？

周：有人說是邵子南寫壞了，不是的。並不是他不熟悉，他寫歌劇《不死的老人》，寫得很好的。重新寫的另外一個原因是，音樂上配秦腔，舊戲動作多，現在還有，但是少了。我們西戰團回延安後，突破了幾個問題。第一個，張庚就說你們西戰團的《把眼光放遠》救活了延安的話劇。爲什麼呢？以前延安演的那些話劇都是大戲，整風后演話劇變成了關門提高的一個罪名。所以，當時一說演話劇，大家都是猶豫的。我們演出後，很受歡迎。因爲我們在生活裏面，語言都是老百姓的。第二個是歌劇。那時延安的高峰還是配曲，包括《周子山》這樣大的秧歌劇也還是配曲。我們見到馬可等人，看他們要寫什麼戲劇，就翻找搜集來的民歌，看哪個合適。後來盧肅問張庚，爲什麼不寫歌劇，他說我們現在還是配曲階段。所以，《白毛女》的第一稿還是配曲，配秦腔。所以，大家有意見了，認爲新的歌劇應該創作，配曲不行。

音樂和詞當然有關係，不能說邵子南的詞就很有韻律，很合適歌劇。歌劇也不一定用民歌體，現在很多歌劇不是民歌，而是自由詩，是自由詩加韻，與嚴格韻律不一樣了。《白毛女》也是這樣。

孟：您看過邵子南創作的歌劇原稿嗎？

周：歌劇原稿沒有看過。張庚看過。

孟：您認爲後來排的《白毛女》爲什麼取得了成功呢？

周：賀敬之是個很有才華的詩人。但是，後邊不太成功，比較匆忙，因爲他們都沒有前方經歷。西戰團的賈克等曾參加後面的寫作。這個戲結構本身天生有個缺點，就是白毛女原來在人類當中，突然就消失了……兩個

戲接不起來了。戲的交流需要很巧妙地結構。現在是安排在廟裏見了一下黃世仁。本可以想辦法解決的，但是後來很匆忙。作爲一個經典來講，前邊的戲劇性、音樂都比較好。但後邊比較草率。

周揚說三年到山裏變成白毛仙姑，很有浪漫色彩。歌劇假如沒有更多想像力的東西，沒有更多浪漫色彩，更多傳奇性的東西，就很難寫好，不能給音樂更多的園地。現在很多東西主題都很嚴肅，而且敘事很多，不是敘情。敘事的東西很難流行，抒情的東西才能流行。現在的歌劇從選題到結構到音樂，路子還沒有找到。我是很提倡大家搞一些音樂劇的，走一些新的路子，但是總是弄不起來，搞著搞著就變成歌劇了。最大的問題是我們的娛樂性太差，我們的抒情性太差。應該表現更多人的感情。所以，白毛女裏邊的有些東西完全是用感情抒發出來的，「昨天夜裏爹爹回到家，心裏有事不說話。天明倒在雪地裏，爹爹爹爹爲什麼？」很抒情，很感人。從人的感情出發來寫歌劇就很容易動人。有些文藝作品成爲教材，它本身不是教材，它是藝術。現在歌劇的路子太窄，而且主題先行也很厲害。

孟：您在前方也創作過一些歌劇，比如《不死的老人》，您寫的歌劇和《白毛女》的歌劇樣式一樣嗎？

周：我在前方創作的歌劇，不是完全按照民歌的，是「創作」，是從抗戰歌曲那條線索下來的，與西洋歌劇不一樣，但吸收了希臘歌劇手法，用了後臺歌聲。與《白毛女》不一樣。在延安整風都是小資產，沒有辦法演。白毛女能夠流行就是因爲旋律很好聽，音樂能流行。一個歌劇如果要流行，沒有好的音樂，就流行不起來。西洋歌劇如果沒有幾段好的詠歎調，也流行不了。中國戲曲也是這樣，如果沒有幾段好唱的，那也留不下來。所以，《白毛女》音樂上的功勞很大，很悅耳，容易上口。否則，我看也⋯⋯當然，詞也寫得很好，賀敬之是很有才能的詩人。

孟：當時，您這種的創作手法很先進吧？延安文藝界是不是更提倡民歌呢？

周：也不是，反正是我那個時候的水平，是眞情實感。⋯⋯艾青就沒有寫民歌體，他就是散文體。各個作家還應該保存個人的東西，完全用民歌體的是少數比較熟悉的人。當時，提倡工農兵的思想，工農兵的語言。那個時候寫小說，儘量用農民的語言，要不然，就被認爲是小資產。但是，

也不是完全按民歌。張魯、馬可他們用民歌創作《白毛女》，但也不是都用，有些地方就不是民歌，那麼，放在一起也就過去了。假如不是這樣，後面的大段的唱，有很長的獨唱，也就變成了小資產了。

孟：《白毛女》「舊社會把人變成鬼，新社會把鬼變成人」的主題是怎麼提出來的？

周：邵子南寫的時候還沒有提出這個主題。這個主題是後來看了戲以後才認識到，開始沒有提。一開始還有人還攻擊這個戲，艾青就寫大字報，批評周揚，說整風以後，你們魯藝整天幹什麼呢？就是裝神弄鬼，一個是「白毛仙姑」，（當時還不叫「白毛女」）變成白頭髮了；一個是「紅鞋女妖精」，寫巫婆（賀敬之等編的）。

孟：請您談一談周揚在創作《白毛女》過程中的作用？

周：周揚很支持《白毛女》，當時，有各種批評呀意見呀，他都堅持了。比如，艾青說搞這個裝神弄鬼，他就說我們這是正確的。張庚經常向他彙報很多情況，他也看了。張庚花很多精力，他懂戲呀。他原來是搞話劇，後來搞戲曲。王濱這些人也都出了很多主意，王濱在結構戲劇上花了很大氣力。新的本子以後，舒強也參加進來了。

孟：在前方，您是什麼時候看到《講話》的？《講話》具體影響了西站團的哪些文藝實踐活動？

周：很晚才看到《講話》，1943 年 11 月 12 月間才看到半本。那時候，我們在戰鬥當中，怎麼學習呢？就準備到敵佔區去實踐「為工農兵服務」的精神，做宣傳工作，深入群眾，參加武工隊。大家都說，我們願意用我們的青春我們的生命把歌曲作好。那時候，女同志都有兩個手榴彈，一個用來消滅敵人，一個是留給自己，準備在關鍵的時候用。我有駁殼槍，但沒打過。遇到敵人，我們儘量迴避，所以，西戰團在前方 5 年多，沒有犧牲一個。戰爭有兩個目的，一是消滅敵人，一是保存自己。我們消滅不了敵人，但要想辦法保存自己。我們平時分散到群眾中去，和群眾一起打游擊，既沒有危險，也完成了工作任務。所以，我們可以坐在山頂上，看著日本打著太陽旗，一個村一個村地掃（蕩）。敵人他的任務不是搜山，看到山上有人，他也不管。老百姓對我們特別好。

孟：這麼緊張危險，那在前方是否知道延安整風？是否知道延安文藝界的變

化？

周：不知道。秧歌發展，因為《解放日報》有刊載，偶然也能看到。但我們
43 年底才看到《講話》，真正學習還是過多以後。當中有一段整風，43
年冬整得夠嗆。我沒有看到《講話》，他們領導機關看到了，就用《講話》
來套。我們演大戲就說是藝術至上主義。1940 年建團三週年紀念，我們
演《雷雨》，自己演自己看。因為沒有地方，我們就在村子裏演，老百姓
也來看。看後，他們還問那個周沖後來怎樣了。後來，北方分局開一個
三級幹部會。聽說西戰團演了《雷雨》，就叫我們去演。當時，正下著雪。
我們就在雪地裏演。沙發後面擺一個火盆，演員的地位可以適當靠近火
盆，因為太冷了。第一幕魯貴還扇扇子，拍蚊子呢!花 6 天排出來，一年
365 天，就用 6 天排個戲，就藝術至上主義了。

抗敵劇社，就是原來汪洋的抗敵劇社。他們演《日出》，有領導看後，覺
得這個戲可以增加幹部對舊社會的瞭解，認為很好。於是，限他們三天
排出來，從唐縣趕到平山演。這也是藝術至上主義。三天排出來的一場
戲，哪有藝術至上主義呀？就是排出來了而已，哪有藝術叫你去講究啊。
不看大戲，就沒有演劇經驗，不從大戲得到鍛鍊，就根本不知道如何結
構一齣大型戲劇。這就是普及與提高。不提高怎麼行。所以，整風搞得
大家非常悶。我是北方分局文委，一天不發言。但是，總這樣也不行呀，
得服從黨的領導。我們就只說自己的問題，比如生活不夠呀，人物不鮮
明呀。其它的我們不管。怎麼改正呢？於是，我們就下鄉，分成兩個隊，
一個去平山，一個去繁峙。身處在敵人的包圍之中，在敵人中間工作了
一個多月，穿梭演出，是真正地深入生活呀。新華社還表揚我們了。這
也是講話要求。就是這次下鄉期間，創作了歌劇《團結就是力量》，宣傳
減租減息。當時也沒有想到這首歌後來會那麼流行。

我們到敵人包圍中演出的時候，都是晚上化好裝，摸黑到另外一個村，
走 20 多里地，這樣不會被敵人追蹤。到那裏以後，先看好退路。演完以
後，立刻撤退。又走 20 多里，到另外一個地方住下來。我們是在很困難
的很危險的情況下演出的。敵人也摸不清到底怎麼回事，我們動員老百
姓詐敵人說，今天我們這裏過了一個團，又有人說根本數不清多少人。
這些假情報使敵人也弄不清虛實，不敢擅自行動。我們的演出都在院子
裏邊，我管燈光、舞臺監督。演員是凌子風、陳強這些人，都是大演員。

演的時候在長凳子上擺幾個碗，裏邊放上油，點上撚子，就算燈光了。有時，連油也沒有，就燒柴火。我說「開幕」就開始了。你想像不到我們在多麼困難，多麼危險的情況下進行文化活動。還帶了個藝術至上主義的帽子，說你離開群眾，離開政治。

孟：建國以後，您曾經帶團到國外巡演，請您談談歌劇《白毛女》在國外演出時的情況？

周：我們 1951 年 6、7 月份出去，一直到第二年才回來，這是建國以後第一次巡演，也是出國時間最長，訪問國家最多的一次巡演。（1957 年還帶了一個 400 多人的團，有雜技團、歌舞團、京劇團。那次到雲南才把團員召集齊了，到緬甸才排劇目，在仰光排了兩天，然後就到巴基斯坦演出了。）關於《白毛女》演出的情況在這本書（《當我們再次相聚：中國青年文工團出訪 9 國一年記》）中有介紹。我帶的這個團裏邊至少有 50 多個團級幹部。我組織這個事，就是想讓這些人有機會出去看看。因爲這些人長期在農村，包括我是雖然從上海來的，但我在農村呆了多久，抗戰八年，解放戰爭三年半，我都在農村。所以，要出去看看，這個團出去看了很多戲。不但看古典的，學習古典東西的技巧。也看民族的，像俄羅斯、匈牙利、荷蘭等國家民間的東西，俄羅斯邊境地區的少數民族的合唱多漂亮啊，回來以後我們也學習搞民歌合唱。西歐有些國家則沒有民間，民間不成形，眞的民間很少。我們並沒有要崇洋，但西洋的東西我們要學習。文革當中說周巍峙帶的這個團全修了。

特別神氣的是在維也納，當時維也納還沒有獨立，四個國家公管，一個禮拜是美國人管，一個禮拜是法國人管，一個禮拜是蘇聯人管。我們利用蘇聯管理的時候，就進去了。所有的軍人都穿著軍裝，雄赳赳的，打著旗子在維也納市區遊行，表示我們中國人民的威嚴和力量。那是個古老的文化國家，看到我們這個隊伍，覺得很新鮮。我們到斯特勞斯、貝多芬等人的雕像前，眞正地恭恭敬敬地給鮮花。一方面顯示我們新中國的力量，一方面我們也很尊重他們。

孟：外國人看《白毛女》，主要是故事吸引他們呢？還是我們的藝術形式引起了他們的興趣？

周：首先是故事吸引他。表演，也有人贊同，但也有人欣賞不了我們的唱

法。他們習慣聽西洋唱法了，你這個民族唱法不習慣。他們更熱愛故事。

孟：周老，非常感謝您在百忙之中接受我們的採訪。祝您身體健康！

附錄3：歌劇《白毛女》與電影《白毛女》
——訪電影編劇之一楊潤身先生

（未經受訪者審閱）

楊潤身：1923 年 7 月出生，1937 年秋參加革命，1938 年春加入中國共產黨，曾任八路軍八大隊宣傳隊員，民眾劇團指導員，前衛報社指導員，溫塘區委宣傳委員。現任天津作協副主席。主要創作有：電影《白毛女》（合作編劇）、《探親記》；長篇小説《風雨柿子嶺》、《九莊奇聞》、《魔鬼的鎖鏈》、《白毛女和她的兒孫》；散文集《每當我走過》等。

採訪人：孟遠

採訪時間：2004 年 2 月 14 日下午

採訪地點：河北省平山縣政府招待所

孟遠（以下簡稱孟）：您是平山人，聽説過「白毛仙姑」的民間傳説嗎？

楊潤身（以下簡稱楊）：這個故事主要流傳在完縣、唐縣、阜平、平山等冀西一帶。平山的這個傳説，我從小就知道。我 9 歲的時候聽奶奶講過，當然講的就比較簡單了。説財主家有一個丫鬟，是窮人家的孩子，被要帳要到財主家。到了財主家裏以後，推磨、拉碾，使役她，什麼罪都受。就這樣，財主家的一個公子哥還把她糟蹋了，還要把她賣掉。這個使女受刑不過就逃了出來。逃到山溝裏，吃野果，吃野菜，吃山棗、吃胡桃，還偷奶奶廟裏的供獻，自己為生。因為這個姑娘品性特別好，她在財主家裏受罪受夠了，因此，在山裏就修成仙了。一身白毛，頭髮也白了，變成了「白毛仙姑」。她是個好仙，

專門保祐窮人平安。於是，老百姓就給她修了一座廟，叫「白毛仙姑」廟。每到大年初一就去燒香，求她保祐平安，這就是最早的原始故事。

孟：現在還有「白毛仙姑」廟嗎？

楊：沒有了。天桂山上有「白毛仙姑」洞，那是旅遊點。拍電影的時候，我們去看過那個洞，想在那裏拍，但因為燈光不行，沒有拍成。真正拍的時候是搭的內景，在內景裏面拍的。現在人們都承認了「白毛仙姑」洞，年輕人還去拜，還信「白毛仙」，求她保祐平安。我沒有看見燒香，但我看見這樣（做拜狀）。不靈，都是假的，迷信。

孟：請您談一談有關這個傳說的文學創作情況

楊：我是 1923 年生人，今年 82 歲，至少在 30 年代初就有了這個傳說。40 年代時候，西戰團的邵子南寫了詩歌「白毛仙姑」。還有，聽賀敬之說，一個作家叫李滿天也把這個故事寫成小說，託人帶到延安，交給周揚。周揚就把這個故事在魯藝裏搞成了歌劇。

孟：您是什麼時候接觸到歌劇《白毛女》的？

楊：那是 1946 年，村劇團演歌劇《白毛女》，我當導演。重新寫的劇本，基本故事是延安的歌劇本。拍完這個戲以後，就有一個人找我去。他說，老楊啊，這個歌劇《白毛女》是不真實的，不是黃世仁強姦了喜兒，而應該是兩個人通姦。因為強姦的話，有不了小白毛女，一定是通姦，才會有小孩。我說我不懂科學，不懂衛生知識。後來我才知道，這個人是地主一個幫辦，實際上是個二地主。還有兩個農民，都是婦女，那流淚流多了，流完以後也找到我。對我說這裏面也有不真實的，那個小白毛女是不應該有的。喜兒受那麼大的罪，她會保留這個孩子嗎，她不會保留。她們說我要是喜兒，我決不要這個孩子，早把她弄死了，後來，我們再演，就把小白毛去掉了。

孟：歌劇當時感動了那麼多人，您認為主要是由於歌劇講述的故事感人，還是它的藝術形式呢？

楊：這個我得仔細給你說說，這些你們都不知道了。過去，平山這裏的階級壓迫是很厲害的。就說我吧，我的父親就是個典型的楊白勞，我家欠地主 360 弔的帳。生下我時，我母親就想把我弄死。因為已經有一個哥哥了，家裏太窮，養不了我。母親和父親商量好，弄了個水缸，要把我淹

死。奶奶聽說後趕緊去找我，到那裏時，我已經被泡在水缸裏了。是奶奶救出了我。從我記事，我沒有看到父親笑過一次。過年時，沒有穿過新衣服，沒有吃過白麵餃子，最好的是高粱麵餃子。我父親一提還帳，走路都走不動了。我看得清楚著呢。我本家的一個哥哥，家裏有一個石碾。推碾子的時候，我的嫂子沒注意，一隻公雞上去，吃了兩粒玉米粒。我哥哥正好路過看見了，心疼這兩個玉米粒，就搧了我嫂子兩巴掌。我嫂子一句話不說，回到家裏，抱上自己一週歲的女兒，就跳了井了。我哥哥看到這樣，也要跳井，被我父親攔住了。我不是看見一個跳井的，一個上弔的，都是因為地主壓迫得不能過了。所以，你就可想而知，當時，農民看了戲以後，就覺得好像在演自己的事情一樣，非常願意看。

孟：那您後來怎麼又去參加了電影《白毛女》的編劇呢？

楊：我給村劇團編了一些劇本，不只是《白毛女》，還有好多。這個村劇團是晉察冀邊區鄉村文藝的一面旗幟。周揚他們都知道我，在一起開過會。所以，搞電影《白毛女》時，提出把我調去。那時，兩個編導來找我，找到平山，我已經不在這裏，進了天津。他們就又找到天津，對我說他們想把歌劇《白毛女》搞成電影，請我參加編劇。因為我有生活，他們都沒有。生活是基礎，是個真實的基礎。當時，香港先搞了，電影劇本都已經寫好。因為那裏也演了歌劇，他們就根據歌劇改編成電影劇本。但是，後來沒有拍成。我們 1949 年開始拍電影，1950 年拍完後上演。

孟：在講述故事上，歌劇《白毛女》和電影《白毛女》有什麼區別呢？

楊：歌劇和電影有不小的區別。第一，歌劇是楊白勞「躲帳」，我提出「躲帳」是不真實的。電影中，楊白勞、喜兒、大春不是「躲帳」，而是「還帳」。按習俗，只要還了利息，就可以太太平平過年。這是不成文的規矩。越是還帳，越能說明地主的罪惡。我的父親很堅強，很能幹，累得 30 多歲，就變成了牛，兩條腿都快挨著地了。他不躲帳，就是把利息攢夠了，到了年三十兒去還帳。那麼，楊白勞、喜兒、大春三個勞動力，完全可以掙夠黃世仁的利息。人家已經還完利息了，還要變換規矩，說是要本利全收，要人家的喜兒。於是，楊白勞就還不起帳了，喜兒被人家拉走。這樣寫，地主的罪惡就更大。這樣拍的話，更加真實。因此，電影也就比歌劇更深刻了。

第二，喜兒和春兒的愛情。原來歌劇當中愛情是淡的，模糊的。我們三個人討論，認爲應該加強他們的愛情。喜兒和大春越愛，黃世仁把人家閨女霸去，就越感動人。於是，愛情方面的內容就多了。要讓喜兒和大春相愛。電影裏有幾個情節。一個鏡頭是，這裏柿子樹特別多，電影一開始，春兒給喜兒摘柿子，一邊在那裏偷聽王大嬸、趙大叔和楊白勞商量他們的婚事。一個鏡頭是，喜兒在新房裏盤頭髮。過去，留辮子的是姑娘，挽成髮髻就是媳婦了。喜兒喜歡大春，她自己就在房間裏試著練習挽髮髻。這時，春兒突然從外面進來，她的臉一下子就紅了，趕快把頭髮放下來。在她盤頭髮的時候，加了一段唱。這是電影《白毛女》中最動人的一個場景。這個鏡頭也是來自生活。我有一個本家的姑姑，她和喜兒有差不多的遭遇，也是沒有得到自己所愛的人。我那時十幾歲。我的這個姑姑準備結婚了，她就自己練習挽髮髻。有一天，就她一個人在家裏。我一推門，看見她正對著鏡子挽頭髮呢。姑姑一看有人進來了，以爲是個大人，趕緊把頭髮放下來，一看是我才鬆了口氣，她告訴我說，你可不敢說看見我在挽髮髻呢，讓人家笑話我說我願意做媳婦。這件事我記得非常清楚，就把它用在了電影上。它從生活中來，是創作不出來的。還有，喜兒貼窗花時，有一段唱，就是「北風吹」，但後面的詞改了，改成歌唱愛情的了，「北風吹，雪花飄。風天雪地兩隻鳥。鳥飛千里情義長，雙雙落在樹枝上。鳥成對，喜成雙，半間草屋做新房」。那是賀敬之改的，改得很好。電影中愛情的這條線是從始到終貫穿著的。民間故事本來就是一個很浪漫的故事，把愛情加強了，就更加浪漫了。喜兒被黃家搶走後，有兩段輪唱，通過兩個鏡頭的切換表現大春和喜兒相互思念。大春唱：「連根的樹兒風刮斷，連心的人兒活拆散，隔牆如隔千重山，哪一天才能再見面」，馬上鏡頭切換到喜兒：「一幅藍布兩下裏裁，一家人家兩分開，隔牆好比隔大海，什麼人捎信來」。這是根據平山秧歌改編的。再有，喜兒給大春做鞋，也是爲了加強愛情。改編電影時有意識地加強了喜兒和春兒的愛情。

第三，要不要小白毛女。當時爭論很厲害的。有人說，這是母愛，母親愛孩子，是天性。我是不同意的，理由是我清楚地記得在村裏排歌劇《白毛女》時兩個婦女跟我說的話。兩個編導拿不定主意。最後，爭論到了周揚那裏，周揚說不要，這樣電影中才沒有了小白毛。後來，歌劇也改

了，去掉了小白毛。

第四，結婚不結婚。有人說，大春跑到了延安，當了幹部，喜兒變成了白毛女，怎麼還能結婚呢？我是堅持結婚的，不結婚不道德。事實上，改成結婚以後，效果很好。電影最後不是又盤上了髮髻嗎？頭髮也變黑了。她和王大嬸愉快地在地裏收穀子，大春挑上後與喜兒高高興興回家。這是中國人的審美習慣，講究大團圓。也不僅僅是團圓的問題，這是革命的道德感情所要求的，不允許將兩個人分開。電影將愛情加重了，最後不讓她結婚，行嗎？內部爭論得很激烈，我還是堅持要「結婚」，哪怕鏡頭少一點，還是應該說明最後的結局。電影裏邊還有很多細節改編，非常多，我一時想不起來了。

孟：從藝術手法上說，歌劇《白毛女》和電影《白毛女》有什麼區別？

楊：電影和歌劇不一樣。電影是形象的東西，你必須用形象來說明他們之間的愛。寫小說可以描寫，寫歌劇可以抒情可以唱。對於電影來說，只有這些，肯定不行，必須用形象來說明，就像我前邊說的那幾個鏡頭。電影拍得很真實，都是從生活中來的。比如一開始的一個鏡頭是喜兒擦汗，她沒有用手絹，而是拿鐮刀背抹的。包括服裝，都是真實的農民的衣服。我們那時搞這個電影苦得很，細緻得很。張水華這個人很有學問。有一個鏡頭是楊白勞在點現洋，他拿起現洋吹一吹，響了，就是真的，不響，就是假的。這時，趙大叔就問了：「老楊哥，黃家的利錢掙夠了？」楊白勞一邊數一邊說：「掙夠了！」「掙夠了？」，又問。楊白勞說：「骨頭裏熬油，不容易呀」！這句臺詞，歌劇裏面沒有。本來有多種說法可以表現這個意思，比如「蕎麥皮裏榨油」等，但最後選擇了「骨頭裏熬油」這句話。但是，電影是形象的，只有這句話不行，得用畫面來表現。所以，就設計了打柴一場戲。喜兒和大春一起去打柴，大春在山澗中飛來飛去，那鏡頭非常驚險。拍這個鏡頭最艱難了。李百萬和田華下不得百丈懸崖，就找了兩個道士替身，一個62歲，一個60歲。62歲的裝大春，就是在懸崖上弔著的那個，給的是遠鏡頭，近鏡頭給的是田華、李百萬。當時，有兩個攝影師，一個坐在懸崖上，一個在下邊，在地裏。拍的時候，那個道士下來了，在懸崖上的攝影師手哆嗦了，沒有拍成。如果他要拍成了，大春在藍天裏飛，就更漂亮了。說再拍一次吧，不拍了。為了掙錢還帳，是豁出命去的。就用這個形象來表現「骨頭裏熬油」。

電影中趙大叔這個人物沒演好。大春回來以後，群眾演員都哭了，但是，我們這個專業演員卻沒哭。本來有一句臺詞，「今天是個好日子，誰也不要哭了！」說完這句話時，趙大叔轉過臉來，應該流淚的。但演員卻沒有流淚，拍了兩次都沒有流。趙大叔是一個很堅強的、感情很充分的，很有知識的人物。

孟：編劇的時候，怎麼處理喜兒和楊白勞的形象？

楊：這是從理論上講的，這個喜兒必須寫堅強，她是階級的典型。研究性格的時候，我們認為要表現兩代人，一個是老一代，抗擊災難的力量薄弱，一個是年輕一代，比較堅強。這個不能改變，像芭蕾舞劇中就把楊白勞改編成戰鬥的，拿起扁擔作鬥爭，被人打死了。這個不真實，生活中有太多的人被逼死了。喜兒呢？一定要把她塑造的堅強，「我要活！我要活！我要報仇！」是一個非常可愛的堅強的女孩子。電影的主題也是「舊社會把人變成鬼，新社會把歸變成人」。這和歌劇是一樣的。

孟：為什麼有了歌劇，還要拍電影呢？

楊：歌劇沒有電影普及，那才有多少觀眾。而電影呢，沒有看過電影《白毛女》的中國人簡直非常少了。前兩年，在溫唐遇到一個老同志，70多歲了，他見到我，很激動，說他就是看了《白毛女》才參軍的。去年，有一位日本女士來看望我，她說她在日本看了電影《白毛女》後瞭解了舊中國，愛上了新中國。所以就來到了中國，一直住到現在。我還寫了一篇散文《走進幸福之家》，發表在今年1月9日的《人民日報》上，裏邊提到她。一個美國友人也對我說，電影《白毛女》好得很呢！

孟：請您談一談電影的獲獎情況？

楊：《白毛女》獲得1951年第六屆國際電影特別榮譽獎，1953年獲1949年～1955年優秀影片獎一等獎，國家一等獎，所有電影獎裏邊只有我們三個獲了一等獎，其它都是二等、三等。它確實很成功，一演全國人民都喜歡看。從經濟效益上講，錢賺多了，不知道發行了多少拷貝。拍的時候花了60個金條，在當時是個大數字。可是賺回來的就沒辦法計算了。在外國，像蘇聯、法國都演過。哪一部電影也沒有《白毛女》賣票多！所以，茅盾看了電影以後說這是「又一個白毛女」，它更真實了，更生活了。

孟：楊老，非常感謝您在百忙之中接受我的採訪，請多保重！

附錄 4：歌劇《白毛女》部分研究資料索引

40 年代

1. 《魯藝工作團演出〈白毛女〉》，《解放日報》，1945 年 6 月 10 日。
2. 《關於〈白毛女〉》，《解放日報》，1945 年 7 月 17 日。
3. 季純：《〈白毛女〉的時代性》，《解放日報》，1945 年 7 月 21 日。
4. 解清：《談談批評的方法──讀〈〈白毛女〉的時代性〉》，《解放日報》，1945 年 8 月 1 日。
5. 夏靜：《〈白毛女〉的演出效果》，《解放日報》，1945 年 8 月 2 日。
6. 陳隴：《生活與偏愛──關於〈白毛女〉》，《解放日報》，1945 年 8 月 2 日。
7. 唱家：《〈白毛女〉觀後感》，《解放日報》，1945 年 8 月 2 日。
8. 張□：《〈白毛女〉觀後感》，《晉察冀日報》，1946 年 1 月 3 日。
9. 《〈白毛女〉演出手冊》（新訂本），建國劇藝社，中原劇藝社，新音樂社聯合公演，1949 年。

50 年代

1. 丁毅：《歌劇〈白毛女〉創作的經過》，《中國青年報》，1952 年 4 月 18 日。
2. 王淑明：《〈白毛女〉奠定了中國新歌劇的基礎》，《文匯報》1952 年 11 月 12 日。
3. （蘇）烏撕丁諾夫：《別洛露西亞大歌舞劇院演出〈白毛女〉》，《戲劇報》，1959 年 23 期。

60 年代

1. 馬可：《從秧歌劇到〈白毛女〉》，《中國青年報》，1962 年 5 月 12 日。

2. 馬可：《〈白毛女〉的創作回顧和體會》，《人民日報》，1962 年 5 月 19 日。

3. 歌劇《〈白毛女〉是怎樣產生的》，《河北日報》，1962 年 5 月 23 日。

4. 聞錦：《難忘的第一次演出——解放前演出〈白毛女〉片段回憶》，《北京晚報》，1962 年 5 月 26 日。

5. 馬可：《過去的歌聲》，《文匯報》，1962 年 5 月 29 日、31 日。

6. 《〈白毛女〉演員憶舊話新》（上、中），《北京晚報》，1962 年 6 月 28、29 日。

7. 《一堂生動的階級教育課，工人、學生、戰士座談歌劇〈白毛女〉》，《北京晚報》，1962 年 7 月 13 日。

8. 馬可：《關於〈白毛女〉的修改》，《文匯報》，1962 年 7 月 18 日。

9. 《座談歌劇〈白毛女〉的新演出》，《戲劇報》，1962 年 8 期。

10. 洗塵：《千錘百鍊，精益求精——試談歌劇〈白毛女〉的新演出》，《南方日報》，1962 年 11 月 29 日。

11. 紀述：《〈白毛女〉之憶》，《羊城晚報》，1963 年 9 月 16 日 3 版。

12. 榕立：《郭蘭英與〈白毛女〉》，《羊城晚報》，1963 年 11 月 16 日 1 版。

13. 李波：從《〈兄妹開荒〉》到〈白毛女〉》，《羊城晚報》，1963 年 11 月 27 日 2 版。

14. 《三看〈白毛女〉》，《大眾電影》，1964 年 8～9 合刊。

15. 文紀：《歌劇〈白毛女〉問世前後》，《吉林日報》，1964 年 8 月 11 日。

16. 李希凡：《在兩條路線尖銳鬥爭中誕生的藝術明珠——從芭蕾舞劇〈白毛女〉的再創作看周揚文藝黑線及其總後臺的「寫真實」謬論的破產》，《光明日報》，1967 年 5 月 19 日。

17. 公盾：《毛主席革命文藝路線的偉大勝利——談芭蕾舞劇〈白毛女〉的改編》，《人民日報》，1967 年 6 月 11 日。

70 年代

1. 編者按：《粉碎「四人幫」，歌劇〈白毛女〉得解放》，《人民音樂》，1977 年第 2 期。

2. 李春甫：《喜看歌劇〈白毛女〉重新上演》，《人民音樂》，1977 年第 2 期。

3. 瞿維：《歌劇〈白毛女〉的新生》，《人民音樂》，1977 年第 2 期。

4. 郭沫若：《歌劇〈白毛女〉重上舞臺》，《人民戲劇》，1977 年第 2 期。

5. 於夫：《人民的戲劇——歌劇〈白毛女〉散記》，《人民戲劇》，1977 年第 2 期。

6. 王昆：《寫在歌劇〈白毛女〉重新上演之際》，《人民音樂》，1977 年第 2 期。

7. 張庚：《歷史就是見證——憶歌劇〈白毛女〉的創作，深揭狠批「四人幫」》，《人民日報》，1977 年 3 月 13 日。

8. 李滿天：《今朝更好看——歌劇〈白毛女〉觀後隨感》，《人民文學》，1977 年第 4 期。

9. 星元：《看歌劇〈白毛女〉重新上演的感想》，《人民戲劇》，1977 年第 4 期。

10. 林誌浩：《批判「四人幫」發動的圍攻歌劇〈白毛女〉的謬論》，《文學評論》，1978 年第 2 期。

80 年代

1. 李露玲：《回憶歌劇〈白毛女〉在香港的一次演出》，《人民音樂》，1981 年第 5 期。

2. 前民：《歌劇〈白毛女〉》好——觀摩〈白毛女〉重排有感》，《戲劇電影報》，1984 年第 27 期。

3. 陳厚城：《邵子南與〈白毛女〉》，《當代文壇》，1985 年第 6 期。

4. 《歌劇〈白毛女〉重新上演》，《北京日報》，1985 年 6 月 27 日。

5. 《〈白毛女〉問世四十年，三代藝術家同臺參加紀念演出》，《解放軍報》，1985 年 7 月 2 日。

6. 李波：《〈白毛女〉的道路》，《北京日報》，1985 年 7 月 6 日。

7. 《彭麗媛主演〈白毛女〉獲觀眾好評》，《黑龍江日報》1985 年 7 月 15 日。

8. 於夫：《「雷暴雨翻天我又來」——紀念歌劇〈白毛女〉上演四十週年》，《解放軍報》，1985 年 7 月 25 日。

90 年代

1. 李滿天：給山西抗戰文學回憶錄編輯組姚寶煊等的信，手稿。

2. 朱萍：《〈白毛女〉在延安創作排演史實核述》，《新文化史料》，1992 年第 2 期。

3. 葉霜：《在國統區演〈白毛女〉》，《文史雜誌》，1992 年第 3 期。

4. 遠江：《故事新解》，《讀書》，1993 年 7 月。

5. 流沙河：《白毛女原型》，《舞臺與人生》，1993 年 9 期。

6. 李滿天：《我是怎樣寫出小說〈白毛女人〉的》，《歌劇藝術研究》，1995 年第 3 期。

7. 韋明：《〈白毛女〉牽動我的心》，《歌劇藝術研究》，1995 年 3 期。

8. 張拓、瞿維、張魯：《歌劇〈白毛女〉是怎樣誕生的——關於〈白毛女〉的通信》，《歌劇藝術研究》，1995 年 3 期。

9. 李剛：《歌劇〈白毛女〉的歷史貢獻》，《歌劇藝術研究》，1995 年第 3 期。

10. 舒強：《回憶五十年前〈白毛女〉的排演》，《歌劇藝術研究》，1995 年第 3 期。

11. 《作曲家陳紫訪談錄》，《歌劇藝術研究》，1995 年第 3 期。

12. 《五十年歌劇《白毛女》魅力依舊，關於〈白毛女〉重排的訪談》，《音樂周報》，1995 年 4 月 21 日。

13. 《〈白毛女〉增加感情戲，賀敬之強烈不滿》，《遼寧日報》，1995 年 5 月 26 日。

14. 黎辛：《喜兒又紮上了紅頭繩——兼述延安時期〈白毛女〉書面座談》，《文藝報》，1995 年 7 月 14 日。

15. 向延生、朱萍：《歌劇〈白毛女〉在延安的創作與排演》（上、下），《人民音樂》1995 年第 8 期。

16. 天明 ：《駁斥爲黃世仁辯護的謬論》，《中流》，1995 年第 10 期。

17. 朱萍：《歌劇〈白毛女〉是怎樣誕生的》，《音樂周報》，1995 年 12 月 29 日。

18. 李剛：《歌劇〈白毛女〉在延安進行創作的情況》，《新文化史料》，1996 年 3 月。

19. 《歌劇〈白毛女〉再度上演，第十二屆首都青年文化節同時開幕》，《北京青年報》，1996 年 4 月 20 日。

20. 王培元：《歌劇〈白毛女〉誕生內幕》，《森林與人類》，1999 年第 7 期。

附錄 5：「毛女」傳說

一、「落難—入山—生毛—成仙」序列

1. 毛女者，字玉姜，在華陰山中，獵師世世見之，形體生毛，自言秦始皇宮人也。秦壞。流亡入山避難，遇道士谷春，教食松葉，遂不飢寒，身輕如飛，百七十餘年。所止巖中，有鼓琴聲云。婉孌玉姜，與時遁逸。眞人授方，餐松秀實。因敗獲成，延命深吉。得意巖岫，寄歡琴瑟。〔註1〕

2. 唐大中初，有陶大白、尹子虛二老人。相契爲友，多遊嵩華二峰，採松脂茯苓爲業。二人因攜釀醞，陟芙蓉峰尋異境，憩於大松林下。因傾壺飲，聞松梢有二人撫掌笑聲。二公起而問曰：「莫非神仙乎？豈不能下降而飲斯一爵。」笑者曰：「吾二人非山精木魅，僕是秦之役夫，彼即秦宮女子。聞君酒馨，頗思一醉。但形體改易，毛髮怪異，恐子悸慄，未能便降。子但安心徐待，吾當返穴易衣而至。幸無遽捨我去。」二公曰：「敬聞命矣。」遂久伺之。忽松下見一丈夫古服儼雅，一女子鬢髻綵衣，俱至。二公拜謁，忻然還坐。頃之，陶君啓：「神仙何代人，何以至此？既獲拜侍，願祛未悟。」古丈夫曰：「余秦之役夫也。家本秦人，及稍成童，值始皇帝好神仙術，求不死藥。因爲徐福所惑，搜童男女千餘人，將之海島。余爲童子，乃在其選。但見鯨濤蹙雪，蜃閣排空。石橋之柱欹危，蓬岫之烟杳渺。恐葬魚腹，猶貪雀生。於難厄之中，遂出奇計，因脫斯禍。歸而易姓業儒，不數年中，又遭始皇帝煨燼典墳，坑殺儒士，搢紳

〔註1〕 劉向：《列仙傳》卷下，《文淵閣四庫全書》，臺灣商務印書館，1058 冊，第502 頁。

泣血，簪紱悲號。余當此時，復是其數。時於危懼之中，又出奇計，乃
脫斯苦。又改姓氏為板築夫。又遭秦皇欻信妖妄，遂築長城。西起臨洮，
東之海曲。隴雁悲書，塞雲咽空。鄉關之思魂飄，砂磧之勞力竭，墮趾
傷骨，陷雪觸冰。余為役夫，復在其數。遂於辛勤之中，又出奇計，得
脫斯難。又改姓氏而業工。乃屬秦皇帝崩，穿鑿驪山，大修塋域。玉墀
金砌，珠樹瓊枝，綺殿錦宮，雲樓霞閣。工人匠石，盡閉幽隧。念為工
匠，復在數中。又出奇謀，得脫斯苦。凡四設權奇之計，俱脫大禍。知
不遇世，遂逃此山。食松脂木實，乃得延齡耳。此毛女者，乃秦之宮人。
同為殉者，余乃同與脫驪山之禍，共匿於此。不知於今經幾甲子耶！」
二子曰：「秦於今世，繼正統者九代千餘年。興亡之事，不可歷數。」二
公遂俱稽顙曰：「余二小子，幸遇大仙，多刼因依，使今諧遇，金丹大藥，
可得聞乎？朽骨腐肌，實翼麻蔭。」古丈夫曰：「余本凡人，但能絕其世
慮，因食木實，乃得凌虛。歲久日深，毛髮紺綠，不覺生之與死，俗之
與仙。鳥獸為鄰，猨狄同樂。飛騰自在，雲氣相隨。亡形得形，無性無
情。不知金丹大藥為何物也。」二公曰：「大仙食木實之法，可得聞乎？」
曰：「余初餌柏子，後食松脂。遍體瘡瘍，腸中痛楚。不及旬朔，肌膚瑩
滑，毛髮澤潤。未經數年，凌虛若有梯，步險如履地。飄飄然順風而翔，
皓皓然隨雲而昇。漸混合虛無，潛孚造化。彼之與我，視無二物。凝神
而神爽，養氣而氣清。保守胎根，含藏命蔕。天地尚能覆載，雲氣尚能
爵蒸，日月尚能晦明，川岳尚能融結。即余之體，莫能敗壞矣。」二公
拜曰：「敬聞命矣。」飲將盡，古丈夫折松枝，叩玉壺而吟曰：「餌柏身
輕疊嶂間，是非無意到塵寰。冠裳暫備論浮世，一餉雲遊碧落間。」毛
女繼和曰：「誰知古是與今非，閒躡青霞遠翠微。蕭管秦樓應寂寂，綵雲
空惹薜蘿衣。」古丈夫曰：「吾與子邂逅相遇，那無戀戀耶！吾有萬歲松
脂，千年柏子少許，汝可各分餌之，亦應出世。」二公捧授拜荷，以酒
吞之。二仙曰：「吾當去矣。善自道養，無令漏泄伐性，使神氣暴露于窟
舍耳。」二公拜別。但覺超然，莫知其所蹤去矣。旋見其所衣之衣，因
風化花片蝶翅，而揚空中。陶尹二公，今巢居蓮花峰上。顏臉微紅，毛
髮盡綠。言語而芳馨滿口，履步而塵埃去身。雲臺觀道士，往往遇之，
亦時細話得道之來由爾。〔註2〕

────────────

〔註 2〕《太平廣記·陶君》卷四十，《文淵閣四庫全書》，臺灣商務印書館，1043 冊，

3. 唐開元中，代州都督以五臺多客僧，恐妖偽事起，非有主持者，悉逐之。客僧懼逐，多權竄山谷。有法朗者，深入鴟門山。幽澗之中有石洞，容人出入。朗多賫乾糧，欲往此山。遂尋洞入，數百步漸闊。至平地，涉流水，渡一岸，日月甚明。更行二里，至草屋中。有婦人，並衣草葉，容色端麗。見僧懼愕，問云：「汝乃何人」？僧曰：「我人也」。婦人笑云：「寧有人形骸如此」？僧曰：「我事佛，佛須擯落形骸，故爾」。因問佛是何者，僧具言之。……婦人云：「我自秦人。隨蒙恬築長城。恬多使婦人，我等不勝其弊，逃竄至此。初食草根，得以不死。此來亦不知年歲，不復至人間。遂留僧，以草根哺之，澀不可食。僧住此四十餘日。暫辭出人間求食。及至代州。備糧更去，則迷不知所矣。〔註3〕

4. 元祐歲壬申，魯公時帥長安，因旱，用故事，上請禱雨於紫閣。紫閣者，終南之勝地。及報可，乃以軍府事付諸次官，而自攜帥幕兵甲。行才一夕矣。翌旦飯竟，與僚屬共偈大樹下，樹旁有神祠焉。兵將則多入其間，坐未定，忽群走奔出。長安號多虎，在外者睹人自祠廟中出奔，疑有虎伏於廟，於是眾爭鳴鑼伐鼓，露白刃圍守魯公。公曰：「徐之」。召出奔者，即究其所以。乃曰：「祠殿上有土偶人，旁積楮錢，中若有物動搖者，故疑其為虎」。公謂不然，命二指使：「汝入往覘」。則竊笑而出，報曰：「乃一倮婦人坐楮錢中，以楮錢自障其間爾」。公心動，拉賓行往共視焉。才見公，則長揖曰：「奉候於此三月矣」。公曰：「某何人，辱仙姑惠也」。復曰：「本欲蜀中相見，休止於此，相見可也」。公曰：「某帥長安」。則又曰：「本待蜀中相見爾」。因自舉手撫土偶人，而謂公曰：「此亦有佛性」。公因嬲云：「此乃泥土瓦礫合成，安得有佛性耶」？則亦喜笑曰：「不然，一則非一，二則非二，當如是解」。遂起揖引去，公亟展兩手橫障之，曰：「願以仙姑下山，使萬人共瞻仰，豈不美哉」！因顧公曰：「好事不如無」。倮其體略不畏恥，委蛇而去矣。望之，行甚緩，倏已在廟北山上焉。公悔，亟遣人追其蹤，則已不見。竟妄測為何人。公疑其為觀世音大士，然世多謂是「毛女」。〔註4〕

第 207～208 頁。

〔註3〕 《太平廣記·秦時婦人》卷六二，《文淵閣四庫全書》，臺灣商務印書館，1043冊，第 315～316 頁。

〔註4〕 （宋）蔡絛，《鐵圍山叢談》卷五，《文淵閣四庫全書》，臺灣商務印書館，1037 冊，第 606 頁。

5. 蔡元長自長安易鎮西川，道出華山。舊聞毛女之異，默祈一見，向晚，從者見岳廟燒紙錢爐中有物甚異，以告元長。亟往視之，乃一婦人也。遍身皆毛，色如紺碧，而髮若漆，目光射人。顧元長曰：「萬不爲有餘，一不爲不足。」言訖而去，其疾如飛。既至成都，命追寫其像以祀之。元長親語先太史如此，并撫其像而遺。〔註5〕

6. 蔡魯公帥成都，一日於藥市中遇一婦人，多髮，如畫者。女謂蔡云：「三十年後相見。」言訖不知所在。蔡後以太師魯國公致仕，居京師。一日，在相國寺資聖閣下納涼，一村人自外突入，直至蔡前，云：「毛女有書。」蔡接書，其人忽不見。啟封，大書「東明」二字。蔡不曉其意。後貶長沙，死於東明。〔註6〕

二、「落難—入山—成仙—返還人間」序列

1. 漢成帝時，獵者於終南山中，見一人無衣服，身生黑毛，獵人見之，欲逐取之，而其人逾坑越谷，有如飛騰，不可逮及。於是，乃密伺其所在，合圍得之。乃是婦人。問之，言：「我本是秦宮人也。聞關東賊至，秦王出降，宮室燒燔，驚走入山。饑無所食，垂餓死。有一老翁，教我食松葉松實。當時苦澀，後稍便之。遂使不饑不渴，冬不寒，夏不熱」。計此女定是秦王子嬰宮人，至成帝之世，三百許歲。乃將歸，以穀食之，初聞穀臭，嘔吐。累日乃安。如是二年許，身毛乃脫落，轉老而死。向使不爲人所得，便成僊人矣。〔註7〕

2. 漢末大亂，宮人小黃門上墓樹上避兵，食松柏實，遂不復饑，舉體生毛長尺許。亂離既平，魏武聞而收養，還食穀，齒落頭白。〔註8〕

3. 黃州麻城縣境有泰陂山，邵武人黃志從居之。其地多茂林絕麓。黃常自種蓺其間，果粟豆成實，每苦爲物所竊食……，密伺之，見如人而毛者，搏之則逝，追之不及。百計羅絡，因結繩置壟間而獲焉。初不甚了了，

〔註5〕（宋）王明清：《投轄錄·毛女》，《文淵閣四庫全書》，臺灣商務印書館，1038 冊，第 691 頁；《華嶽志》卷二《人物·女眞·秦》也收錄《投轄錄》此條。

〔註6〕（明）李栻編：《歷代小史》卷四一明代刻本。

〔註7〕《抱朴子內篇·仙藥》卷二，《文淵閣四庫全書》，臺灣商務印書館，1059 期，第 62 頁。

〔註8〕（南朝宋）劉敬叔撰：《異苑》卷八，北京：中華書局，1996 年 8 月，第 82頁。

養之數日，始能言，乃實人也。云：「我某村陳氏子，年四十餘。靖康之難，全家死於兵，身獨得脫，竄伏山間。山有高巖，可扳援藤蘿而上，上有草如毯，可覆。饑餐少實木葉，渴匃澗泉飲之。久而慣習，遍體生毛，亦無疾痛，忘其去家而居深山也」。且敏捷如猿猱。黃與之食，又強使受室。久之膚毛皆脫，不復輕矯。人皆以爲若復縱之還山，或可不死，使之飲食者欲爲可惜。黃不從。時童邦直爲郡守，外孫王仲共侍行，見其事，爲作《野人記》並詩云。〔註9〕

4. 蕭氏乳母，自言初生遭荒亂，父母度其必不全，遂將往南山，盛於被中，棄於石上。眾迹罕及，俄有遇難者數人，見而憐之，相率將歸土龕下，以泉水浸松葉點其口。數日，益康強。歲餘能言。不復食餘物，但食松柏耳。口鼻拂拂有毛出。至五六歲，覺身輕騰空，可及丈餘。有少異兒，或三或五，引與遊戲，不知所從。肘腋間亦漸出綠毛，近尺餘。身稍能飛。與異兒群遊海上，至王母宮，聽天樂，食靈果。然每月一到所養翁母家，或以名花雜藥獻之。後十年，賊平。本父母來山中，將求其餘骨葬之。見其所養者，具言始末。涕泣。累夕伺之，期得一見。頃之遂至。坐簷上，不肯下。父望之悲泣。所養者謂曰：「此是汝真父母，何不一下來看也」。掉頭不答，飛空而去。父母回及家，憶之不已。乃買果栗，揭糧復往，以俟其來。數日又至。遣所養姥召之，遂自空際而下。父母走前抱之，號泣良久，喻以歸還。曰：「某在此甚樂，不願歸也。」父母以所持果飼之。逡巡，異兒等十數至，息於簷樹，呼曰：「同遊去，天宮正作樂。」乃出，將奮身，復墮於地。諸兒齊聲曰：「食俗物矣，苦哉！」遂散。父母挈之以歸。嫁爲人妻，生子二人。又屬饑儉，乃爲乳母。〔註10〕

5. 唐開元中，華山雲臺觀，有婢玉女，年四十五，大疾，遍身潰爛臭穢。觀中人懼其污染，即共送于山澗幽僻之處。玉女痛楚呻吟。忽有道士過前，遙擲青草三四株，其草如荃，謂之曰：「勉食此，不久當愈。」玉女即茹之。自是疾漸瘳，不旬日，復舊。初忘飲食，惟恣遊覽。但意中飄飄，不喜人間，及觀之前後左右亦不願過。此觀中人謂其消散久矣，亦

〔註 9〕洪邁：《夷堅丁志》卷一九，北京：中華書局，第 693 頁。

〔註10〕《太平廣記・蕭氏乳母》卷六五，《文淵閣四庫全書》，臺灣商務印書館，1043冊，第 329～330 頁。

無復有訪之者。玉女周旋山中，酌泉水，食木實而已。後於巖下，忽逢前道士謂曰：「汝疾既痊，不用更在人間，雲臺觀西二里，有石池，汝可日至辰時，投以小石，當有水芝一本自出，汝可掇之而食，久當自有益。」玉女即依其教，自後筋骸輕鍵，翱翔自若。雖屢爲觀中人逢見，亦不知其爲玉女耳。如此數十年，髮長六七尺，體生綠毛，面如白花。往往山中之人過之，則叩頭遙禮而已。大曆中，有書生班行達者，性氣粗疏，誹毀釋道，爲學於觀西序。而玉女日日往來石池，因以爲常。行達伺候窺覘，又熟見投石探芝，時節有准。於一日，稍先至池上。及其玉女投小石，水芝果出，行達乃攓取。玉女遠在山巖，或棲樹杪，既在採去，則呼歎而還。明日，行達復如此。積旬之外，玉女稍稍與行達爭先，步武相接，欻然遽捉其發，而玉女騰去不得，因以勇力挈其膚體，仍加逼迫，玉女號呼求救，誓死不從，而氣力困憊，終爲行達所辱。局之一室。翌日，行達就觀，乃見皤然一嫗，尨瘁異常，起止殊艱，視聽甚昧。行達驚異，遽召觀中人，細話其事，即共伺問玉女，玉女備述始終。觀中人固有聞其故者，計其年蓋百有餘矣。眾哀之。因共放去。不經月而歿。

〔註11〕

三、「毛人怪」

1. 乾隆六年，湖州董暢菴就幕山西芮城縣。縣有廟，供關張劉三神像，廟門歷年用鐵鎖鎖之，逢春秋祭祀一啓鑰焉。傳言中有怪物，供香火之僧亦不敢居。一日，有陝客販羊千頭，日暮，無託足所，求宿廟中。居民啓鎖納之，且告以故。販羊者持有膂力，曰：「無防。」乃開門。入，散群羊於廊下，而己持羊鞭，秉燭寢。心不能無恐。三鼓，眼未合。聞神座下谹然有聲，一物躍出。販羊者於燭光中視之。其物長六七尺，頭面具人形，兩眼深黑有光，若胡桃大。頸以下以綠毛覆體，茸茸如蓑衣。向販羊者睨且嗅，兩手有尖爪，直前來攫。販羊者擊以鞭，竟若不知，奪鞭而口囓之，斷如裂帛。販羊者大懼，奔出廟外，怪追之。販羊人緣古樹而上，伏其杪之最高者。怪張眼望之，不能上。良久，東方明。路有行者，販羊人下樹覓怪，怪亦不見。乃告眾人，共尋神座，了無他異，

〔註11〕 《太平廣記・玉女》卷六三，《文淵閣四庫全書》，臺灣商務印書館，1043 冊，第 316～317 頁。

惟石縫一角，騰騰有黑氣。眾人不敢啓，具牒告官。芮城令佟公命移神座，掘之深丈許，得朽棺，中有屍，衣服悉毀，遍體生綠毛，如販羊人所見。乃積薪焚之，嘖嘖有聲，血湧骨鳴。自此怪絕。〔註12〕

2. 湖廣鄖陽房縣有房山，高險幽遠，四面石洞如房。多毛人。長丈餘，遍體生毛，往往出山食人雞犬。拒之者必遭攫搏。以槍炮擊之，鉛子皆落地不能傷。相傳制之之法，只須以手合拍，叫曰：「築長城！築長城！」則毛人倉皇逃去。余有世好張君名敬者，曾官其地，試之果然。土人曰：「秦時築長城人，避入山中，歲久不死，遂成此怪。見人必問：『城修完否？』以故，知其所怯而嚇之。」數千年後猶畏秦法，可想見始皇之威。〔註13〕

3. 關東人許善根，以掘人參為業。故事，掘參者須黑夜往掘。許夜行勞倦，宿沙上。及醒，其身為一長人所抱，身長二丈許，遍體紅毛，以左手撫許之身，又以許身摩擦其毛，如玩珠玉者，然每一摩撫則狂笑不止。許自分將果其腹矣。俄而，抱至一洞。虎筋鹿尾象牙之類，森森山積。置許石榻上，取虎鹿進而奉之。許喜出望外，然不能食也。長人俯而若有所思，既而點首，若有所得。敲石為火，汲水焚鍋，為烹熟而進之。許大啖。黎明，長人復抱而出。身挾五矢。至絕壁之上，縛許於高樹，許復大駭。疑將射己。俄而，群虎聞生人氣，盡出穴，爭來搏許。長人抽矢斃虎。復解縛抱許，曳死虎而返，烹獻如故。許始心悟長人養己以餌虎也。如是月餘，許無恙。而長人竟以大肥。許一日思家，跪長人前，涕泣再拜，以手指東方不已。長人亦潸然，復抱至探參處，示以歸路，並為歷指參地，示相報意。許從此富矣。〔註14〕

〔註12〕 （清）袁枚：《子不語‧綠毛怪》卷十，上海文明書局印行。
〔註13〕 （清）袁枚：《子不語‧秦毛人》卷六，上海文明書局印行。
〔註14〕 （清）袁枚：《子不語‧關東毛人以人為餌》，上海文明書局印行。